FOLIO
JUNIOR

Les étranges sœurs Wilcox

1. Les vampires de Londres
2. L'ombre de Dracula
3. Les masques de sang

Fabrice Colin

Les étranges sœurs Wilcox

1. Les vampires de Londres

GALLIMARD JEUNESSE

*Ce livre est pour Katia, Alice et Jean-Philippe
qui m'ont aidé, chacun à leur façon, à l'écrire.
Grand merci à Amélie, Benjamin Hanneton, Cuné,
Dan H, G@rp et Laboukineuze qui l'ont relu à mes côtés.
Révérences et gratitude, enfin, à Benjamin Lacombe
– sans qui il n'aurait sans doute jamais existé.*

© Éditions Gallimard Jeunesse, 2009, pour le texte et les illustrations
© Éditions Gallimard Jeunesse, 2014, pour la présente édition

Prologue

À l'ombre de son pilier, il l'observait intensément, seule et perdue au milieu de la cohue, et son sourire brillait telle une lame. Qui pouvait dire quelles sombres pensées agitaient son esprit ? Soudain, il rajusta son haut-de-forme et, dans un froissement de cape, fendit la foule pour la rejoindre.

Dix heures, indiquait l'immense horloge cuivrée de la gare de Saint-Pancras. Inquiète, la jeune femme balayait le grand hall du regard, se laissant docilement bousculer par les voyageurs pressés. Elle ne le sentit pas approcher.

– Je suis ici.

Il venait de surgir dans son dos. Elle ne put retenir une exclamation de surprise.

– Dieu soit loué : j'ai cru un moment que vous m'aviez abandonnée.

Il lui caressa la joue. « Ne prononce pas le nom de Dieu. » Elle avait revêtu l'une des longues robes de soie noire qu'il lui avait offertes et un manteau de daim cintré, noir lui aussi, serrait sa taille de guêpe.

Souriant, il passa ses doigts bagués d'argent dans le flot ondoyant de sa chevelure.

– Tu es à moi, à moi pour l'éternité.

Pourquoi répétait-il cela ? Elle opina pourtant, serrant son petit sac contre elle. Tout autour d'eux, la foule tumultueuse convergeait vers les quais. Les gens se pressaient et s'invectivaient sans leur prêter la moindre attention.

– L'éternité, fit encore le comte.

Déployant sa cape, il la referma sur elle et la tint longuement serrée. Puis il claqua des doigts.

Abasourdie, la jeune femme fit doucement volte-face. Tous les passagers s'étaient arrêtés de courir, de parler, de bouger. Le monde s'était figé dans un silence total.

– Vous…

– Ne dis rien.

Un frémissement la parcourut. Reculant d'un pas, le comte abaissa ses lunettes aux verres teintés et darda sur elle un regard amusé.

– Ton navire partira pour New York demain soir. Une cabine a été réservée à ton nom sur le pont supérieur.

– Vous me l'avez déjà dit.

Elle le fixait, fascinée par la pâle splendeur de son

visage et le doux halo de lumière mordorée qui baignait sa silhouette. Il poursuivit :

– Le duc de Manhattan ne quitte que très rarement sa résidence. Tu te rendras chez lui dès ton arrivée.

Elle acquiesça. La sourde appréhension qu'elle était parvenue à tenir à distance l'oppressait de nouveau.

– Tu ne dois pas avoir peur, reprit le comte comme s'il lisait dans ses pensées. Il ne te connaît pas, il ignore tout des liens qui nous unissent.

– Mais êtes-vous sûr…

– Qu'il détient bien le troisième fragment ? On ne peut plus certain, ma chère. Je sais aussi qu'il ignore tout des pouvoirs du Venefactor. À ses yeux, il s'agit d'un artefact parmi d'autres. Avant tout, il te faudra trouver où il le cache. Et je gage, murmura-t-il en prenant son visage entre ses mains gantées, que tu sauras lui arracher ce secret. Qui pourrait résister à l'innocence d'un tel regard ?

Elle ferma les yeux, espérant, sans trop y croire, qu'il allait l'embrasser.

– Rebecca ?

Il avait sorti un menu flacon de son manteau ; il le déposa au creux de sa main.

– Bois une goutte de ceci chaque soir – une seule.

– Qu'est-ce que c'est ?

Il referma ses doigts sur la fiole.

– Un élixir qui t'aidera à neutraliser tes auras. Il est essentiel que le duc ne puisse deviner tes intentions, et tu es encore trop jeune pour contrôler ces choses.

Elle fit disparaître l'objet dans son sac.

– Vous m'apprendrez, n'est-ce pas ?

– Dès ton retour.

Il claqua de nouveau des doigts, et la foule se remit en mouvement le plus naturellement du monde. La jeune femme cligna des yeux, éberluée. Pour tous ces gens, rien ne s'était passé.

– Méfie-toi du duc et de sa clique, souffla le comte à son oreille. Tu n'es pas en terrain ami. Dès que le fragment sera en ta possession, câble Zedoch et quitte la ville au plus vite. Nous veillerons à te faire revenir sans délai.

– Je m'en remets à vous.

– Et nous nous en remettons à toi. Il n'est rien de plus précieux que la famille, n'est-ce pas ?

Un sifflement s'éleva : l'heure du départ était proche. Le visage du comte se durcit ; il rechaussa ses lunettes.

– Le moment est venu.

Il s'apprêtait à tourner les talons. La jeune femme lui prit le poignet et le serra, implorante. Le chef de gare appelait les derniers passagers pour Liverpool.

– Je... Je ne crois pas que j'y arriverai sans vous.

– Bien sûr que si. Tu es plus forte que tu ne le crois.

Il s'arracha à sa prise et s'éloigna sans se retourner, les pans de sa cape voletant dans son sillage. Le cœur serré, elle le regarda disparaître. Jamais elle n'avait oublié ce qu'il lui avait dit le premier soir : « Tu es celle que j'ai choisie entre toutes. » Pourquoi avait-elle tant besoin de sa présence ? Elle aurait voulu se jeter dans ses bras, presser ses lèvres contre les siennes, s'abandonner corps et âme. Elle se sentait si désarmée quand il la laissait à elle-même ! Et cependant…

Cependant, elle savait qu'il disait vrai. Il y avait une force en elle.

Elle était de son espèce.

Plus tard, dans le train qui s'enfuyait au cœur de la nuit, et tandis qu'une neige épaisse tombait en virevoltant sur la campagne anglaise, elle repensa au soir magnifique et terrible où sa vie tout entière avait basculé, le soir où ses yeux à lui s'étaient posés sur elle – le regard de la mort et du temps qui s'arrête.

Elle se revoyait en cet instant, traversant Shaftesbury Avenue en hâte, absorbée par ses pensées. Il y avait eu un hennissement, le fracas de sabots sur le pavé. La seconde d'après, elle s'était retrouvée assise sur le trottoir, haletante. Le fiacre qui fonçait sur elle ne l'avait évitée que de justesse.

Un homme s'était précipité pour la relever. « Je suis impardonnable. » Cette voix, si douce, la grâce de ces gestes… À cette seconde précise, une fêlure s'était ouverte en elle. Avec une sorte de joie effrayée, elle s'était sue damnée.

– Permettez ?

Brinquebalée par le cahot, elle releva la tête. Le mouchoir humide qu'elle avait serré entre ses mains lorsque l'express Londres-Liverpool avait quitté

Saint-Pancras venait de tomber à ses pieds. Un passager le lui rendait.

– Merci.

L'homme, qui ne devait pas avoir plus de quarante ans, affichait déjà un sérieux embonpoint. Il ôta son chapeau melon.

– Edward Gutley, pour vous servir.

– Enchantée.

Il tortilla nerveusement sa moustache.

– Vous voyagez accompagnée ?

Puis, se reprenant :

– Ah, pardonnez-moi, je suis le roi des malotrus. Vous désiriez sans doute être tranquille.

La jeune femme secoua la tête. La porte de leur compartiment était fermée, et le store de toile tiré les plongeait dans une pénombre chaleureuse, faiblement rehaussée par la lueur d'une fleur de verre.

Ils étaient seuls, et minuit approchait. Avec un sourire mutin, elle tapota la banquette.

– Pourquoi ne vous rapprocheriez-vous pas un peu, monsieur Gutley ?

Décontenancé, l'interpellé ouvrit la bouche.

– Je vous demande pardon ?

– Vous semblez avoir besoin de compagnie ; moi aussi. La nuit va être longue.

L'homme tritura son chapeau, parut hésiter.

– Je ne voudrais pas... Pardon si je vous offense. Une femme splendide comme vous... Je veux dire, vous devez être mariée...

– Je le suis.

Son front se plissa.

– Mais… vous ne portez pas d'alliance.

– Ce genre de talisman vulgaire n'est guère compatible avec l'idée que mon époux et moi nous faisons du mariage, monsieur Gutley. Permettez ?

Elle n'attendit pas sa réponse : ôtant ses bottines, elle se leva prestement et, sa robe serrée contre elle, se laissa tomber à ses côtés. Le voyageur, qui la contemplait avec une incrédulité croissante, tressaillit lorsqu'elle posa une main sur sa cuisse. Il s'était toujours considéré comme un individu flegmatique, capable de s'adapter aux situations les plus incongrues. Mais cette fois-ci…

– Votre époux et vous seriez donc ce qu'on appelle…

– Des libertins ?

L'autre hocha vivement la tête. La jeune femme promenait deux doigts légers sur son cou, remontait le long de sa veine jugulaire.

– En vérité, mon cher, nous sommes bien plus que cela.

– Oh.

Elle effleura sa joue de ses lèvres.

– Cela vous intéresserait-il, monsieur Gutley, de connaître le nom de celui dont vous convoitez présentement la femme ?

– Eh bien…

Le malheureux suait à grosses gouttes. D'un geste

expert, la jeune femme desserra sa cravate. Elle susurrait à son oreille :

– Dites-moi que vous voulez le connaître, minauda-t-elle en lui embrassant délicatement le cou, dites-le.

– Je… Je veux le connaître, balbutia Edward Gutley au comble du ravissement.

Brusquement, une douleur fulgurante lui transperça la gorge. L'espace de quelques secondes, impuissant, il essaya de retrouver son souffle. Puis ses membres se raidirent et, très vite, la souffrance disparut sous une vague de plaisir. Un brouillard écarlate dansait devant ses yeux. Il tenta de se débattre ; il en était incapable.

Avec un gémissement, la jeune femme releva la tête et contempla son reflet dans la glace. Sa petite bouche délicate était toute barbouillée de sang.

– Dracula, l'entendit murmurer l'homme.

Et un voile noir s'abattit sur la scène de sa conscience.

Perdues dans la nuit

À la seconde où Amber ouvrit les yeux, elle ne vit d'abord que les ténèbres. Elle était allongée quelque part et elle ne savait pas où.

Elle voulut se relever, se cogna la tête, étendit les bras. Alors, une terreur sans nom déferla sur elle.

Elle ne se trouvait pas dans un lit.

Elle était prisonnière.

Luttant contre la panique, elle s'efforça de rassembler ses pensées. Non, ce n'était pas un rêve. Mais ses souvenirs étaient horriblement confus. Tout ce qu'elle se rappelait, c'est que son père avait disparu.

Elle serra les mâchoires. Il fallait qu'elle fasse quelque chose. Elle était bel et bien enfermée, dans une boîte rectangulaire qui semblait avoir été construite à sa taille.

Curieusement, elle n'éprouvait aucune difficulté à respirer. Plus curieusement encore, sa vue s'accoutumait rapidement à l'obscurité alors qu'aucune source de lumière ne filtrait. Sa prison était capitonnée de soie rouge. Un cercueil ?

Amber sentit ses muscles se contracter. Elle n'avait aucune idée des circonstances qui l'avaient menée en ce lieu mais, d'une façon ou d'une autre, elle allait en sortir.

La colère montait en elle. Plaquant ses mains sur le couvercle, elle s'arc-bouta et commença à pousser.

Le bois céda presque aussitôt. Il y eut un craquement, puis un torrent de terre humide se déversa sur elle. Affolée, la jeune fille se débattit en crachant et tenta de se retourner. Elle était ensevelie. Ses poings jaillirent, traversant cette fois une planche transversale. Comme un ressort, elle se redressa. Crachant de plus belle, agitant les jambes et les bras, elle acheva de réduire son cercueil en miettes et se fraya un chemin vers ce qu'elle pensait être l'air libre. Un poids énorme s'abattit sur elle. Une nausée la saisit. Frénétiquement, elle creusait toujours, doigts recourbés et paupières serrées. Enfin, une main traversa le gruau noir et trouva la surface. Un bras suivit, puis une épaule, l'autre bras et la tête enfin. Elle était stupéfaite. Où avait-elle trouvé cette force ?

Le souffle court, elle acheva de s'extirper et passa de longues minutes à se débarrasser de la terre qui maculait son visage et ses vêtements.

Puis elle regarda autour d'elle.

Il neigeait. Des arbres tremblaient sur les talus et des croix de pierre ou de bois grossièrement taillées se dressaient parmi les ronces en rangs désordonnés.

Un cimetière.

Elle se releva, brossa sa robe de taffetas et son petit manteau à revers fourré puis, de ses doigts écartés, essaya de se recoiffer – en pure perte. Alors, seulement, elle baissa les yeux vers le chaos de glaise mouillée qui avait été son tombeau et sur la croix de bois qu'on avait plantée là.

SARAH FAIRBANKS
1873 – 1888

Sarah ?

Ce n'était pas elle.

Reculant d'un pas, elle leva son regard vers le ciel. Dans le charbon de la nuit, des flocons tourbillonnants dansaient au-dessus de la ville.

Machinalement, elle se frotta les bras. Des images lui traversaient l'esprit. Une poursuite. Des hurlements. Elle secoua la tête.

Il y avait une autre tombe à côté de la sienne, fraîchement creusée. Sa croix se couvrait de neige.

JULIA FAIRBANKS
1875 – 1888

Sans hésiter, elle tomba à genoux et se mit à creuser. La terre était froide et détrempée, mais elle s'en moquait.

Bien vite, elle se débarrassa de son manteau. Un épais monticule terreux s'était formé derrière la tombe. Elle s'arrêta pour réfléchir.

Elle n'était pas essoufflée. Elle ne sentait pas l'hiver. On se trouvait bien en 1888, mais elle était née en 1874, pas en 1873. Sa sœur, elle, avait bien vu le jour en 1875. Seulement, elle ne s'appelait pas du tout Julia. « Quelqu'un s'est trompé », songea la jeune fille, avant de se rendre compte de l'absurdité de cette idée : quelqu'un s'était trompé au point de les croire *toutes les deux mortes* ?

Elle se remit à creuser et un frisson lui parcourut l'échine. Qui lui disait que sa sœur était vivante elle aussi ?

Plongeant ses mains dans la terre, elle s'activa avec hargne. Elle était seule, atrocement seule, enveloppée dans le grand silence blanc du cimetière que le hululement lointain d'un hibou rendait plus profond et sinistre encore.

Enfin, ses doigts rencontrèrent quelque chose de dur. Elle déblaya la surface. C'était un cercueil quelconque, comme le sien, en chêne. Elle le contempla un moment. Sa petite sœur se trouvait-elle là-dedans ?

Avec une grimace d'anticipation, elle ferma son poing droit et l'abattit au milieu de la planche, la faisant voler en éclats. Gorge serrée, elle détacha un premier morceau de bois. Puis elle arracha les autres et les jeta au loin.

Tétanisée, elle porta une main à sa bouche. Sa sœur se tenait là, les yeux grands ouverts. Le temps d'un battement de cœur, la jeune fille craignit qu'elle ne fût morte.

– Luna ? Luna !

Sans un mot, sa sœur se redressa et se frotta le visage, comme au sortir d'un interminable sommeil.

Elle aussi était vêtue d'une robe à rubans et d'un petit manteau. S'extirpant des débris de son cercueil, elle parvint à se mettre debout et risqua dans la neige quelques pas chancelants. Enfin, parvenue au sommet d'une butte, elle se retourna.

– Amber ? Qu'est-ce qui nous arrive ?

Amber avait remis son manteau. Elle tira sa sœur en avant.

– Viens, dit-elle. Nous devons partir d'ici.

De toute évidence, ni l'une ni l'autre n'avait la moindre idée de l'endroit où elles se trouvaient.

– J'ai faim, murmura Luna.

L'aînée stoppa net et scruta le visage de sa sœur. Elle avait l'air épuisée.

– Tu es très pâle. Tu es sûre que tu peux marcher ?
– Tu es très pâle toi aussi.

Là-bas, de hautes grilles s'élevaient dans la pénombre. Main dans la main, le souffle court, les deux jeunes filles se dirigèrent vers ce qui semblait être la sortie. Bosquets hirsutes, souches fendues, statuettes brisées : à première vue, le cimetière qu'elles traversaient paraissait abandonné. Le long des allées, des stèles centenaires se tapissaient de neige. Elles s'arrêtèrent devant les grilles : elles étaient cadenassées. De chaque côté, un haut mur de pierre se dressait. Amber soupira.

– Nous sommes enfermées.

Luna s'avança mécaniquement et saisit deux barreaux. Sa sœur se tenait derrière elle.

– Tu ne crois tout de même pas que tu vas…

Avec un grincement funeste, les barreaux commencèrent à s'écarter. Horrifiée, Luna battit en retraite, se cognant à sa sœur.

– Qu'est-ce que j'ai fait ?

À son tour, l'aînée s'approcha. Elle referma ses mains sur les barres de fer déjà tordues et prit une brève inspiration.

Puis elle tira.

Une exclamation de surprise s'échappa de ses lèvres : l'un des barreaux lui était resté entre les mains.

Le laissant tomber au sol, elle en attrapa un autre. Luna lui prêta main-forte. Bientôt, l'espace fut suffisamment large pour qu'elles puissent s'y glisser sans peine.

Plusieurs heures durant, les deux sœurs errèrent au hasard des ruelles. Où étaient-elles ? Elles n'avaient jamais vu ces maisons.

Promenant sur les alentours des regards effarés, elles se serraient l'une contre l'autre, perdues au milieu des bourrasques de neige. Des silhouettes indistinctes passaient sur d'autres trottoirs. La nuit était le territoire des monstres. Jack l'Éventreur ne hantait-il pas de semblables quartiers ? Et cependant, elles allaient leur chemin, puisant chacune son courage dans celui qu'elle croyait déceler chez l'autre, insensibles aux morsures de la bise.

– Veux-tu te reposer ?

Luna secoua la tête. Sa sœur lui adressa un faible sourire.

– Tout va s'arranger. Tu verras.

C'était les premières paroles qu'elles prononçaient depuis qu'elles étaient sorties du cimetière. Par une sorte d'accord tacite, comme si ce qui leur était arrivé était trop étrange et trop épouvantable pour qu'on se risque à en parler, elles avaient résolu de garder le silence.

Amber renifla. Au fond, elle ne savait rien. Les routes étaient mal pavées, les maisons penchaient dangereusement et des ombres menaçantes s'allongeaient sous le halo tremblant des becs de gaz. Quelle heure était-il ? Londres s'enfonçait dans un silence de plus en plus pesant.

Enfin, une forme familière se découpa au-dessus

des toits : c'était le dôme de la cathédrale Saint-Paul. Rassérénée, Amber serra plus fort la main de sa sœur.

– Tu vois ? chuchota-t-elle.

– Oui.

Les deux jeunes filles venaient de descendre Aldersgate, et les bâtiments qu'elles longeaient leur paraissaient maintenant familiers.

– Voici le musée de Londres. Papa nous y avait emmenées, tu te souviens ? Nous allons rentrer chez nous.

La cadette approuva, puis poussa un soupir.

– On sera mortes de faim avant.

Amber haussa les épaules. Sa sœur avait toujours tendance à noircir les choses. Au moins, elles savaient désormais où elles se trouvaient. Le reste n'était qu'une question d'itinéraire et de patience.

Les deux jeunes filles habitaient une belle demeure sur Burton's Court, dans le quartier de Chelsea tout près de la Tamise. Trois miles au moins séparaient Chelsea de la City. Prendre par les quais était l'option la plus rapide, mais aussi la moins prudente : le secteur était notoirement malfamé.

– Nous allons passer par le Strand, déclara Amber en hâtant le pas. Puis nous longerons Saint James's Park et, dans une heure, nous serons à la maison.

Luna la suivit en trottinant. Elle admirait sa sœur, si vive et si sûre d'elle. « Si j'avais dû sortir seule de ce cimetière, se mit-elle à penser, si j'avais dû traverser la ville… » Puis elle se remémora le calme qui l'avait envahie lorsqu'elle avait ouvert les yeux dans son cercueil. Et elle se revit, tordant les barreaux de la grille, terrifiée et pourtant sûre de sa force. Avait-elle changé ?

Ludgate Hill, annonçait une plaque. Elle rattrapa sa sœur. Une neige épaisse se déposait sur la route et les trottoirs, nimbant le décor d'une douceur irréelle. Un fiacre approcha solennellement et les dépassa dans une succession de claquements feutrés.

– Tu n'as pas faim, toi ?

Amber lui jeta un coup d'œil en coin.

– Si.

– Je n'ai jamais eu aussi faim de toute ma vie, déclara Luna, encouragée. Je me demande depuis combien de temps nous n'avons pas mangé.

– Nous dînerons en rentrant. Papa nous attend sûrement, et Henry aussi.

La cadette acquiesça, s'abstenant de rien ajouter. Elle aussi était hantée par des visions angoissantes, mais elle aussi pensait être la seule : le silence lui paraissait donc préférable. Et ce n'est qu'aux abords de New Bridge Street qu'elle releva la tête.

– Regarde…

Sa sœur s'était figée. Là-bas, vers les quais, des brumes s'élevaient en volutes au-dessus de Blackfriars.

– Eh bien ?

– Tu ne le trouves pas bizarre, ce brouillard ?

Amber eut un geste évasif. Elles avaient été enterrées vivantes, elles avaient tordu des barreaux en fer, elles marchaient dans le froid sans rien ressentir : bizarre était devenu une notion des plus relatives.

– Sa couleur…

– Oui, reprit Luna. Il est vert.

L'aînée enfouit les mains dans ses poches. Certes, le brouillard se parait de doux reflets émeraude et, plusieurs fois déjà, il lui avait semblé discerner autour des passants qu'elle avait croisés une sorte de nimbe grisâtre. Mais il pouvait s'agir d'un phénomène naturel, non ? Et elles étaient tellement fatiguées.

– Allons voir.

– Certainement pas.

Cette fois, Luna n'écouta pas sa sœur. Retournant sur ses pas, elle s'engagea dans Blackfriars Lane et descendit vers les quais.

Quelques instants plus tard, elle s'arrêta devant une arche de pierre que surplombait une maison aux murs penchés. Le brouillard, ici, se déployait en couches épaisses, voilant la place toute proche. Amber lui reprit la main.

– Luna !

Hypnotisée, la plus jeune des deux sœurs s'enfonçait dans le *fog*.

– Bon sang ! s'emporta son aînée en lui emboîtant le pas, vas-tu me dire ce qui te…

Les mots moururent sur ses lèvres.

La neige, ici, ne tombait pas. Au milieu des lambeaux de brume verte, de menues créatures au torse trapu faisaient rouler des tonneaux vers une auberge éclairée par des lampions ; elles étaient vêtues de caleçons courts et de gilets de cuir, et leurs cheveux bouclaient sous leurs bonnets recourbés. Plus loin, deux énormes gaillards assis à même le sol faisaient rouler des dés sur le pavé en échangeant des grognements. Un trio de gentlemen coiffés de hauts-de-forme discutait en les surveillant du coin de l'œil ; sans leurs oreilles taillées en pointe, on aurait pu les croire humains. Au centre de la place se croisaient de lugubres personnages, voûtés, aux derme grisâtre et membres contrefaits : leurs crocs proéminents luisaient tel de l'ivoire. Ailleurs voletaient des lucioles, trouant le *fog* de sillages poudrés. L'une des créatures, minuscule, se posa sur le rebord d'une fenêtre, à quelques pouces à peine du visage de Luna. Écarquillant les yeux, la jeune fille découvrit qu'elle possédait des membres et un visage.

– Une fée…, chuchota-t-elle.

Une main s'abattit lourdement sur son épaule. Elle poussa un cri de surprise. Un géant au torse velu s'était baissé à sa hauteur. Un assortiment de lames brillantes était glissé à sa ceinture et il avait, de son autre main, ramené Amber vers sa sœur. Les deux jeunes filles étaient trop apeurées pour prononcer le moindre mot. Les grands yeux noirs de l'ogre les sondaient.

– Qui vous être-euh ?

– Nous…, bafouilla l'aînée, nous…

– Vous étrangères-euh. Vous espionnes-euh. Vous comment voir-euh nous ?

– C'est ma faute, répliqua Luna très vite, nous savons que nous ne devrions pas nous trouver ici mais nous allons partir sans tarder et…

– Moi manger vous-euh.

– Llardos !

Avec une mimique contrariée, le monstre relâcha ses deux proies, qui reculèrent contre le mur. Un homme sortit de l'ombre. Contrairement aux autres, il n'était enveloppé d'aucune brume verdâtre. Il portait un pardessus coûteux, un haut-de-forme luisant et une canne à pommeau. Sa barbe bien taillée et son regard humide conféraient à sa physionomie une expression de bienveillance tranquille.

– Il est manifeste, commença-t-il, que vous n'avez pas la moindre connaissance des usages locaux.

Amber et sa sœur secouèrent la tête.

– Deux jeunes filles perdues dans Londres, découvrant « par hasard » les préparatifs du marché aux Gobelins, hein ? Laissez-moi vous venir en aide. Comment vous appelez-vous ?

Luna allait répondre quelque chose mais sa sœur la tira par le bras.

– Viens, allons-nous-en.

Elle l'entraînait vers l'arche de pierre. Déjà, les brumes se dissipaient et, de l'autre côté, la neige se remettait à danser.

– Attendez !

L'homme s'était lancé à leur suite. Il tendit une carte à Luna, qui eut à peine le temps de la saisir.

– Donne-moi ça, souffla sa sœur en la lui arrachant des mains.

Elles se mirent à courir.

– Qu'est-ce qui te prend ? gémit la cadette.

Elles retrouvèrent Ludgate Hill et descendirent Fleet Street au pas de course. La neige leur giflait le visage. Luna protestait :

– Arrête ! Mais arrête !

Aux abords du Strand, devant l'imposant bâtiment des Cours royales de justice, son aînée consentit enfin à ralentir. Luna fronça les sourcils.

– Es-tu devenue folle ?

– Va savoir.

– Cet homme voulait nous aider.

– Cet homme voulait en apprendre plus sur nous. Pourquoi nous aiderait-il ? Il ne nous a jamais vues.

– Il avait l'air gentil.

Amber ferma les yeux. Des flocons se déposaient sur son visage et ses cheveux mêlés de terre. Ni elle ni sa sœur n'étaient le moins du monde essoufflées. Et tous les gens qu'elles croisaient paraissaient enveloppés de brume.

– Luna, murmura-t-elle, j'ignore qui nous a enterrées dans ce cimetière et j'ignore pour quelle raison, mais nous devons nous montrer extrêmement prudentes. Te souviens-tu de ce que nous répétait papa ? « Ne faites confiance à personne, sauf à moi et à Henry. » Cet homme avait peut-être l'air gentil, comme tu dis, mais nous ne savons rien de lui, et nous ne savons rien des créatures que nous avons aperçues sur la place. Je crois… Je crois que nous allons d'erreurs en erreurs, tu sais.

La cadette renifla.

– Nous ne faisions rien de mal.

– Bien sûr que non, la rassura Amber. Allons, continuons.

Elles se remirent en chemin au milieu des bourrasques de neige. Discrètement, l'aînée sortit de son manteau la carte qu'elle avait subtilisée à sa sœur. À la lueur d'un bec de gaz, les petites lettres dorées se détachaient avec netteté.

ABRAHAM STOKER
CONTES EFFRAYANTS & LÉGENDES POUR TOUS
SPEAKERS' CORNER
TOUS LES LUNDI ET VENDREDI SOIR À MINUIT

Dernières paroles

Henry n'aurait jamais dû venir ici, il se l'était mille fois répété dans le fiacre qui le conduisait vers Hoxton. Mais son maître lui avait confié une mission des plus capitales avant de disparaître, et il devait la mener à bien ; faire demi-tour à présent aurait été suicidaire.

Un peu plus loin, égaré dans une triste venelle, son cocher l'attendait. Le vieil homme ne lui avait pas dévoilé le but véritable de sa course, et ce goût du secret ne lui ressemblait pas. Tout, hélas, avait changé si vite ! Désormais, Henry avait peur.

Lanterne à la main, avançant courbé contre les bourrasques, il longeait les hauts murs du cimetière des indigents de Hoxton : l'endroit où l'on enterrait les pauvres, ceux dont personne ne réclamait la dépouille. S'arrêtant devant une porte métallique, il tira de sa poche un morceau de fil de fer. Quatre décennies de métier au service des plus grandes familles de Londres lui avaient appris un secret ou deux. Jetant un œil aux environs, comme si qui que ce soit eût pu lui prêter attention en cette heure indue, il entreprit de crocheter la serrure. Cinq minutes plus tard, la porte se refermait derrière lui.

Il s'arrêta un instant. Entre deux nuages, une lune pâle éclairait la scène. Nappé de neige, l'endroit lui paraissait légèrement moins inquiétant que dans son souvenir. Posant sa lanterne, il tapota ses mains gantées l'une contre l'autre puis se remit en route. Les tombes qu'il cherchait se trouvaient derrière la colline aux arbres décharnés. Ses pas crissaient et il avançait tête baissée, plongé dans ses souvenirs. « Si je ne reviens pas la nuit prochaine, lui avait glissé son maître avant de s'en retourner, rends-toi sur les quais avant le pont de Westminster. Une embarcation y est amarrée, à pont noir, qui ressemble à une péniche. Demande à parler à Mme Báthory. Dis-lui que c'est moi qui t'envoie et explique-lui bien ce qui s'est passé. Elle saura quoi faire. »

Au détour d'un cyprès, le vieil homme laissa échapper un soupir. Son maître n'était jamais revenu et il se retrouvait seul désormais, seul avec ses doutes et ses appréhensions. Comment ne pas trembler ? Il revoyait les monstres, il entendait les bris de verre, il se revoyait, lui, mettant le feu aux rideaux comme le lui avait demandé son maître. Dieu ! Le feu s'était répandu beaucoup plus vite qu'il ne l'avait pensé.

Le souffle court, le majordome dévala la pente douce. Une sueur mauvaise avait plaqué des mèches sur son front.

Il s'engagea dans l'allée et commença à compter ses pas. Puis il s'arrêta, et se retourna lentement.

Un élancement brutal lui arracha un geignement. Cela venait de la poitrine. Il se sentit chanceler. Là, juste devant lui : les deux tombes étaient béantes et les cercueils gisaient, fracassés.

Henry essaya de déglutir. La douleur, lancinante, lui broyait l'épaule gauche. Son haleine se dissipait dans l'air glacé.

Lâchant de nouveau sa lanterne, il tomba à genoux et, saisissant un fragment de cercueil, l'examina sous tous les angles, comme si la réponse à ses questions eût pu surgir d'un pauvre morceau de bois. Finalement, il le jeta au loin et se releva.

Telle une compagne insistante, la douleur ne le quittait plus, et Henry sentait sur sa poitrine peser un poids croissant. Levant sa lanterne, il reprit le chemin en sens inverse, murmurant dans la pénombre. Le petit univers familier qui avait été le sien pendant toutes ces années se disloquait désormais à toute allure.

Revenu au fiacre, il se retint à la portière sous le regard agacé du cocher.

– Un problème ?

– Aucun... problème, ahana le vieil homme en s'efforçant de sourire. Conduisez-moi... à Westminster.

Une demi-heure plus tard, Henry arrivait au pont. Le nez collé au carreau, il s'efforçait de distinguer les abords du fleuve. Nulle péniche n'y était accolée. Il descendit tout de même, et régla la course. La neige tombait de nouveau, plus fort qu'avant semblait-il. Le fiacre s'éloigna dans un tourbillon indistinct. En quelques secondes, le vieil homme se retrouva seul, avec ses doutes et son mal.

Il fit quelques pas en se tenant le bras gauche. Il pouvait à peine respirer. Il s'avança au bord de la Tamise.

– Hé! Là-bas!

Un homme s'était détaché des ténèbres et venait vers lui en rangeant une paire de jumelles. Henry fit un pas, et vacilla. L'inconnu, qui portait un uniforme à galons frappé aux couleurs de la Couronne, le retint au moment où il allait s'écrouler.

– Je dois... Je dois parler à... Elizabeth... Báthory.
– Qui êtes-vous?

Pour toute réponse, le majordome sortit de sa poche le morceau de papier où son maître avait noté ses indications. Le garde le parcourut, puis avisa un banc.

– Ne bougez pas. Je vais chercher de l'aide.

Il le laissa s'affaler et s'évanouit dans l'obscurité. Étendu de tout son long, les yeux grands ouverts, le vieil homme contemplait les nuages et leur halo lunaire.

Quelques minutes plus tard, un lent ronronnement

s'éleva du fleuve puis cessa comme il avait commencé. Henry se sentit soulevé. Son sauveteur était revenu accompagné d'un acolyte, en uniforme lui aussi, et ils le portaient tous deux, l'un le tenant par les aisselles, l'autre par les chevilles. Les perspectives se renversaient. Le vieil homme comprit qu'on montait sur une passerelle. La péniche ! Puis une écoutille s'ouvrit, et on le glissa à l'intérieur. Un air de piano montait des profondeurs.

Arrivé au bas de l'échelle, le premier garde l'aida à se réceptionner puis le porta jusqu'au fauteuil le plus proche, où le majordome s'effondra. Une ombre de sourire passa sur son visage. « Quel endroit étonnant ! » songea-t-il dans un brouillard. Au milieu d'un salon aux parois de verre incurvées trônait un somptueux Pleyel à queue sur le clavier duquel un petit chauve à monocle venait de plaquer ses derniers accords. Devant les parois s'alignaient d'interminables sofas de cuir, et d'autres fauteuils. Henry voulut se redresser. Maladroitement, il essaya d'ouvrir les premiers boutons de sa chemise. Le pianiste s'empressa de lui venir en aide.

Derrière le poste d'écoutille, un personnage grisonnant vêtu d'une robe de chambre en soie violette achevait de s'entretenir avec l'un des gardes. Il s'approcha à son tour et, mettant un genou à terre, posa sur le vieil homme un doux regard bleuté.

– Permettez ? Je suis médecin.

Sortant une montre à gousset, il prit son pouls.

– Depuis combien de temps souffrez-vous ainsi ? Une demi-heure ? Une heure ?

Henry ébaucha un faible geste, qui parlait en faveur de la seconde hypothèse. Un troisième individu, un blond musculeux vêtu d'une ample tenue de cuir sombre, fit alors son entrée derrière les deux autres.

– Qui vous envoie ?

Le médecin caressa son fin liseré de moustache.

– Cet homme n'est guère en état de s'expliquer, Virgil : il est en train de mourir.

– Raison de plus pour le presser un brin.

– Bravo, très constructif.

– Oh, vous estimez sans doute être le roi des…

– Silence, vous deux !

Le petit chauve à monocle braquait sur les deux autres un regard sincèrement offusqué. Henry essayait d'articuler quelques mots tandis que l'embarcation s'ébranlait de nouveau et que le grondement sourd de son moteur à hélice se faisait entendre.

– Comment ?

– C'est… John… John Wilcox qui… m'a… demandé de…

– John ? répéta le dénommé Virgil. Mais John est mort !

Le médecin posa un doigt sur ses lèvres. Le vieil homme n'en avait pas terminé mais ses paroles étaient devenues à peine audibles. Penché sur lui, le médecin lui offrait toute son attention. Soudain, il écarquilla les yeux et se redressa.

– Au nom du ciel...

– Quoi ? trépigna le chauve, qu'est-ce qu'il a dit, James ?

– Demandez à Harvey de faire machine arrière ! répondit l'interpellé en sortant un mouchoir de sa robe de chambre pour en tamponner le front du malade : nous partons pour Chelsea. Oh, et, Friedrich, soyez assez aimable pour m'apporter ma mallette.

Le petit homme tourna les talons cependant que Virgil se hâtait en sens inverse vers la salle des machines.

– Essayez de vous apaiser, chuchota le médecin à l'oreille du vieux Henry. Nous allons vous tirer de là.

Il lui mentait, évidemment. Au premier coup d'œil, il avait compris que le malheureux était perdu. Une main se referma sur sa robe de chambre.

– Sau... Sauvez-les, bredouilla le malheureux.

Son corps fut pris d'un soubresaut. Il ouvrit la bouche puis, retombant en arrière, exhala un dernier soupir.

Devant les parois transparentes de l'*Inoxydable* bouillonnaient les eaux noires de la Tamise. Elles furent les dernières choses sur lesquelles il posa les yeux – elles, et le visage des deux jeunes filles qu'il avait tant aimées.

Ce goût brûlant...

Au même moment, et sans se douter du drame qui se jouait à quelques encablures, Amber et Luna descendaient l'une derrière l'autre la grande allée immaculée de Whitehall. Trouant les brumes, la tour grandiose du Parlement s'offrait maintenant à leur vue. Maigre réconfort ! Leurs forces les abandonnaient.

Soudain, Big Ben se mit à vibrer : des coups sonores, lâchés dans le silence. Les deux sœurs se figèrent. Quatre heures, déjà ?

– Je n'en peux plus, gémit Luna.

– Je sais.

– C'est ma tête. J'ai le vertige. Si je ne mange pas quelque chose très vite…

– Nous n'avons rien, et tu le sais. Allons, encore un effort.

Accablée, la cadette porta une main à son front.

Était-elle fiévreuse ? Quelques minutes plus tôt, face à la devanture d'un magasin de chapeaux du Strand, elles avaient contemplé leur reflet dans une glace à la lueur d'un bec de gaz.

– Non..., avait soufflé Amber.

Leur peau, si pâle ! Et leurs yeux injectés...

La mort dans l'âme, les deux jeunes filles passaient à présent les bâtiments du ministère des Affaires étrangères.

Devant King Charles Street, elles s'arrêtèrent de nouveau. Une petite forme grisâtre galopait le long du trottoir, mouchetant la neige de ses empreintes.

Luna hoqueta.

– C'est un rat, fit-elle.

– Je le vois bien, que c'est un rat.

– Tu ne penses pas qu'on devrait essayer de...

La jeune fille n'acheva pas sa phrase. Tous ses sens en alerte, le rongeur s'était arrêté pour humer l'air. Amber le fixait avec stupeur. Oui, elle ressentait cette envie, cette soif inextinguible. Elle pouvait bien se l'avouer maintenant : elle lisait la même dans le regard de sa sœur.

– Attends-moi ici, murmura Luna en s'avançant dans la rue à peine éclairée.

Son aînée esquissa un sourire douloureux. C'était insensé. L'animal allait s'échapper, immanquablement. Et il était quatre heures du matin. Et la neige s'était remise à tomber – un linceul de neige épaisse qui assourdissait tout.

– Luna !

Elle avait chuchoté. Sa cadette s'était élancée, avec une vivacité si incroyable qu'elle crut d'abord qu'un éclair avait jailli.

Mais c'était bien elle, sa petite sœur, qui avait surgi tel un éclair et s'était retrouvée à genoux dans la neige. C'était bien elle, à présent, qui tenait le rongeur dans ses mains, le visage illuminé d'une expression indéchiffrable.

– Luna ?

Le chuchotis d'Amber s'était mué en supplication.

– Pardon…, répondit la cadette.

Le rat, qui couinait entre ses doigts, ses petites pattes griffant l'air, s'immobilisa un instant comme s'il avait senti quelque chose. Tout de suite après, elle le porta à sa bouche et le mordit sauvagement.

L'animal poussa un cri perçant. Des gouttes vermeilles avaient giclé sur le trottoir. Bouleversée, Amber vit sa sœur relever la tête, la bouche maculée de sang. Le rat se débattait avec la vigueur du désespoir.

– Je ne sais pas ce qui se passe…, marmonna la cadette telle une élève prise en faute.

Puis elle mordit encore, et le rongeur cessa de bouger.

– Tu en veux ?

Elle lui tendait le cadavre de l'animal. Amber aurait voulu repousser l'offrande d'un air dégoûté. Mais un instinct irrépressible montait en elle.

Recueillant le rongeur, elle considéra un instant son pelage taché, puis y planta ses dents à son tour. Une sensation délicieuse l'envahit, et ses yeux se révulsèrent. Jamais elle n'avait éprouvé un tel plaisir.

Passant sa langue sur ses lèvres, elle but de nouveau, paupières mi-closes, jusqu'à ce que le liquide tiède et onctueux vienne perler à la commissure. Soudain, elle suspendit son geste, comme si elle venait de prendre conscience de ce qu'elle était en train de faire.

Ses doigts s'ouvrirent ; le corps du rat tomba sur le trottoir.

– Mon Dieu…

Pâle comme la mort, sa sœur risqua un pas vers elle. Incapable de retenir ses larmes, Amber se détourna.

Le silence était retombé entre elles comme un mur. Pareilles à des somnambules, les deux sœurs descendaient le long de Millbank et de Grosvenor Road.

Sur leur visage ne restait nulle trace de sang. Frénétiquement, elles avaient écrasé de pleines poignées de neige sur leur bouche, leurs joues, leur menton. Comme par miracle, toute fatigue les avait quittées, et un bonheur terrible les habitait désormais : celui de la pulsion assouvie.

Passant devant le pont de Chelsea, elles bifurquèrent vers Chelsea Bridge Road. De somptueuses demeures à colonnades sommeillaient dans la pénombre. Courbés par la brise, des ormes et des érables secouaient mollement leurs branches, criblant la chaussée d'éclaboussures.

À mesure qu'elles se rapprochaient de chez elles, les deux sœurs ralentissaient l'allure. Au milieu de Franklin's Row, elles s'arrêtèrent tout à fait, et leurs doigts fébriles se rejoignirent dans l'ombre. Debout l'une contre l'autre, elles regardaient la neige ensevelir le square de leur enfance.

Des images les traversaient comme des spectres. Oui, elles se souvenaient, désormais, elles se souvenaient de ce soir maudit où des policiers en uniforme s'étaient présentés à leur porte, mine sombre, regard fuyant. Leur belle-mère était sortie à leur rencontre et le plus vieux s'était raclé la gorge. « Je crains, madame, que nous ne soyons porteurs de bien tristes nouvelles. Votre époux… »

Au fond du vestibule, Amber et sa sœur étaient restées pétrifiées. Leur belle-mère, alors, s'était retournée vers elles, avisant le majordome qui venait d'apparaître dans leur dos. « Henry ? Ayez la bonté de reconduire ces jeunes filles à leur chambre. »

Et cela avait été tout. Aucune fleur, aucun adieu. Un jour, votre père vous embrasse, vous porte à bout de bras, et son rire joyeux emplit toute la maison. Le lendemain, il est mort, et on vous demande de continuer à vivre.

Ce soir-là, les deux sœurs s'étaient retrouvées dans le lit de la plus grande, et elles s'étaient serrées de toutes leurs forces pour étouffer le chagrin, sombrant peu à peu, les yeux bouffis de larmes, et susurrant le nom de leur père. Elles ne se rappelaient guère les jours suivants. Le monde gisait sous une chape de tristesse. Le square, les pierres, les objets : un engourdissement sans nom s'était emparé de la vie. Sans s'en rendre compte, les deux jeunes filles avaient cessé de nourrir leurs oiseaux et d'arroser leurs plantes – cessé de chanter, de jouer, de rêver. Rien, ni les prévenances du vieux Henry ni les remontrances de leur belle-mère, ne paraissait capable de les sortir de cette longue nuit sans fin.

Et puis, une nuit, justement, un miracle s'était produit.

Leur père avait réapparu. « Je suis vivant, avait-il soufflé, tapi derrière les buissons du jardin, je suis vivant, mais personne ne doit savoir. Oh, vous me manquez tellement. »

Que lui était-il arrivé ? Il avait refusé de le leur dire. « Il est trop tôt. » Il était revenu la nuit suivante, et celle d'après aussi, et celle d'après encore – un rituel merveilleux et cruel. Penchées à leur fenêtre, osant à peine respirer, elles avaient bu ses paroles, s'étaient repues de ses caresses, et les ténèbres s'étaient emplies de chuchotis secrets.

Il leur avait recommandé de ne faire confiance à personne. Même pas à Henry ? Si, à Henry, elles pouvaient. Mais elles devaient se méfier de leur belle-mère. Interdiction de se confier à elle, il ne pouvait leur expliquer. De toute façon, avaient-elles jamais aimé cette femme ? Oh, il avait commis une erreur, avait-il soufflé un soir, une grave erreur. Mais tout allait s'arranger, et il leur avait promis de revenir les chercher « plus tard », quand il aurait réglé certaines affaires de première importance.

Elles l'avaient cru sur parole. Leur père était un homme d'honneur, elles ne l'ignoraient pas. Elles s'étaient donc contentées de l'attendre et de se taire. Jusqu'à cette nuit.

Mais que s'était-il passé, alors ? Au seuil de la révélation, la mémoire leur faisait défaut. Leur père les avait prévenues le soir même. « Quelqu'un vous veut du mal. Si vous suspectez une traîtrise, un enlèvement – si je ne suis pas avec vous, vous devrez fuir, vous comprenez ? Ne laissez personne vous approcher. »

Amber et sa sœur avaient acquiescé, dévorées par l'angoisse. Accroché à la gouttière, leur père les avait embrassées l'une après l'autre, sur le front. Cinq minutes plus tard, leur belle-mère était montée pour leur donner leur cuillerée d'huile fortifiante. Après quoi elle les avait bordées et leur avait caressé la joue. « Dormez bien. »

Ensuite ?

Ensuite, il y avait eu ces pas dans l'escalier. Ces hurlements. Les flammes.

À présent, elles s'engageaient dans Saint Leonard's Terrace, et le pressentiment qui n'avait jamais cessé de les hanter achevait de prendre corps.

Devant la grille du numéro 12, elles s'arrêtèrent enfin. De leur maison à trois étages, il ne restait plus rien : un amas de ruines calcinées, hérissé de barres de fer, de murs crevés et de tuiles en miettes avait pris sa place.

Une légère odeur de brûlé flottait encore dans l'air, se mêlant aux flocons mélancoliques qui hésitaient à se poser.

Combien de temps demeurèrent-elles ainsi ? Une heure, deux peut-être ? Luna tremblait sans s'en rendre compte. Pour finir, Amber enjamba les débris de la grille et ramassa au milieu des décombres les restes d'une poupée noircie. Brusquement, elle la rejeta au loin. Une colère sans nom montait en elle. Quelqu'un avait voulu les faire disparaître. Où se trouvait leur belle-mère ? Où se cachait leur père, Henry – où se trouvaient tous les adultes qui auraient dû veiller sur elles et les protéger ?

Elle rejoignit sa sœur et, d'une main ferme, la força à poser sa tête sur son épaule. Des sanglots étouffés montaient dans la nuit finissante.

– Je veux… Je veux tuer ceux qui ont fait ça, bredouillait la cadette. Je veux les retrouver et leur faire payer au centuple.

Amber opina puis tourna son visage vers l'ouest. Bientôt, elle le sentait, les premiers feux de l'aurore allaient poindre. Une angoisse inexplicable la saisit. À son tour, Luna leva la tête et, tel un animal pris au piège, se mit à haleter.

– Le soleil…

D'un même élan, les deux sœurs se tournèrent vers le square ; le couvert épais des ramures et des buissons semblait les appeler.

Tandis qu'elles se hâtaient vers l'entrée, une vive douleur arrêta Amber dans sa course. Baissant les yeux, elle vit qu'une aiguille s'était plantée dans son bras. Titubant, elle se raccrocha à sa cadette.

– Ne… Ne reste pas… ici.

Effrayée, Luna jeta un coup d'œil aux alentours. Puis elle sentit une piqûre à la nuque. Sa main tâtonna, trouva l'aiguille. Elle eut à peine le temps de voir le corps de sa sœur glisser contre le muret. L'instant d'après, elle perdait connaissance à son tour.

Impatiences

Cette fois-ci, Luna se réveilla la première. Elle se trouvait dans une chambre, allongée, les mains à plat sur la couverture d'un grand lit. Sur sa table de nuit, une lampe de chevet diffusait une lumière tamisée. Des crépitements rassurants lui firent tourner la tête. Une bûche achevait de se consumer dans l'âtre. Le plafond était très haut, et décoré de moulures. L'endroit, remarqua la jeune fille, était meublé avec goût : une armoire, un coffre, un petit secrétaire et sa chaise, tout ceci en bois sombre, sans ornement superflu.

Rejetant sa couverture, elle resta un instant assise. Elle était vêtue d'une chemise de nuit en coton blanc parfaitement ajustée. Elle examina ses manches, puis posa ses pieds nus sur le grand tapis moelleux et chemina jusqu'à la fenêtre. La chambre, située au premier étage, donnait sur une grande rue tranquille où s'alignaient des becs de gaz. Elle n'avait aucune idée de l'endroit où elle se trouvait.

Un miroir surmontait la cheminée. Elle s'y contempla avec perplexité. Ses cheveux avaient été lavés, son visage était net. Elle avança une main vers son reflet puis se tourna. Des pas résonnaient, dans le couloir. Elle eut à peine le temps de se remettre au lit et de fermer les yeux. La porte s'ouvrit avec un léger grincement.

Un homme fit son entrée. Pourvu d'un abdomen proéminent, il était vêtu d'un gilet et d'un veston de belle facture.

– Pourquoi faire semblant de dormir ?

Luna ouvrit les yeux. L'homme avait tiré la chaise du secrétaire pour s'installer à son chevet. Sa figure moustachue et ses petits yeux rieurs incitaient à la confiance. Il ne devait pas avoir plus de quarante ans. Il tendit à la jeune fille une main boudinée.

– Je m'appelle Hoaxley et je suis médecin. Toi, tu es Luna Wilcox, c'est bien ça ?

– Où suis-je ?

Il se retourna vers la fenêtre.

– Holland Park Avenue. Dans le prolongement de Kensington.

– Qu'est-ce que je fais ici ? Où est Amber ?

L'homme sortit une pipe de son veston et posa sur la jeune fille un regard amusé.

– Ta sœur se trouve dans une chambre voisine. Elle dort. Avant toute chose, je veux t'assurer que vous êtes en parfaite sécurité. Votre père est un ami. Nous agissons avec son consentement.

– Notre père ?

Le docteur Hoaxley avait entrepris de bourrer sa pipe.

– Nous vous avons trouvées il y a deux jours devant votre maison, ta sœur et toi. Vous étiez malades, gravement malades. Nous avons pris la liberté de vous endormir.

– En nous… piquant ?

– C'était préférable à une confrontation directe. Le soleil menaçait de se lever.

– Et alors ?

L'homme renifla.

– Vous ne supportez pas le soleil. Nous vous avons conduites ici pour vous mettre à l'abri. Votre père a disparu.

– Et notre belle-mère ? Et notre majordome ?

– Un incendie a ravagé votre demeure. Nous avons cherché votre belle-mère – Rebecca, c'est bien cela ? Mais nous ne l'avons pas retrouvée. Nous cherchons encore.

Luna poussa un soupir et se rassit sur son séant. De ses doigts mal assurés, elle lissa sa longue chevelure noire.

– Qui êtes-vous ? Vous n'arrêtez pas de dire « nous ».

– Je travaille pour une organisation gouvernementale, répondit le docteur en tapotant sa pipe contre le rebord de la table de chevet. Une sorte de ministère confidentiel, si tu préfères. Toi et ta sœur êtes atteintes d'une affection très rare qui nécessite des soins constants et une observation assidue.

— Vous… Une affection ?

— Nous ignorons comment vous l'avez contractée. Ce n'est pas une maladie mortelle, mais elle peut le devenir si nous omettons de prendre certaines précautions.

— Et comment… comment s'appelle cette maladie ?

— Elle n'a pas de nom, répondit le docteur en présentant sa paume ouverte à la jeune fille. Donne-moi ta main.

Luna le fixait, anéantie. Elle lui tendit ses doigts. Il les serra doucement.

— Je suis ici pour vous aider, déclara le docteur d'une voix douce, et pour prendre soin de vous. Vous n'avez strictement rien à craindre.

Ils restèrent un long moment sans bouger. Des larmes coulaient sur les joues de la jeune fille.

— Allons, murmurait Hoaxley, allons, tout va finir par s'arranger.

Tirant un mouchoir de sa poche, il lui essuya gentiment les yeux. Puis il se leva et s'étira avec un grognement las. Une pendule sonna onze coups. L'homme alla ouvrir la fenêtre et s'assit sur le rebord en allumant sa pipe.

— Docteur Hoaxley ?

— Oui ?

– Que se passerait-il si… si la lumière du soleil nous atteignait ?

– Vous seriez brûlées. Très gravement.

De sa bouche arrondie, l'homme fit passer un rond de fumée par-dessus son épaule.

– D'autres questions ?

– Par qui voulez-vous que je commence ?

Amber et Luna se tenaient sagement assises. Le cabinet du docteur Hoaxley, puisqu'il s'agissait bien de cela, jouxtait le grand salon du rez-de-chaussée. On s'y sentait un peu à l'étroit. Garnie d'épaisses encyclopédies, une bibliothèque montait jusqu'au plafond sous la surveillance d'un squelette jauni. Le bureau lui-même était une chose étriquée et bancale qui menaçait de disparaître sous les dossiers. Une table d'examen avait été poussée contre le mur d'en face, surmontée d'estampes japonaises et d'une carte de Londres. Un lustre poussiéreux oscillait sous le plafond haut. Au fond de la pièce, contre une banquette de cuir rapiécé, montait un étroit escalier de fer en colimaçon qui menait à ce que Hoaxley appelait son boudoir, et qui était situé au même niveau que les chambres des deux sœurs. Un tapis en imitation peau de tigre, un globe lunaire posé dans un coin, deux épées croisées au mur et un jeu de fléchettes complétaient cet improbable décor.

– Peu importe, décréta Amber.

Une nuit avait passé. Les deux sœurs s'étaient retrouvées. Elles avaient discuté, seules d'abord, puis avec le docteur. Elles avaient décidé de ne pas lui parler du cimetière. L'épisode était trop proche, trop douloureux – il les ramenait à une prescience intime de leur propre condition, et cette prescience était si sombre qu'elles ne se sentaient pas capables de l'affronter, du moins pas encore. Elles convinrent donc de feindre l'amnésie.

Elles étaient assignées à résidence. Jusqu'à nouvel ordre – jusqu'à ce que la nature exacte de leur maladie, précisa le docteur, ait été déterminée et un traitement approprié mis au point – elles devaient rester dans cette maison « sous observation », avec interdiction de sortir.

Entre les murs de la maison en revanche, elles étaient libres d'aller et venir à leur guise. Hoaxley resterait avec elles tout le temps nécessaire.

– Bien, fit le docteur en se levant pour tapoter sa table d'examen. Viens t'asseoir ici, Amber.

Docile, la jeune fille se leva et se jucha sur la table. Ses pieds pendaient dans le vide. Dépliant son stéthoscope, l'homme l'ausculta brièvement, tâta sa gorge et inspecta ses yeux. Puis, muni d'un petit bâtonnet, il observa sa bouche et ses dents.

– Très bien.

– Très bien ? répéta la jeune fille.

– Tout a l'air normal. Luna, veux-tu éteindre la lumière, s'il te plaît ?

La cadette s'exécuta. Avec ses volets fermés et ses rideaux tirés, la pièce était plongée dans une obscurité quasi totale. Le docteur leva les mains en repliant pouces et index.

– Combien de doigts ?
– Six.
– Qu'est-ce que je fais, maintenant ?
– Vous fermez un œil.
– Et là ?
– Vous tenez un bouton de votre gilet. Oh, et vous avez fermé l'autre œil.
– Parfait. Luna, tu peux rallumer.

La lumière revint. Impassible, le docteur retroussa une manche de sa veste et s'approcha de sa patiente.

– Ferme la bouche.

Amber s'exécuta avec une moue dédaigneuse. Hoaxley lui boucha le nez sans prévenir. Surprise, la jeune fille l'interrogea du regard.

– Garde la bouche fermée, tu veux ?

Une minute passa.

Puis deux.

– Tout va bien, n'est-ce pas ?

L'aînée hocha la tête avec enthousiasme.

– Bon.

L'homme alla se rasseoir, ouvrit un carnet et consigna une série de notations.

– Docteur ?
– Oui, Amber ?
– Que signifient ces tests ?

– Je croise des données. Je corrobore des informations.

– Mais encore ?

– Visiblement, tes capacités respiratoires ont été affectées. Tes besoins en oxygène ont diminué de façon considérable. Et ta vue nocturne est parfaite. Ceci est conforme à notre diagnostic.

Posant sa plume, il attrapa un petit buste en bronze posé sur son bureau.

– Luna, prends ceci.

La jeune fille se leva et saisit la statuette.

– Connais-tu ce monsieur ?

– Oui. C'est William Shakespeare.

– Tords-lui le cou.

– Quoi ?

– Attrape sa tête et tourne-la. Si tu le peux bien sûr.

– Je ne crois pas…

– Essaie.

Sans conviction, la cadette partit se rasseoir et referma sa main sur la tête de bronze. Elle prit une courte inspiration puis exerça une pression. La tête était très solidement fixée. Elle pivota pourtant. Presque aussitôt, Luna s'arrêta. Une lueur craintive brillait dans son regard.

– Et dans l'autre sens ?

Sans effort apparent, la jeune fille remit le buste dans sa position première. La sculpture avait maintenant un petit air penché. Luna se leva pour la rendre à Hoaxley. Celui-ci ne paraissait guère ébranlé.

– Que ressens-tu ?

– Je ne comprends pas, fit la cadette des Wilcox. Je ne comprends pas comment j'arrive à faire ça.

Le docteur prit encore quelques notes : on n'entendait plus que le crissement nerveux de sa plume.

– C'est la maladie, soupira-t-il. Toujours la maladie. De toute évidence, votre force musculaire a augmenté très significativement. À présent, nous allons procéder à un petit test de vivacité. Amber ?

– Pas la peine.

– Je te demande pardon ?

– Si vous voulez savoir si nous sommes capables de vous arracher votre plume des mains avant même que vous ayez eu le temps de vous en rendre compte, la réponse est oui : nous en sommes capables. L'autre nuit, Luna a attrapé un rat dans une ruelle.

Le docteur se renversa sur son siège.

– Je vois. Votre calvaire s'achève donc ici, mesdemoiselles. Oh, il est toutefois un dernier point que j'aimerais discuter avec vous : comment me voyez-vous ?

Amber ricana.

– De quoi parlez-vous ?

– Percevez-vous une sorte de brouillard autour de moi ? Un halo ?

Luna hocha la tête sans hésiter. Sa sœur lui décocha un regard désapprobateur, qui n'échappa pas à Hoaxley.

– Je suppose, poursuivit-il, que vous… percevez tout le monde ainsi. De quelle couleur est mon aura, Amber ?

— Je ne sais pas.

— Tu ne sais pas, ou tu ne veux pas me le dire ?

— Qu'est-ce qui m'y force ? Vous nous cachez bien la vérité, vous aussi.

— Vraiment ?

— Votre aura est grisâtre, les coupa Luna. Et, oui, nous voyons tout le monde ainsi.

Amber croisa les bras.

— Mm, marmotta le docteur en noircissant une nouvelle page de son carnet. Amber, ainsi que je te l'ai expliqué, je ne suis ici que pour vous aider.

— Alors pourquoi n'avons-nous pas le droit de sortir ? Pourquoi sommes-nous emprisonnées ?

— Vous n'êtes pas emprisonnées. Je vous le répète, vous êtes en observation, et c'est une période qui s'achèvera bientôt. Je dois simplement m'assurer que vous allez bien.

— Que nous allons bien ? Voyons, docteur, ça me paraît évident ! Nous dormons le jour parce que nous ne supportons pas la lumière du soleil. Nous sommes incapables d'avaler quelque aliment que ce soit à part du sang d'animal, et nous tordons des barres de fer comme s'il s'agissait de bâtons de guimauve. Qu'est-ce qui vous fait penser que nous avons un problème ?

Le docteur Hoaxley posa sa plume et entortilla sa moustache autour de son index.

— Je te demande seulement un peu de patience.

Mais la patience n'était pas la qualité première d'Amber. Cette même nuit, peu de temps avant l'aube, et alors que le docteur venait d'entrouvrir sa porte pour vérifier qu'elle dormait bien, la jeune fille sortit de sa chambre sur la pointe des pieds et descendit au salon.

Le docteur s'était retiré dans ses appartements, au dernier étage. Peut-être avait-il laissé son cabinet ouvert ? L'aînée des Wilcox posa sa main sur la poignée. Elle esquissa un sourire : la porte n'était pas verrouillée. Elle entra sans bruit et referma derrière elle. Allumer la lumière était inutile. Cette maladie n'avait pas que des mauvais côtés.

Prenant place sur le siège, elle ouvrit l'un après l'autre les trois tiroirs du bureau à la recherche du carnet de notes de Hoaxley.

Il ne s'y trouvait pas. Avec un soupir, elle contourna la table et, sous le regard indifférent du squelette, tira quelques livres de la bibliothèque, dont elle laissa rapidement tourner les pages. Il s'agissait de traités de médecine compliqués ; certains étaient rédigés en latin ou en grec. Rien à tirer de tout cela.

Elle remit les livres en place. Son regard s'était posé sur le trench-coat du docteur, suspendu à son portemanteau. Elle le tâta. Un portefeuille était glissé dans la poche intérieure. Sans hésiter, elle l'ouvrit et en sortit une liasse de cartes et de papiers. Son front se plissa. Le docteur ne s'appelait pas Hoaxley.

– Surprenant, non ?

Un coup de feu ne l'aurait pas fait plus violemment tressaillir. Pivotant, elle fit un pas en arrière, se cogna à un fauteuil, recula encore.

– Du calme, fit l'homme qui se tenait dans l'embrasure. Nous sommes entre amis.

– Qui êtes-vous ?

– Puis-je allumer la lumière ou préfères-tu que je te réponde d'abord ?

Sa voix était douce et malicieuse, mais la jeune fille se tenait toujours sur la défensive.

– Je… Je vais prévenir le docteur Hoaxley.

– Libre à toi. Mais premièrement, tu viens d'établir qu'il ne s'agissait pas de son vrai nom. Et deuxièmement, je doute qu'il soit ravi d'apprendre que tu t'es relevée pour fouiller dans ses affaires.

– Et vous ? Comment êtes-vous entré ?

Il fit tourner une petite clé autour de son index.

– Par la porte. Le docteur Watson et moi travaillons ensemble.

– Watson ?

– Oui, je sais, c'est un tantinet moins élégant que Hoaxley. Quand pourrai-je allumer ?

– Allez-y.

La jeune fille se laissa tomber sur la banquette. L'intrus, lui, s'était assis à la place du docteur. Maigre, le visage taillé à coups de serpe, il était coiffé d'une casquette de feutre et vêtu d'un veston à carreaux qui avait dû être à la mode un jour. Son regard pétillait d'intelligence. Ôtant son couvre-chef, il passa une main dans ce qui restait de ses cheveux gris.

– Tu es celle aux cheveux bouclés. Celle qui a mauvais caractère. Amber, c'est cela ?

– Très perspicace.

– Merci, je travaille dur. Tu ne veux pas connaître mon nom ?

– Si vous tenez à me le dire…

L'homme sortit une flasque de son veston et avala une gorgée d'un liquide capiteux. Puis, la rebouchant avec soin, il se leva, ouvrit la fenêtre, et entrouvrit les volets, qu'il referma derechef.

– Dans un quart d'heure, fit-il en se rasseyant, tu devras aller dormir. Je ne suis pas certain qu'il soit très opportun d'entamer maintenant une longue conversation. Cependant, je m'appelle Holmes. Sherlock Holmes. Et le docteur Watson est, en quelque sorte, mon assistant.

– Ah.

– Il s'occupe de vous la nuit, et je monte la garde le jour.

– D'accord.

– Ce que je te raconte n'a pas l'air de te passionner beaucoup. Bah, je te comprends. D'autres questions doivent agiter ton esprit, autrement importantes. As-tu déjà entendu parler de moi ?

– Êtes-vous ce détective privé dont on raconte les aventures dans le *London Bell* ?

– *J'étais*. Et la plupart de ces récits sont de pures inventions.

– Je ne les ai jamais lus.

– Tant mieux. Il y a trois ans, et pour des raisons qu'il me serait fastidieux de te révéler ce matin, j'ai décidé de mettre mes compétences au service de la Couronne d'Angleterre. Tout comme ton père, si je ne m'abuse.

Amber senti son cœur battre plus fort.

– Vous connaissez mon père ?

– Si fait.

– Est-il encore en vie ?

Sherlock Holmes marqua une pause.

– Possible.

Un sourire illumina le visage de la jeune fille ; elle parut se détendre.

– Où est-il ?

– Il ne me reste pas assez de temps pour répondre à cette question de façon satisfaisante, Amber. Tu ferais mieux de monter te coucher. Je serai là ce soir à ton réveil.

– Vous…

Il posa une main sur son épaule.

– Je serai là.

Décontenancée, la jeune fille tentait de gagner du temps.

– Si jamais vous avez l'occasion de lui parler, dites-lui… dites-lui…

– … qu'il vous manque, à toi et à ta sœur. J'y veillerai, sois-en sûre. Et maintenant, disparais.

La jeune fille se leva tristement. Déjà, ses paupières se fermaient : à l'approche de l'aube, un sommeil irrésistible s'emparait d'elle. Elle regagna le salon. Le détective rafla sa casquette, éteignit la lumière et referma la porte. Devant le grand escalier, il la rattrapa.

– Amber. Vous n'êtes pas seules.
– Quoi ?
– Toi et ta sœur. Nous veillons sur vous, quoi qu'il arrive.

La jeune fille posa un pied sur la première marche.
– Monsieur Holmes…
– Oui ?
– Quel genre de monstres sommes-nous devenues ?

Le détective toussota dans son poing.
– Tout être humain est un monstre en puissance, Amber. Mais je crois que ta sœur et toi êtes assez loin du compte.

Speakers' Corner

Le docteur Watson avait vu les choses en grand : nappe de dentelle et vaisselle en argent. Quatre couverts avaient été dressés. Lui et Sherlock prenaient place aux extrémités de la table ; Amber et Luna se faisaient face au milieu.

C'était la première fois qu'elles dînaient dans la salle à manger. Les soirs précédents, la nourriture avait été montée dans leur chambre.

L'œil soupçonneux, Holmes repoussait du bout de sa fourchette le morceau de *black pudding* qui venait d'atterrir dans son assiette. Penché au-dessus de la soupière, son acolyte s'apprêtait à servir les jeunes filles.

– Luna, ton bol.

La cadette s'exécuta. Une première louche de liquide fut versée.

– C'est du sang de mouton, en provenance directe des abattoirs d'Islington. En veux-tu une deuxième ?

— S'il vous plaît.

Arriva le tour d'Amber. Renfrognée, l'aînée se contenta d'un demi-bol. Watson voulut lancer une objection mais s'abstint finalement, et se rassit.

— Bon appétit à tout le monde.

Sherlock Holmes secoua sa serviette avant de se la nouer autour du cou.

— Watson ?
— Oui, Holmes ?
— Pourquoi du *black pudding* ?

Le bon docteur reposa son couteau.

— Le *black pudding* est constitué principalement de sang de porc. Nos demoiselles en auront leur part ensuite.

— La question que je vous posais était : « Pourquoi devons-nous manger du sang nous aussi ? »

— J'ai pensé…

— À une sorte de dîner de solidarité ?

Watson approuva piteusement.

— Voilà une initiative que je qualifierais d'audacieuse, mon cher. Qu'en pensez-vous, mesdemoiselles ?

Amber avala une cuillerée en grimaçant puis repoussa son assiette.

— Si présenter le sang sous forme de soupe est censé nous faire oublier que c'est du sang, je dirais que c'est raté. Puis-je avoir du pudding ?

Elle sursauta. Luna lui avait décoché un coup de pied sous la table.

— L'idée est excellente, rétorqua la cadette en

adressant son plus beau sourire au docteur. Un dîner en rouge sombre et noir : exquis.

— Merci, fit Watson, quelque peu rasséréné. Pour notre dessert, j'ai préparé un sorbet.

Sherlock Holmes cligna des yeux, amusé.

— Au sang ?

Amber pouffa. Le docteur prit un air offusqué.

— Au cassis.

Luna s'essuya la bouche.

— Ma sœur m'a dit, monsieur Holmes, que notre père était toujours en vie.

Watson fronça le nez. Le détective terminait de mastiquer un morceau de pudding. Il considéra sa fourchette avec une expression douloureuse.

— Tout dépend de ce qu'on entend par là.

— Comment cela ?

— C'est une intuition, Luna. Une intuition qui attend de se trouver corroborée par les faits.

— Holmes !

Le docteur Watson fixait son ami avec sévérité.

— Eh bien, quoi ?

— Dites-leur la vérité.

— La vérité ?

— Oh, très bien. Je vais le faire moi-même. Mesdemoiselles, j'ai l'immense regret de vous annoncer que votre père est mort.

— *Quoi ?*

Amber s'était levée. Watson se tordait les mains.

— Je suis navré, je...

– Vous ! (L'aînée pointait sur Sherlock Holmes un doigt accusateur.) Vous êtes… Vous êtes… Comment avez-vous osé me mentir ?

Le détective soutint son regard.

– Je t'ai dit qu'il pouvait être encore en vie ; je ne t'ai pas dit qu'il n'était pas mort.

– Oh, allons ! Vous jouez avec les mots !

– En fait…

– J'en ai assez entendu, cingla la jeune fille en repoussant sa chaise. Vous ne nous retiendrez pas ici une minute de plus ! Viens, Luna.

Gorge serrée, la cadette renifla. Elle ne savait absolument pas quelle attitude adopter. Sherlock Holmes croisa son regard.

– Calme-toi, Amber. Nous allons parler.

– Il n'est plus temps, fit l'interpellée en se dirigeant vers la porte.

– Amber !

Watson s'était levé d'un bond, mais l'aînée des sœurs Wilcox était déjà passée à l'action avec une rapidité ahurissante. Activant en vain la poignée de l'entrée, elle se retourna vers la fenêtre. Une barre de protection empêchait les volets intérieurs de coulisser. Elle l'empoigna et la tordit. Puis, d'un coup de coude, elle fit voler la vitre en éclats, indifférente aux estafilades qui zébraient son avant-bras. Après quoi elle se glissa à l'extérieur.

Toute la scène n'avait duré que trois ou quatre secondes. Le docteur Watson s'était rué à la poursuite de la jeune fille, et il était même parvenu à la retenir par le mollet ; mais, d'un puissant coup de pied, la fugitive s'était dégagée avant de sauter sur le terre-plein et, à présent, elle escaladait la grille.

– Damnation !

Watson se retourna vers Sherlock Holmes, qui continuait de souper comme si de rien n'était. Luna, elle, demeurait figée par l'indécision. Son menton tremblait.

Avec un soupir à fendre l'âme, le docteur alla se rasseoir et, posant les mains à plat sur la table, s'adressa à son ami :

– Je suppose que vous êtes satisfait.

– Ce n'est pas le terme que j'emploierais, répondit le détective. Mais inutile de m'ensevelir sous les reproches. Elle s'en chargera très bien elle-même quand elle reviendra.

Amber courait à toutes jambes. À l'approche de Bayswater Road, elle s'arrêta enfin. Les arbres de Kensington Gardens se dessinaient dans la pénombre. À la lumière d'un lampadaire, elle examina ses mains. Ses blessures étaient en passe de cicatriser ; seules subsistaient de fines stries de sang séché. Ravalant ses larmes, la jeune fille plongea la main dans la poche de son gilet et en ressortit la carte que l'homme de Blackfriars avait donnée à sa sœur, et qu'elle ne lui avait jamais rendue.

SPEAKERS' CORNER
TOUS LES LUNDI ET VENDREDI SOIR À MINUIT

Il existe des moments où le hasard ressemble si fort au destin qu'aux yeux du monde, il se confond avec lui. On était vendredi soir, et il ne devait pas être loin de minuit.

Le Speakers' Corner était cet endroit de Hyde Park où des orateurs, illustres ou inconnus, prêchaient la bonne parole et déclamaient des poèmes, juchés sur une caisse en bois. Qui était cet Abraham Stoker qu'elles avaient rencontré ? Au fond, Amber s'en moquait. Tout ce qui lui importait était de faire taire la douleur qui l'habitait, le souvenir poignant des jours heureux, si proches et lointains désormais.

Les grilles étaient ouvertes, mais le parc était plongé dans les ténèbres. La jeune fille n'était venue que quelques fois ici, avec son père justement, à l'époque où il trouvait encore le temps de s'occuper d'elle et de sa sœur. Elle se rappelait les écureuils joyeux, le cercle des voiliers miniatures, les marchands de glace ambulants, le tintement de leurs clochettes. Son cœur se serrait. Des détails oubliés surgissaient à l'orée d'un bosquet : la danse nerveuse d'une libellule ; l'or fragile d'un soir d'automne ; les eaux noires de la Serpentine – une féerie glorieuse de couleurs et de parfums.

Les pas d'Amber crissaient sur la neige. Ses pensées la ramenaient trois nuits en arrière. Elle et sa sœur, allant seules dans la ville, au mépris du danger.

Les voleurs, les monstres, les fantômes, Jack l'Éventreur : elles avaient ignoré tout cela. Rétrospectivement, leur inconscience la stupéfiait.

La jeune fille entra dans Hyde Park et s'arrêta au milieu du sentier. Des murmures mystérieux s'élevaient des futaies ; sur la branche d'un frêne, tête inclinée, une chouette surveillait les alentours.

Le Speakers' Corner était désert. La jeune fille s'approcha de la caisse, regarda autour d'elle d'un air maussade, et passa une main dans ses cheveux bouclés. Peut-être n'était-il pas si tard, finalement.

– Il n'arrive qu'à la dernière minute.

Une forme avait bougé dans l'ombre, derrière un arbre. Amber plissa les yeux.

– Qui ça ?

– Eh bien, Abraham ! Tu n'es pas venue ici pour l'écouter ?

– Je suppose que si.

– Approche.

La forme émergea : c'était une créature très maigre – un homme ? –, chauve, et au visage aquilin. Enfoncés dans leurs orbites, ses yeux noirs scrutaient la jeune fille avec une curiosité amusée. Un étrange pressentiment envahit Amber. Le nouveau venu était enveloppé d'une brume bleutée.

– Attends. Reste où tu es.

La jeune fille obéit. L'autre hocha le menton.

– Qui es-tu ? De qui es-tu l'enfant ?

– Je n'ai pas à vous répondre.

L'inconnu émit un croassement.

— Tu es sur mon territoire. La moindre des politesses serait de te présenter. Me diras-tu au moins ton âge ?

— J'ai quatorze ans.

La créature se gratta pensivement le front.

— Tu distingues mon aura, n'est-ce pas ?

— Je...

— De quelle couleur est-elle ?

— Bleue.

L'inconnu lui tendit une main osseuse.

— Je suis Bodog. Un vampire : tout comme toi.

Assis sur un banc face à la rivière Serpentine, le dénommé Bodog, vêtu d'une chemise crasseuse retroussée aux coudes et d'un pantalon de laine troué, avait ramené ses genoux contre sa poitrine. Debout devant lui, Amber tournait le dos aux eaux sombres. Elle l'avait suivi, mais elle n'osait pas s'asseoir. Pas encore.

Elle avait toujours considéré les vampires comme des créatures imaginaires destinées à effrayer les enfants. L'être qui se tenait devant elle était la preuve vivante qu'elle se trompait.

— Il y a longtemps ? demanda-t-il.

— Longtemps...

— Que tu as été mordue.

Amber se gratta le lobe de l'oreille. C'était ainsi

qu'on devenait vampire, avait-elle compris : lorsque l'une de ces créatures plantait ses crocs dans votre cou. Qui les avait mordues, elle et sa sœur ?

– À en juger par ton allure, soliloquait Bodog, nullement découragé par le mutisme de la jeune fille, tu dois être une Drakul. Et pourtant, tu ne peux en être une : jamais ton père ou ta mère n'auraient pris le risque de te laisser errer seule dans cet endroit. À moins que tu ne te sois échappée. T'es-tu échappée ?

L'aînée des Wilcox secoua la tête. Par ses réponses évasives, elle essayait de donner le change. Après tout, que savait-elle des intentions de ce Bodog ? Les paroles de son père résonnaient dans son esprit : « Ne faites confiance à personne. »

– Tu te méfies : je distingue des nuances violacées dans ton aura. Tu ne tiens pas à partager tes secrets, et c'est tout à ton honneur. Mais nous pourrions être amis, ne crois-tu pas ? Si l'un de nous avait voulu nuire à l'autre, il n'aurait pas attendu tout ce temps.

Un peu rassurée, Amber se rapprocha. Le visage du vampire se détachait plus nettement dans la pénombre à mesure que la lune perçait sous les nuages. Il y avait quelque chose de noble dans sa laideur. La jeune fille s'assit sur le banc à son tour.

– Connaissez-vous Abraham Stoker ?

– Si je le connais ? C'est pour ainsi dire mon seul ami. Nous avons des discussions sans fin, lui et moi. Je lui raconte ma vie, et il compose des histoires. Car il n'est pas seulement conteur : il écrit, également.

J'ai déjà lu plusieurs de ses textes. Il prétend qu'il les garde pour lui. Une erreur, si tu veux mon avis ; je suis certain qu'ils rencontreraient un grand succès s'ils étaient montrés à un éditeur. En revanche, il ne me semble pas qu'il m'ait un jour parlé de toi. Où l'as-tu rencontré ?

– Blackfriars, répondit la jeune fille. Il y a quelques jours, sur une place.

– Le marché aux Gobelins ? Tu es allée là-bas ?

Elle opina, décontenancée. Jetant un coup d'œil par-dessus son épaule, Bodog plissa les yeux avec des airs de conspirateur.

– Mais tu sais que l'endroit est interdit aux vampires, n'est-ce pas ?

– Oui.

Il ouvrit ses paumes, mimant l'impuissance.

– Décidément, tu es une énigme.

Un silence pesant s'ensuivit. Amber contemplait la Serpentine, dont les rives étaient prises par le gel.

Des canards de Barbarie glissaient sous les brumes et une brise glacée courbait les cimes des arbres, mais la jeune fille ne sentait rien : le froid lui était devenu étranger.

– L'heure approche, annonça Bodog à brûle-pourpoint en sortant une montre à gousset de sa poche. Viens, allons écouter notre ami.

Il sauta de son banc et s'éloigna d'une démarche élastique. Amber lui emboîta le pas. Quand allait-elle lui avouer la vérité ?

Pareilles à des ombres, les deux silhouettes s'éloignèrent de la rivière et traversèrent dans l'autre sens la vaste pelouse enneigée. Leurs traces de pas dessinaient des arabesques. Dans le ciel dégagé, des étoiles frileuses brillaient sur Hyde Park. Quelques minutes plus tard, le Speakers' Corner était de nouveau en vue.

Autour de la caisse, une foule clairsemée s'était rassemblée. Il y avait là trois vagabonds hirsutes, vêtus d'épaisses guenilles ; un voyageur en haut-de-forme, portant un fume-cigare à ses lèvres ; un jeune couple endimanché, aux regards emplis d'une crainte avide ; et toute une galerie de singuliers personnages, des habitués sans doute, dont la jeune fille avait du mal à distinguer les visages.

Abraham Stoker fit son apparition trois minutes avant minuit. Il était vêtu d'un costume sombre et d'un long pardessus assorti, et portait une cravate de soie. D'un geste nerveux, il remit en place ses cheveux décoiffés par le vent. Puis, s'éclaircissant la gorge, il se hissa sur la caisse et promena sur l'assemblée un regard curieux.

Amber ramena ses bras sur elle. Bodog, lui, ne pipait mot. La jeune fille enviait son calme.

– Écoutez la triste et belle histoire…

Abraham Stoker accompagnait son récit de grands gestes. Sa voix était claire et portait loin. Il fixait un point imaginaire par-delà les futaies. Les phrases coulaient, devenaient ruisseaux, et les ruisseaux se muaient en rivières, et des paysages surgissaient, exotiques et emplis de mystère.

C'était l'histoire, dans le lointain Japon, d'une jeune fille prénommée Naoko qui apprenait, le jour de ses quatorze ans, qu'elle devait quitter son foyer pour l'immense et grouillante fourmilière de Kyoto.

– Naoko savait qu'elle ne reverrait pas sa maison avant bien longtemps. L'éducation d'une jeune fille dure au moins cinq années : le temps nécessaire pour connaître l'art de servir le thé, de jouer du luth ou de faire danser les éventails – le temps, surtout, qu'il faut pour savoir se tenir. Car une jeune femme du monde ne doit parler, se lever, s'asseoir, sourire, respirer qu'au moment opportun.

La petite assemblée, déjà conquise, buvait les mots de l'orateur, bercée par les évocations rêveuses…

– Le silence était si lourd, poursuivait Abraham Stoker, que l'on pouvait entendre battre les ailes des papillons. Naoko regardait défiler le paysage, les yeux pleins de larmes. Plus Kyoto approchait, plus le ciel devenait terne. Les champs verdoyants laissaient place à la grisaille des maisons serrées.

Peu à peu, le conte s'assombrissait, se parait de nuances mélancoliques. C'était une histoire d'amour : tragique comme il se doit. Il y avait un beau garçon appelé Kamo, et un mariage impossible. Serrée contre son compagnon, la jeune femme avait sorti un mouchoir.

– … mais Naoko, lui apprit-on, était déjà promise

à un autre. Terrassé par cette nouvelle, Kamo demeura sans voix. Il repartit sans un mot, le cœur brisé, et mourut de chagrin quelque temps après…

Amber observait les auditeurs. Ils étaient ensorcelés.

– À la veille de ses noces, Naoko apprit soudain la disparition de Kamo. Bouleversée, elle supplia son père de la laisser offrir un dernier adieu à celui qu'elle avait tant aimé. L'homme ne pouvait lui refuser cette ultime requête. Sans un mot, sans même verser une larme, la jeune fille revêtit donc son kimono blanc et partit pour le cimetière, traînant dans son sillage son père et sa servante.

La jeune fille pensait à sa sœur – à ce qui lie les êtres, aux occasions perdues et aux deuils impossibles. Vibrante d'émotion, la voix du conteur lui parvenait tel un murmure.

– C'est alors qu'un effroyable orage s'abattit sur le cimetière : le ciel semblait pleurer les amants déchus. Anéantie, Naoko s'effondra sur la tombe de son cher Kamo et laissa enfin couler ses larmes. Dans un grondement assourdissant, la foudre déchira brusquement les nuées, éventrant la tombe où Naoko se précipita corps et âme. Un instant plus tard, la pierre se referma.

Abraham Stoker prit une ultime inspiration.

– Deux papillons s'échappèrent alors d'une fêlure de la stèle. On les vit virevolter ensemble vers le ciel lumineux, après quoi ils disparurent.

Amber restait bouche bée. Elle était transportée.

De maigres applaudissements retentirent. En vérité, ce n'était que l'entracte ; une autre histoire allait suivre. Visage fermé, le conteur descendit de sa caisse. Les clochards s'avançaient vers lui en tétant leurs flasques. Une discussion animée s'engagea. Visiblement, Abraham Stoker connaissait tous ces gens de longue date.

– Allons le féliciter nous aussi.

La jeune fille se sentit mal à l'aise. Bodog l'attendait.

– Je ne suis pas certaine que les circonstances soient bien choisies.

Le vampire la considéra avec étonnement. Amber lui adressa un regard penaud. Elle aurait été bien en peine de lui fournir une explication. L'histoire des amants papillons l'avait émue aux larmes ; des sentiments enfouis s'étaient réveillés, comme des braises qu'un souffle inattendu fait rougeoyer.

– Je crois… Je crois qu'il ne me reconnaîtra pas, ajouta-t-elle en manière d'excuse.

Là-bas, Abraham Stoker congédiait ses admirateurs et s'apprêtait à remonter sur sa caisse. Bodog s'adossa à un arbre.

– Comme tu préfères.

Amber opina, reconnaissante. Elle avait besoin de rentrer chez elle. De retrouver sa sœur.

– Nous nous reverrons, dit-elle.

– Bien sûr ! Et il y aura d'autres histoires.

Elle se fendit d'une révérence et tourna promptement les talons. Quelques minutes plus tard, elle quittait le parc et remontait Bayswater Road. Le ciel était limpide comme une eau noire.

Assis sur le perron, jambes serrées, Sherlock Holmes avait ouvert un journal sur ses genoux et faisait tourner un porte-plume au bout de ses doigts. Une lampe à pétrole était posée sur une marche voisine. Watson, pour sa part, s'employait à réparer la fenêtre avec un carreau dépoli déniché au grenier. Ses coups de marteau rythmaient le silence nocturne. Luna, qui l'avait aidé à remettre la barre des volets en place, venait de s'installer aux côtés du détective, emmitouflée dans son manteau de fourrure.

– Cinq lettres, annonça soudain Holmes. « On est toujours celui de quelqu'un. » Je pencherais pour « idiot ». Qu'en dis-tu ?

La jeune fille renifla.

– Je ne connais rien aux mots croisés.

– Oh, ta délicatesse est un bienfait, Luna, mais la vérité doit prévaloir. Les mots croisés, de mon point de vue, permettent à l'honnête homme d'améliorer ses capacités d'interprétation. À élargir le spectre de son esprit. Une fois qu'on les a trouvées, les réponses paraissent évidentes.

Il inscrivit les lettres dans les cases.

– I, D, I, O, T. Paaarfait. Verticalement, maintenant : « Chroniquement en retard quand il est blanc », avec un « a » en deuxième lettre.

– Lapin, proposa Luna.
– Seigneur.
– Hé, vous deux !

Le docteur Watson pointait son marteau vers les hauteurs de Holland Park Avenue. Une silhouette menue approchait sur le trottoir. Luna sentit son cœur s'emballer. Le détective ne releva pas la tête.

– Va la rejoindre. Elle n'attend que ça.

La jeune fille ne se le fit pas répéter. Watson lui avait confié les clés de la grille en prévision de cet instant. Ouvrant avec fébrilité, elle courut vers sa sœur, qui avait cessé de marcher, et se jeta dans ses bras.

– Si tu savais comme tu m'as manqué !
– Voyons, fit l'autre en lui caressant le dos, gagnée par l'émotion, tu te doutais bien que je n'allais pas t'abandonner. Toi aussi, tu m'as manqué.

Les deux sœurs se dévisagèrent. Luna reniflait, tout sourire. Son aînée lui tendit un mouchoir. C'était la première fois, depuis qu'elles étaient sorties du cimetière, que leurs chemins se séparaient.

Elles repartirent en se tenant la main. La cadette désigna le détective.

– Il s'en veut.

Amber se contenta d'opiner. Bientôt, les deux jeunes filles s'arrêtèrent devant la grande demeure. Le docteur Watson était sorti sous le porche. Holmes replia son journal mais ne se leva pas.

– Merci d'être revenue, se contenta-t-il de marmonner. Ton absence m'a permis d'envisager certaines décisions radicales. Je pourrais changer de travail, pour commencer. Reprendre ces bonnes vieilles enquêtes. Notre cher docteur Watson ici présent me faisait tout à l'heure remarquer que mon degré d'empathie était à peu près aussi élevé que celui… d'un quoi déjà, Watson ?

– D'un caillou.

– D'un caillou, voilà. Mais c'est inexact. Oh, je peux admettre que les apparences ne plaident pas en ma faveur. Vois-tu, j'essaie toujours de considérer les événements sous un angle logique. Par exemple, j'aurais été incapable de t'annoncer la mort de ton père dix minutes avant que tu ne partes te coucher. D'autre part, je…

– Monsieur Holmes ?

– Présent.

– Je suis désolée d'être partie ainsi.

Le détective leva le menton.

– Plaît-il ?

– J'ai essayé de me mettre à votre place. Il n'y avait pas de bonne manière de s'y prendre. Sans compter que ma sœur et moi sommes très différentes.

Défroissant les pans de son veston, Sherlock Holmes considéra la jeune fille en plissant les yeux. Puis il descendit les marches. Resté en retrait, Watson avait sorti sa pipe.

– Amber, déclara le détective en posant une main sur son épaule, je fais amende honorable. Tu n'es pas le genre de personne à qui l'on peut raconter n'importe quelle sornette, pas plus que ta sœur d'ailleurs. Dès demain, je vais prendre des dispositions pour que vous cessiez de vous morfondre en ce lieu. La phase d'observation à laquelle vous deviez être soumises était censée durer dix jours – ou plutôt dix nuits. La première partie de notre mission consistait à veiller sur vous, tout en apprenant à vous connaître. Personnellement, je sais maintenant ce que je voulais savoir. Vous êtes deux personnes très courageuses, promises peut-être à un destin exceptionnel. Quoi qu'il arrive, vous pourrez compter sur moi – ainsi que sur mon très émotif confrère, ajouta-t-il sans se retourner. Watson, cessez donc de renifler comme un crétin et coincez cette fichue pipe entre vos lèvres, par tous les diables !

L'aînée des Wilcox approuva, les yeux brillants. Le détective lui tendait la main.

– Alliés ?

– Alliés, répondit la jeune fille en la lui serrant.

Le petit groupe se rassembla sous le porche ; bien vite, la porte se referma et Watson disparut dans la cuisine pour préparer deux grogs.

– Demain soir, annonça le détective en déposant son veston replié sur un dossier de chaise, je vous emmène en promenade. Et votre vie va changer – à jamais. Aussi, puisqu'il a été établi que j'étais incapable d'expliquer quoi que ce soit de façon satisfaisante, et comme nous avons déjà eu notre compte d'émotions pour cette nuit, je suggère que nous lancions un rami. Qu'en pensez-vous ?

Les deux sœurs échangèrent un regard dépité.

– Nous ne savons pas jouer.

– Et moi, fit Watson, j'ai oublié.

– Qu'à cela ne tienne ! répondit Holmes avec enthousiasme en ouvrant un tiroir. Je vais vous apprendre.

Ils s'installèrent tous les quatre autour de la table et l'on commença à distribuer les cartes. Amber surprit le regard de sa sœur, et lui rendit tristement son sourire. Elle ne parvenait pas à réaliser ce qui leur arrivait. Pouvait-on faire le deuil de son père d'un simple claquement de doigts ? Oh, tout cela était tellement irréel. Leur belle-mère avait disparu. Henry s'était envolé lui aussi.

– Nous sommes tout ce qui reste des Wilcox, énonça-t-elle du bout des lèvres, comme pour s'en convaincre.

Elle ne soupçonnait pas encore l'importance de ces paroles.

Les Invisibles

– Luna !

Une longue muraille blanche ceignait les ombres de Holland Park. Une fois de plus, Amber se retourna pour encourager sa sœur à se hâter. Entre les grilles d'un portillon enchâssé, la cadette des Wilcox caressait un chaton à robe noire tapi sur la première marche d'un escalier. Enfonçant les mains dans les poches de son veston, Holmes fit s'effondrer un monticule de neige du bout de sa chaussure.

– Ne t'inquiète pas, glissa-t-il à l'aînée, nous avons toute la nuit.

L'air était sec, le ciel sans nuages. Ils avaient quitté la maison juste après que les jeunes filles eurent avalé leur dîner. « Pour aller où ? » avaient-elles demandé. « Vous verrez » est tout ce qu'il avait daigné leur répondre.

– Luna !

S'il était une qualité dont Amber pouvait difficilement se targuer, c'était bien la patience.

À contrecœur, sa cadette la rejoignit. Holmes lui adressa un clin d'œil.

– Tu t'es fait un ami.

La jeune fille se retourna. Le chaton s'était glissé sur le trottoir et s'approchait d'elle au petit trot. Elle s'accroupit de nouveau. L'animal hésita, puis se frotta contre ses jambes et miaula faiblement. Ravie, Luna se releva. Sa sœur la considérait avec scepticisme.

– Lui aurais-tu promis une montagne de poissons ?
– En quelque sorte.

Le trio s'arrêta devant les grilles de Holland Park. Le chaton les suivait à bonne distance. Sortant un imposant trousseau de clés de ses poches, le détective commença à les essayer une par une avec un sourire crispé. Amber arqua un sourcil. Luna, elle, était partie s'asseoir à l'écart.

Une minute plus tard, un cliquetis se fit enfin entendre, et les grilles grincèrent pompeusement. Holmes referma avec soin, puis le trio s'engagea sur un sentier, le long d'une pelouse enneigée.

Le chemin montait un peu. Le détective, qui ouvrait la marche, tenait à la main une lanterne de voyage cuivrée. Au premier embranchement, il prit à droite et se dirigea vers un petit plan d'eau circulaire.

Les sœurs Wilcox le rejoignirent. Leurs ombres s'étendaient sur les eaux noires du bassin, où paressaient une mère canard et ses petits.

– Baste ! fit Sherlock Holmes en s'asseyant sur un banc à l'écart pour délacer ses chaussures, je déteste ce cérémonial.

Il ôta ses chaussettes, les glissa dans ses souliers et retroussa son pantalon. Après quoi, il s'approcha du bassin et tâta la surface du bout des orteils.

– Glacée. Que croyais-tu, mon vieux ?

Il se parlait à lui-même comme un vieillard, soulevant haut sa lampe menue. Intriguées, les deux jeunes filles le virent progresser jusqu'à la statue centrale qui, sur un piédestal rectangulaire, représentait un faune prêt à s'envoler. L'eau lui arrivait jusqu'à mi-cuisses. Dérangée, la cane protesta avec force caquètements et s'éloigna tête haute, suivie de sa marmaille. Holmes posa la lanterne sur le piédestal puis attrapa le bras gauche du faune et l'abaissa fermement. Avec un bruit de siphon, l'eau du bassin commença à se vider en tourbillonnant. Affolés, les canards remontèrent promptement sur la rive. Seul demeurait le détective, accroché à sa statue. La scène avait quelque chose de comique.

– Ne vous gênez pas, clama Holmes à l'intention des deux jeunes filles, comme s'il avait lu dans leurs pensées, esclaffez-vous !

Elles n'en firent rien, évidemment. Moins d'une minute plus tard, le bassin était à sec. Le détective déroula ses bas de pantalon, partit renfiler ses chaussures et descendit de nouveau, leur faisant signe de le suivre. Après quoi, il saisit la jambe gauche du faune et la poussa vers le haut. Cette fois, un grincement se fit entendre, et le socle de la statue s'ouvrit littéralement en deux, dévoilant un passage circulaire. Luna s'approcha en caressant le chaton, qui était revenu se lover entre ses pieds. Une échelle à degrés disparaissait dans les ténèbres. Holmes reprit sa lanterne.

– Cent quatre pieds de profondeur, soupira-t-il. Après vous, je ferme la marche. Il faut bien qu'il y ait quelque avantage à ne pas voir dans le noir.

Luna descendit la première, le chaton perché sur ses épaules, et Amber la suivit. Le détective, enfin, coinça l'anse de la lanterne entre ses dents et, après un dernier coup d'œil au monde extérieur, s'engagea à son tour. Un levier sortait de la pierre au niveau du cinquième degré. Il le tira, et le socle de la statue se referma sur eux.

– Ça sent une drôle d'odeur.
– Le parfum des bas-fonds, répliqua Holmes.

Ils se tenaient sur un quai, le long d'un canal étroit et rectiligne qui s'enfonçait dans le néant. Le détective agita sa lanterne et fit signe aux deux sœurs de le suivre. Ils découvrirent une barque au nez pointu, frappée aux armes de la Couronne. Sherlock prit place sans attendre.

– Il n'y a pas de rames, observa Amber.
– Et pas assez d'espace pour ramer, renchérit sa sœur.

Ignorant leurs remarques, le détective ouvrit une trappe à l'avant et appuya sur un énorme bouton d'ivoire. Des étincelles jaillirent, puis un bourdonnement s'éleva, et Holmes indiqua le banc central.

– Dépêchons !

À peine les deux sœurs avaient-elles sauté que la barque s'ébranla. Elle coulissait sur un rail.

Posant la lampe entre ses pieds, le détective tâta son veston, avant d'émettre un claquement de langue agacé.

– Mille diables, c'est pourtant vrai : j'ai arrêté de fumer.

Luna leva les yeux. Sous une voûte circulaire, le tunnel était flanqué à intervalles réguliers d'étroites portes de fer.

– Vous direz-nous où nous sommes ?

Le détective toussota.

– Secret défense, trésor. Le commun des mortels ne soupçonne pas ce qui se trame sous ses pieds.

Le chaton de la jeune fille, pour sa part, s'était réfugié sous son manteau à revers de fourrure, et attendait craintivement la suite des événements.

Après une dizaine de minutes, une bifurcation se présenta. Le détective se pencha de nouveau pour ouvrir la trappe, et actionna cette fois une manette. Avec un crissement, la barque s'engagea dans le canal de droite.

– D'après mes calculs, déclara posément Amber, nous nous trouvons quelque part sous Knightsbridge.

Sherlock Holmes inclina la tête.

– Impressionnant.

Les quais latéraux, à présent, s'évasaient largement, et de véritables lampadaires éclairaient le passage. La barque glissa silencieusement sous une réplique de Wellington Arch, et les deux sœurs découvrirent un large escalier de pierre qui, bordé d'antiques statues, s'élançait vers les hauteurs.

Au pied des marches, deux soldats en uniforme royal, coiffés d'un haut bonnet à poils, se tenaient au garde-à-vous. Le détective leur adressa un signe d'encouragement, auquel ils s'abstinrent de répondre. Tout de suite après, cependant, l'un des soldats claqua des talons et s'élança dans l'escalier.

L'allure avait considérablement ralenti. Quelques dizaines de pieds plus loin, l'embarcation s'immobilisa devant une plate-forme, que bordait un portail de fer forgé. Holmes croisa ses mains sur sa nuque et renversa la tête en arrière, comme si la mission qu'il s'était assignée avait été parfaitement menée à son terme. Il sifflotait – un air joyeux signé Gilbert et Sullivan. Les sœurs Wilcox échangèrent un regard embarrassé.

– Soyez polies et articulez, leur recommanda le détective, elle devient sourde avec l'âge.

– Qui ça ? demanda Luna.

Au même moment, un bruit de moteur se fit entendre dans les hauteurs. Quelque chose descendait.

– Un ascenseur ! chuchota Amber à sa sœur.

Les portes s'ouvrirent ; deux soldats sortirent, qui se postèrent de chaque côté, puis une petite femme rondouillarde s'avança, avec une lenteur toute calculée. Sherlock Holmes s'était levé. Les deux sœurs l'imitèrent.

– Votre Majesté, annonça le détective d'une voix ferme, voici les jeunes filles dont nous vous avons parlé.

Amber et Luna étaient figées. La personne qui se tenait devant eux n'était autre que la reine Victoria.

– Bienvenue, mesdemoiselles. Et mes condoléances pour la perte qui vous frappe.

Sa voix était sévère et son regard inquisiteur. Ne sachant trop comment répondre, les deux sœurs s'inclinèrent.

– Votre père, continua Sa Majesté, était un ami des plus précieux. Je gage que vous saurez vous montrer dignes de lui.

– J'en suis certain, répondit Sherlock Holmes à leur place.

La souveraine opina sans sourire. L'autorité qui se dégageait de sa personne était si forte, si impérieuse que les jeunes filles auraient été incapables d'articuler un mot, quand bien même l'auraient-elles voulu.

La reine les détailla tour à tour.

Luna crut voir passer une lueur dans son regard lorsque ses yeux se posèrent sur son chaton, mais ce fut tout.

– Hâtez-vous, fit-elle enfin. Les Invisibles vous attendent.

Avec une mimique respectueuse, le détective acquiesça. Mais c'était inutile : la souveraine leur avait déjà tourné le dos.

La barque repartit avec un discret soubresaut. Luna et les autres entendirent la porte de fer se refermer, et l'ascenseur remonter vers la surface. Le canal, de nouveau, se rétrécit, laissant l'obscurité reprendre ses droits.

– Comme vous l'aviez compris, lâcha Holmes après un long silence, nous nous trouvions sous Buckingham Palace.

– Vous… Vous avez parlé de nous à la reine ? bredouilla Amber.

– Brillante déduction, trésor.

– Mais pourquoi ?

Le détective ôta sa casquette et commença à s'éventer.

– Ayez pitié, répondit-il. Je ne suis pas payé pour tout vous expliquer.

– Monsieur Holmes, qui sont les Invisibles ?

Luna caressait son chaton avec une expression inquiète. Son aînée lui tapota gentiment l'épaule.

– Ne te fatigue pas, tu ne vois pas qu'il adore les mises en scène ?

– Touché, marmonna le détective.

Une minute plus tard, le canal s'élargissait encore. La barque paraissait minuscule à présent : elle avançait au cœur d'un vaste hangar sur les bords duquel s'activaient des hommes en bras de chemise. Une énorme embarcation attendait à quai, ceinte d'une rambarde argentée. Son pont était noir, curieusement détrempé. Devant le panneau d'une écoutille relevée, un grand gaillard blond vêtu d'une veste de cuir entrouverte mâchait une gomme aromatique en observant les arrivants.

Une dernière fois, Sherlock se pencha vers la trappe pour arrêter la barque contre le flanc de l'appareil. Le grand gaillard blond consulta sa montre.

– Quatre minutes trente de retard.

– Nous avons été retenus par un chaton, expliqua le détective d'un air narquois.

L'autre ricana.

– Toi, fit-il en souriant à la cadette, tu dois être Luna, la plus jeune, la rêveuse aux cheveux noirs. Et toi, ajouta-t-il à l'adresse de sa sœur, tu es Amber, la volontaire, la tête brûlée aux boucles rebelles.

Les deux sœurs opinèrent, impressionnées. Une échelle de bordée montait le long de la coque. L'homme leur tendit la main.

– Mon nom est Virgil Kurstanov, dit-il. Mais vous pouvez m'appeler Virgil.

Luna s'élança la première, son chaton sur l'épaule. Inspectant ses ongles, Sherlock Holmes se retira au fond de la barque.

– Mon nom est Sherlock Holmes, soupira-t-il, mais vous n'êtes pas obligées de m'appeler par quelque nom que ce soit, sauf si vous vous rappelez que c'est moi qui suis supposé vous ramener chez vous. Je vous attendrai dehors.

– Dehors ? répéta Amber, qui venait à son tour d'empoigner les barreaux de l'échelle.

– Ne l'écoutez pas, fit Virgil en la hissant sur le pont. Ne pas jouer les premiers rôles le rend fou.

Le détective haussa les épaules.

– Comme si je ne l'étais pas déjà, maugréa-t-il. À tout à l'heure.

Les deux jeunes filles le saluèrent de la main puis disparurent dans l'écoutille. Trente secondes plus tard, elles s'avançaient timidement dans le salon de l'*Inoxydable*. Une fois de plus, Friedrich von Erstein, le petit homme à monocle, s'était installé au piano, où il interprétait une sonate de Beethoven. Mais cette fois, il ne s'interrompit pas lorsque ses hôtes entrèrent ; il avait entamé le morceau à leur seule intention.

Vêtu d'une nouvelle robe de chambre de soie bordeaux, James Blackwood parcourait l'*Evening Post* d'un air soucieux. Il le froissa dès que les sœurs Wilcox apparurent, mais Amber eut le temps de lire le titre en première page :

JACK L'ÉVENTREUR A ENCORE FRAPPÉ !

La silhouette de Virgil se dessina bientôt derrière les deux jeunes filles. Les poussant en avant, il procéda aux présentations sans tarder. Main sur le cœur, James s'inclina. Friedrich fit le baisemain.

– Avez-vous dîné ? demanda-t-il en rajustant son monocle.

Amber et Luna firent signe que oui.

– Parfait, fit Virgil en se frottant les mains. (Il désigna un sofa.) Je propose que nous entrions sans plus tarder dans le vif du sujet.

Troublées, les sœurs Wilcox s'assirent docilement. Derrière les parois de verre du navire, on ne distinguait rien. Friedrich von Erstein partit se remettre au piano. James tira un fauteuil à larges accoudoirs. Virgil, qui avait choisi d'ouvrir la discussion, croisa les bras en leur tournant le dos.

– Nous avons reçu votre majordome ici même il y a quatre nuits. C'est lui qui nous a appris que vous étiez toujours en vie. Nous aurions aimé qu'il nous en apprenne plus sur les circonstances de votre réapparition. Hélas ! Il est mort quelques minutes plus tard, pratiquement dans nos bras, d'un arrêt du cœur.

Il pivota.

– Nous sommes les Invisibles : un ministère secret directement rattaché à la Couronne. Mes acolytes ici présents et moi-même formons ce qu'il convient d'appeler le noyau dur de l'organisation. Nous pratiquons la magie. Les hommes que vous avez aperçus dehors – les gardes, les ouvriers, vos amis Holmes et Watson – travaillent tous pour le ministère. Votre père était également des nôtres. Je présume que vous vous demandez quel but nous poursuivons.

– Pourquoi les Invisibles ? l'interrompit Amber.

Virgil esquissa un sourire.

– Parce que personne ne sait, personne ne *doit savoir* qui nous sommes et ce que nous faisons, pas même les autres sections de notre gouvernement. Seule Sa Majesté connaît la nature de nos activités, et nous ne prenons nos ordres que d'elle. Ce qui me ramène au sujet que j'étais sur le point d'évoquer : notre but. Depuis plusieurs siècles maintenant, nous menons une guerre de l'ombre contre un ennemi insaisissable, qui menace la Couronne et l'Empire tout entier.

– Un ennemi qui tient ses quartiers généraux ici même, à Londres, précisa James, et dont nos concitoyens ignorent également l'existence.

– Les Drakul, lâcha Friedrich en plaquant sur son clavier un lourd accord mineur, suivi de notes éparses et menaçantes.

– Les Drakul ?

– Des vampires, précisa James. Un clan de vampires.

Luna avait pris son chaton dans ses bras et le caressait pensivement. Virgil Kurstanov repartit vers les baies vitrées.

– Ce cher Holmes nous a tenus informés de la discussion que vous aviez eue hier avec lui. S'il vous a amenées à nous, c'est avant tout pour que nous vous expliquions ce qui vous arrive, et ce que cela implique.

Friedrich von Erstein, qui avait arrêté de jouer, croisa solennellement les bras.

– Vous êtes des vampires, annonça-t-il. Nous

ignorons comment cela est arrivé, et vous aussi, de toute évidence.

Amber se passa une main dans les cheveux.

– Nos souvenirs sont confus. Il y a eu cette nuit où notre père...

– Nous croyons savoir ce qui s'est passé lors de cette fameuse nuit, poursuivit James, en caressant son menton de l'index. Les Drakul ont attaqué votre maison. Votre père a essayé de vous sauver, mais il a échoué. Ensuite, vous avez été mordues par un vampire – cette nuit-là, ou celle d'après.

Les deux sœurs écoutaient, saisies. Virgil, qui faisait les cent pas devant elles, s'arrêta brusquement.

– Pour transformer un humain en vampire, annonça-t-il, une morsure ne suffit pas. Les vampires se nourrissent de sang mais ne « transforment » pas, poursuivit-il en mimant des guillemets, tous ceux auprès desquels ils se nourrissent : sans quoi la Terre entière serait aujourd'hui envahie. La métamorphose, comme nous l'appelons, ne survient qu'au terme d'un processus complexe et douloureux. Le vampire suce le sang de sa victime, puis le reverse dans sa bouche. Il la tue avant, en quelque sorte, de lui redonner la vie. C'est ce qui vous est arrivé. Mais nous ignorons qui vous a transformées.

Friedrich avait posé ses mains sur ses cuisses.

– Qui que ce soit, nous sommes en revanche certains d'une chose : aujourd'hui, ce vampire est mort.

Luna avala sa salive.

– Comment pouvez-vous en être sûrs ?

– Un vampire qui en transforme un autre est appelé son suzerain, répondit le petit homme. Or, le suzerain ne quitte jamais son vassal. Il lui enseigne ce qu'il sait. La métamorphose est un processus très rare, équivalent à la procréation chez les humains. Nul vampire ne s'engage dans une telle entreprise au hasard.

– Quoi qu'il en soit, reprit Virgil en posant une fesse sur l'accoudoir d'un fauteuil inoccupé, aujourd'hui vous êtes libres. Si le vampire qui s'est attaqué à vous était encore de ce monde, vous ne vous trouveriez pas ici.

Les deux sœurs Wilcox s'étaient donné la main. Amber prit la parole :

– Qui a tué notre père ?

Virgil se frotta pensivement le nez.

– Nous paierions cher pour le savoir, reconnut-il avec un rictus de contrariété, comme nous paierions cher pour savoir quels vampires sont morts cette nuit-là. Hélas ! Leurs cadavres ne pourrissent pas : ils tombent en poussière, ce qui rend l'identification *post mortem* pour le moins malaisée. La bataille a été féroce, excessivement. Plusieurs des nôtres y ont été mêlés et y ont laissé la vie : votre père, dont nous n'avons pas retrouvé le corps, et la comtesse Báthory, Elizabeth – notre magicienne la plus puissante, notre mentor. Tout comme vous, nous sommes orphelins.

– Si vous me permettez, murmura Amber, je ne

crois pas que vous sachiez ce que c'est de perdre un père.

Virgil voulut répliquer quelque chose mais James l'en dissuada d'un geste.

– Nous aurons maintes fois l'occasion de revenir sur le drame qui vous a frappées, mesdemoiselles, et croyez bien que nous en mesurons la portée. Ce que mon confrère essaie de vous expliquer, c'est que ce drame nous concerne aussi. Aujourd'hui, vous êtes des vampires. Comme vous avez commencé à en prendre conscience, cette condition s'accompagne d'immenses contraintes et de pouvoirs tout aussi démesurés. Vos capacités physiques sont démultipliées. Vous percevez les auras et, contrairement à nous, vous êtes capables de repérer un vampire au sein d'une foule. Nous détenons la connaissance et sommes riches d'une expérience conséquente ; vous possédez le reste. Si nous vous avons fait venir parmi nous ce soir, ce n'est pas simplement pour parler, vous vous en doutez bien. Nous voulons vous proposer ceci : soyez des nôtres. Combattez à nos côtés. Vengez votre père.

– C'est votre seule chance de découvrir qui a fait de vous ce que vous êtes, ajouta Friedrich en refermant son piano. Devenez des Invisibles.

Une mission

— Regardez !

Les tours du Parlement se détachaient, hautaines et parées d'or au milieu des ténèbres. Debout côte à côte sur le parvis de l'abbaye de Westminster, les sœurs Wilcox levèrent la tête. Quelques minutes plus tôt, et tandis que la discussion battait son plein, l'*Inoxydable* avait plongé dans les eaux noires et s'était engagé dans un tunnel interminable, pour émerger un demi-mile plus loin au beau milieu de la Tamise. Un sous-marin, leur avait expliqué Virgil, propulsé par un moteur électrique de cent vingt chevaux, capable d'atteindre sept nœuds en plongée et dix en surface. Puis il leur avait montré l'écoutille.

— Sortons.

Main dans la main, elles n'avaient eu d'autre choix que de le suivre. Et à présent, dans la nuit glacée de

Londres, l'immense édifice leur faisait face, et l'Histoire – celle qu'elles avaient apprise à l'école, celle qu'elles avaient toujours cru connaître – se disloquait sous leurs yeux.

Luna avait ouvert le livre que lui avait remis Friedrich : *Chronique secrète de Londres*. Son chaton avait sauté à terre et se battait sur la pelouse contre un adversaire connu de lui seul. Sa sœur se rapprocha.

– Cet ouvrage demeure hautement incomplet, fit Virgil en les voyant tourner les pages ; il n'en constitue pas moins une mine de renseignements inestimable. Sur un plan historique, les vampires font remonter leurs origines à Kaïne, le premier des non-morts, maudit par Dieu lui-même. Selon la tradition, Kaïne engendra trois vassaux : Gengis Khan, Attila et Néron, lesquels se multiplièrent à leur tour pour donner naissance, si j'ose dire, à sept autres buveurs de sang, lesquels fondèrent ensuite les sept clans que nous connaissons. Le concept de filiation est primordial : plus un vampire est proche de Kaïne dans le grand arbre généalogique, plus il est puissant et redouté.

Amber souffla sur ses doigts.

– Quels sont ces clans dont vous parlez ? Et nous, auquel appartenons-nous ?

– Il ne vous est pas nécessaire de connaître tous les clans ce soir, répondit l'homme. Seuls deux d'entre eux sont présents à Londres au moment où je vous parle : celui des Drakul, mené par le comte Dracula, descendant d'Attila en personne ; et celui des Nosferatu, créé par le voïvode Orlock. Les Nosferatu sont des individus incontrôlables, généralement solitaires. Pour ce que nous en savons, ils ne poursuivent aucun but particulier. Ils se déclarent poètes, vagabonds, anarchistes parfois. Certains se nourrissent de sang animal. Les structures de leur communauté sont plutôt lâches. D'aucuns prétendent qu'Orlock se terre dans les bas quartiers, ou hante les pubs de la périphérie sud de Londres. Des rumeurs l'envoient même à Oxford. Nous sommes loin d'être amis, bien sûr, mais les Nosferatu ne constituent pas à nos yeux une menace des plus pressantes.

Les deux sœurs hochèrent la tête. Un fiacre rapide traversait Millbank. Ils le regardèrent passer avant de traverser à leur tour, puis commencèrent à longer le palais de Westminster en remontant vers le nord.

– Et les Drakul ? demanda Luna.

– Les Drakul sont l'ennemi éternel, reprit Virgil, le fléau sanglant de Londres. La guerre que nous menons contre eux prend ses racines au Moyen Âge. C'est une longue histoire, et je ne vais pas vous la conter maintenant, d'autant que le livre que tu détiens en fournit un compte rendu assez fiable. Le comte Dracula est descendu des montagnes de Transylvanie il y a quatre siècles. Puis il y est retourné, et il est revenu encore, à plusieurs reprises. Aujourd'hui, il possède deux vassaux qui, à leur tour, en ont engendré six. Nous ignorons où il se cache. À l'heure actuelle, nous

nous concentrons sur ses descendants. Ce que vous devez savoir est ceci : parmi les populations humaines, on trouve au maximum un vampire pour cent mille habitants. Nous estimons le nombre des Drakul à vingt-cinq, trente peut-être, ce qui en fait naturellement une force majoritaire comparée aux Nosferatu. Si ces monstres se contentaient de fouiller les bas-fonds de la ville pour trouver leur pitance, Londres et l'Angleterre ne seraient pas en danger. Mais nous avons toutes les raisons de croire que les ambitions du comte ne se bornent pas à la *survie*. Dracula veut renverser la reine. Son but ultime est de prendre le pouvoir.

Le trio s'arrêta au pied de la tour de l'Horloge.

– Autrefois, poursuivit Virgil, les Invisibles se réunissaient dans une salle secrète du Parlement, en marge des rassemblements politiques officiels. Nous – je veux dire nos prédécesseurs – laissions alors aux ministres de la reine ou du roi le soin de se charger des affaires courantes, prenant à notre compte les problèmes occultes. La Société des Invisibles a été créée par la Couronne peu de temps après que les premiers cas de vampirisme ont été signalés. Il y a quatre siècles, elle comptait une vingtaine de membres. La guerre contre les Drakul remonte à cette période. Lorsque l'on étudie l'histoire anglaise à travers le prisme de cet affrontement, certains événements censément inexpliqués se parent soudain d'un sens tragique. Le grand incendie de Londres, en 1666, a été l'un de ces événements – un attentat terrible, fomenté par le comte en personne. Les Invisibles ont failli disparaître à cette époque. Dracula et les siens ont toujours cherché à nous détruire : nous sommes la seule opposition qu'ils connaissent, le seul obstacle à leurs desseins funestes. En 1805, un grand bal a été donné dans une salle du palais de Buckingham. Des Drakul s'y sont introduits – comment ? le mystère demeure – et ont assassiné une vingtaine des nôtres : ce fut la tristement célèbre nuit de la Saint-Elwyn. Suite à ces événements tragiques, nous avons résolu de ne plus nous réunir au Parlement. Tout était devenu source de crainte. En 1840, lors d'une représentation de *Hamlet* dans un théâtre de Soho, une explosion a fait trente-huit morts, dont quatre Invisibles. La reine Victoria venait d'accéder au pouvoir trois ans auparavant.

– Sont-ils vraiment aussi puissants ? demanda Luna.

– Ils sont bien plus que puissants, soupira Virgil. Je ne nie pas que nous ayons connu quelques succès. Au vrai, la Société des Invisibles, protégée par la Couronne, n'a cessé de renaître de ses cendres, grâce à des hommes comme John Wilcox – votre père. Mais quant à prendre réellement le dessus… Aujourd'hui plus que jamais, notre situation demeure précaire. Comme vous le savez, l'un de nos éléments les plus précieux a trouvé la mort dans les événements liés à la disparition de John. Il y a quelques mois, notre centre d'archives de Covent Garden a été détruit par un incendie. La plupart des informations que les nôtres avaient accumulées et compilées au sujet de Dracula et de ses sbires ont été réduites en cendres. Nous ne sommes plus en position de force – si nous l'avons été un jour.

Une neige endiablée tombait sur Londres ; Virgil Kurstanov avait ouvert un large parapluie pour abriter les deux jeunes filles.

Le trio repartait vers Saint James's Park, et l'homme – le magicien ? – continuait de soliloquer. Ainsi, une guerre secrète agitait les entrailles de la ville, une guerre à laquelle on leur demandait de prendre part, en vertu d'une faculté excessivement précieuse qu'elles étaient seules à posséder : le pouvoir de détecter les auras.

Dans la poche de son manteau, l'aînée palpait la couverture de cuir du petit ouvrage que von Erstein lui avait confié lorsqu'il avait donné le gros livre à sa sœur : *De Vampyrii*, une somme rédigée plus de trois siècles auparavant par un illustre chasseur de vampires, et traduite du latin depuis. Sur les conseils de Virgil, elle avait survolé le chapitre concernant les auras. Les premières lignes étaient très claires :

Ainsi que nous l'avons maintes fois observé, les créatures vampiresques & assimilées détiennent la capacité de se reconnaître entre elles : elles sont en effet parées d'un

halo lumineux qui est reflet de leur humeur, & dont les couleurs se décomposent comme suit :
Rouge : colère & folie.
Bleu : quiétude & réflexion.
Violette : terreur & inquiétude.
Argent : sagesse & bienveillance.
Noir : grande vieillesse & puissance.
Les créatures d'essence féerique se parent d'une brume glauque & verdâtre. Les humains ne possèdent quant à eux qu'une aura très pâle & grisâtre.

– Comprenez-vous ? demandait Virgil. Nos études magiques nous ont permis d'accéder à un niveau de connaissance supérieure, et nos pouvoirs sont multiples. Mais celui que vous détenez est irremplaçable. Nous avons bien, par le passé, essayé d'enrôler quelques Nosferatu dans nos troupes. Hélas, comme je vous l'ai dit, ces créatures ne vivent que pour elles-mêmes et refusent, par principe, de se mêler aux humains. Elles restent fidèles à leur nature. Et même si le but des Invisibles n'est pas de détruire la race vampirique mais bien de la contrôler, embrasser notre cause reste à leurs yeux inacceptable.

Le trio pénétra dans Saint James's Park. Le chaton de Luna, qui était remonté sur son épaule, sauta de nouveau pour gambader dans l'herbe. Une barque vermoulue était attachée à un ponton. Virgil y posa le pied puis tendit la main aux deux sœurs. Elles avaient cessé de demander des explications. Bientôt, leur guide empoigna les rames et, en quelques coups vigoureux, leur fit gagner l'île toute proche où se courbaient des saules immenses. L'obscurité était presque totale. L'homme avançait pourtant sans hésiter. Dérangés dans leur méditation, une demi-douzaine de pélicans s'éloignèrent en battant des ailes.

— Bonsoir, Albert. Bonsoir, Roger. Mes hommages, Mary-Jane. Oh, désolé, William.

— Vous… Vous les connaissez tous par leur nom ? demanda Luna, interloquée.

— Bah, ils ne sont que vingt-quatre.

Il les mena à une petite cahute en bois nichée entre des bosquets d'ajoncs et s'effaça pour les laisser passer.

Sur une dalle de pierre, encastrée à même la pelouse, la devise de la Couronne avait été gravée en petits caractères dorés, bien espacés : *Honni soit qui mal y pense*. Virgil enfonça très vite plusieurs lettres, comme les touches d'un instrument de musique, et la dalle pivota sur son axe, dévoilant une volée de marches.

De nouveau, on regagnait les profondeurs.

— L'un d'eux habite ici, déclara James Blackwood en pointant le quartier de Regent's Park sur la grande carte de Londres dépliée dans un coin du salon. Lui et ses vassaux, dans une vaste demeure bourgeoise, et nous savons laquelle.

Amber renifla.

– Pourquoi ne l'avez-vous jamais attaqué ?

– Question intéressante, répondit Friedrich en essuyant son monocle. Il est vrai que nous avons l'armée de notre côté, et toutes les forces de police que nous pouvons souhaiter. Mais la situation est plus complexe qu'il n'y paraît. Pour un certain nombre de raisons, le budget alloué par la reine à la Société des Invisibles, prélevé sur ses fonds personnels, a atteint ces dernières années des montants exorbitants. Sa Majesté – et nul ne songerait à l'en blâmer – exige dorénavant des résultats concrets. Imaginons que nous lancions un assaut contre cette demeure. Imaginons que ses occupants soient prévenus, ou se défendent. Imaginons que des civils soient tués, d'autres maisons détruites, ou que certaines de nos proies s'échappent : la reine devrait ensuite justifier cet assaut auprès de son gouvernement et, pire encore, de l'opinion publique. Or, les habitants de Londres ignorent tout de notre existence et de nos activités. Nous les protégeons à leur insu.

– Qui plus est, reprit James, nous ne savons pas – ou plus – à quel point les Drakul sont parvenus à se fondre dans la haute société de la capitale. Leurs appuis sont puissants, leurs relations nombreuses. Nous soupçonnons plusieurs dirigeants de la police d'être tombés sous leur coupe, et nous ne pouvons affirmer que tous les ministères soient vierges de leur influence.

Luna contemplait rêveusement la carte en grattant la tête de son chaton.

— Ne pouvez-vous en avertir la reine ?

— Elle demandera des preuves, répondit Virgil. Et, dans le meilleur des cas, nous ne disposons que de présomptions. C'est la raison pour laquelle nous avons toujours préféré employer nos propres soldats, nos propres espions, nos propres informateurs. Nos agents répondent à des critères de moralité et de loyauté très stricts. Hélas ! Ils nous coûtent aussi des fortunes, et il n'est pas certain que Sa Majesté continue à dépenser longtemps ses deniers pour une menace dont elle ne perçoit pas directement l'importance.

James Blackwood, qui avait tiré un tabouret, se laissa tomber d'un air las.

— D'une certaine façon, notre situation est critique. Malgré les coups que nous lui avons portés, l'ennemi semble plus fort que jamais. Le comte Dracula prépare quelque chose, nous en avons la conviction. Et nous sommes les seuls à pouvoir l'arrêter. Vous comprenez, je l'espère, à quel point nous avons besoin de vous.

Amber se tourna un instant vers les immenses baies vitrées. Un long poisson grisâtre passait avec indifférence. Elle revint à la carte, posa ses mains sur Kensington et Barbican.

— Où sont les autres Drakul ?

James se gratta la nuque.

— Plusieurs d'entre eux hantent la Tour de Londres. En ce qui concerne les autres…

– En ce qui concerne les autres, reprit Friedrich, nous en sommes réduits aux conjectures. Il y a bien ce pub, dans le quartier de Whitechapel…

James fronça les sourcils.

– Mon cher, si je n'avais pas encore évoqué ce point, c'est que j'avais mes raisons.

– Whitechapel ? répéta Amber. Est-ce bien l'endroit où Jack l'Éventreur commet ses horribles crimes ?

– Mm, répondit Friedrich. Jack n'a très probablement rien à voir avec le problème qui nous occupe. Sans entrer dans les détails, le *modus operandi* des meurtres auxquels tu fais allusion ne correspond nullement à celui d'un vampire. Mais Elizabeth Báthory, nous le savons, se trouvait sur les traces d'un ou plusieurs Drakul à Whitechapel. Elle subodorait que le sous-sol d'un pub leur servait de quartier général. Si nous pouvions en avoir le cœur net, il nous serait plus aisé d'agir.

– Et comment voudriez-vous…

Luna s'arrêta d'elle-même. Le petit homme toussota derrière son poing.

– C'est précisément à ce moment, mesdemoiselles, que vous entreriez en action. Nous pourrions – hypothèse – louer une paire de chambres au premier étage du *Poor Old Frank*, un hôtel placé au cœur du quartier. Nous pourrions vous y installer. Holmes et Watson veilleraient sur vous à tour de rôle. Votre travail n'aurait rien de compliqué : tout ce que vous auriez à faire, c'est observer. Vous seules êtes capables de repérer un vampire au milieu d'une foule. Vous resteriez là-bas quelques nuits. Vous vous relaieriez à la fenêtre.

Amber cligna des yeux.

— Et ?

Friedrich von Erstein lui adressa un large sourire.

— Il s'agirait d'une première mission. Nous avons d'autres idées, bien sûr. Mais nous ne vous forcerons à rien. Et nous ferons en sorte de ne jamais mettre vos vies en danger.

Une expression ironique se peignit sur les traits de la jeune fille.

— Maintenant, vous parlez au futur. Qui a vous a dit que nous accepterions ?

Virgil se dirigea vers une armoire suspendue et en sortit une bouteille de vieil armagnac. Il se servit un verre.

— Tu as parfaitement raison, déclara-t-il sans se retourner. Du reste, nous n'exigeons aucune réponse de vous ce soir. Vous allez rentrer chez vous et prendre le temps de la réflexion.

— Et si nous refusons ?

L'homme à la veste de cuir rejoignit les deux autres, son verre à la main.

— Il n'y a rien à dire…

Amber insista :

— Devrons-nous… quitter la maison ?

— La maison est à vous. Elle a été achetée avec une partie de l'argent que vous a légué votre père, lequel nous a nommés exécuteurs testamentaires. Watson a tenu à en payer un cinquième. L'autre moitié de votre héritage est placée sur un compte : la somme vous reviendra à votre majorité légale, si ce mot a encore un sens. Notre docteur insistera sûrement pour rester avec vous : je crains qu'il ne vous ait prises en affection. Évidemment, la décision vous appartient.

Il parlait d'une voix neutre, à la limite de l'ennui, comme si toute cette histoire ne fût au fond que de peu d'importance. Mais les deux sœurs n'étaient pas dupes : elles avaient vu Friedrich von Erstein se ronger l'ongle du pouce.

– Toutefois, reprit Virgil après une pause, je me dois de vous rappeler deux choses : la première, c'est que, quelle que soit votre décision, vous resterez des vampires – des créatures nocturnes, étrangères à la mort. Il vous faudra occuper votre temps d'une autre manière.

– Et la deuxième ?

Luna avait déposé son chaton au sol. Virgil la fixa dans les yeux.

– La deuxième, c'est que votre père a demandé à votre majordome de venir *nous* trouver lorsqu'il a été établi que vous étiez en danger. Il a dû penser que nous saurions quoi faire de vous.

– Mais il ignorait que nous étions des vampires.

Amber avait lâché ces mots sans même y réfléchir. Virgil reposa son verre vide sur le coin de la table.

– Quant à cela, j'ai bien peur que nous ne le sachions jamais.

Tard dans la nuit, Amber et Luna Wilcox furent reconduites à leur barque où les attendait Sherlock Holmes.

Friedrich von Erstein les serra contre lui. James Blackwood s'inclina comme à son habitude, une main sur le cœur. Virgil Kurstanov, lui, se contenta d'un hochement de tête. Selon toute vraisemblance, il s'était attendu à une réaction plus enthousiaste de la part des deux sœurs : il aurait voulu qu'elles acceptent sans condition. Mais les jeunes filles n'avaient pas besoin de se parler, tandis que leur embarcation s'enfonçait dans le long tunnel reliant Saint James's à Holland Park, pour savoir qu'elles pensaient la même chose : trop de questions demeuraient mystérieuses – des questions qu'elles n'avaient pas pensé à poser, ou qui leur avaient paru trop impertinentes, ou dont les réponses ne les satisfaisaient pas. Leur belle-mère, par exemple. Qu'était-il advenu d'elle ? Les Invisibles s'étaient montrés très évasifs sur ce sujet, et plus encore sur celui de leur père. Amber avait pourtant insisté à propos de ce dernier, mais Friedrich s'était empressé de répondre : « Sa dépouille s'est certainement volatilisée » – avant de se reprendre, fusillé du regard par ses amis : « Nous ne l'avons jamais, hum, identifiée. » Quel pouvait être le sens de cet étrange lapsus ? Les deux sœurs avaient la désagréable impression que l'on continuait à leur cacher des choses.

– Monsieur Holmes ?

La cadette s'était penchée à l'avant de la barque.

– Je t'en prie, trésor, appelle-moi Sherlock.

– À quel point les vampires sont-ils réellement immortels ?

Le détective émit un petit rire nerveux. D'un hochement de menton, il désigna son aînée, plongée dans la lecture du *De Vampyrii*.

– Bientôt, ta sœur saura tout ce qu'il y a à savoir sur ce sujet et sur les autres. Mais pour répondre à ta question, prétendre que les vampires sont réellement immortels est une contre-vérité. Disons qu'ils vieillissent dix fois plus lentement qu'une personne normale, vingt fois peut-être. Et qu'ils ne tombent jamais malades. Si vous ne prenez pas de risques inconsidérés, vous vous trouverez encore sur terre en l'an 2500.

La jeune fille avala sa salive et reporta son regard sur les parois suintantes du tunnel. Les paroles du détective lui donnaient le vertige. Amber, qui n'avait rien perdu de la conversation, referma son livre d'un coup sec.

– Sherlock ?

– C'est moi.

– Vous savez ce que les Invisibles nous ont dit, n'est-ce pas ? Vous qui travaillez pour eux, nous conseillez-vous d'accepter ?

Le détective revint prendre place sur le banc d'en face.

– Le seul conseil pertinent que je puisse te donner, trésor, c'est de ne jamais t'engager dans une aventure sans être convaincue de l'absolue nécessité de tes actes. Les Invisibles sont presque décimés aujourd'hui. Les trois hommes que vous avez rencontrés sont les derniers représentants d'une espèce en voie de disparition irréversible. Mais ils sont également le seul rempart qui nous reste contre le comte et son engeance. Pourquoi croyez-vous que j'ai mis un terme à ma carrière de détective ? Londres est en danger, l'Empire est en danger – le monde entier tremble sur ses bases. Les pouvoirs des vampires les plus âgés sont devenus démesurés. Dracula n'est pas seul. Aujourd'hui, il ambitionne, pensons-nous, de soumettre la Couronne, et nous avons toutes les raisons de croire qu'il peut y parvenir. Mais qui sait quels terribles projets fomenteront ses pairs une fois cette étape franchie ?

Mort à Baker Street

Amber et Luna retrouvèrent leur demeure peu de temps avant l'aube. Elles n'avaient toujours pas pris leur décision. Watson, qui était déjà parti, avait laissé une rose rouge sur chacun de leurs lits, accompagnée d'une carte de visite.

À demain !

Sherlock Holmes soupira quand Luna lui montra la sienne.
— Vieil imbécile sentimental.
— Que voulez-vous dire ?
— Oh, il espère de tout cœur que vous accepterez. Je crois qu'il vous aime.
— Et vous ?
Le détective accrocha son veston au portemanteau.

– Je ne mélange jamais travail et émotions.

Il avait prononcé ces mots avec un tel sérieux qu'il était impossible de savoir s'il plaisantait ou non. Avisant un fauteuil, il s'y laissa tomber.

– Le jour porte conseil. Vous devriez aller vous coucher.

La cadette acquiesça et s'engagea dans le grand escalier qui menait à l'étage. À mi-chemin, elle se retourna. Le détective s'était emparé d'un vieux journal. Elle jugea préférable de ne pas le déranger.

Le lendemain soir, Amber se réveilla avec le sentiment que quelque chose n'allait pas. Sherlock Holmes se tenait debout dans un coin de sa chambre, occupé à lire un catalogue de manufacture. Il le reposa dès qu'elle ouvrit un œil.

– Bien le bonsoir.
– Que se passe-t-il ? Où est Watson ?
– J'aimerais le savoir. Lui d'ordinaire si ponctuel…

La jeune fille s'assit sur son séant et remonta ses draps contre elle.

– Avons-nous dormi tard ?
– Il est huit heures. Notre docteur devrait être là depuis soixante minutes.
– Alors ?

Le détective se posta sur le seuil.

– Alors, nous devons aller voir ce qu'il en est. Vérifier que Watson a bien quitté la maison. Et comme je ne puis vous laisser seules ici, il va falloir que vous m'accompagniez.

– Oh.

– Ta sœur est déjà prête. Rejoins-nous au salon quand tu seras habillée.

Il quitta la chambre. Amber se leva et s'avança pieds nus à la fenêtre. Une épaisse buée opacifiait la vitre. Elle l'effaça d'un revers de manche et contempla la rue en contrebas. Le halo des becs de gaz tremblotait dans la nuit. Ouvrant son armoire, la jeune fille choisit une robe à revers de dentelle. Le docteur Watson avait procédé lui-même à l'achat de leurs vêtements et, à sa grande surprise, avait fait preuve d'un goût tout à fait honorable.

Enfilant son vêtement, elle se mira dans la glace et arrangea ses boucles à la va-vite. Puis, du bout des doigts, elle s'effleura la joue. Sa peau était blanche comme de la porcelaine. Avait-elle changé ? Elle ne parvenait pas à en être sûre – tout comme elle ne parvenait pas à imaginer que ce visage serait encore le même dans dix ans, ou dans un siècle.

Dans le salon, Luna et Sherlock se faisaient face, recroquevillés dans des fauteuils. La cadette se leva pour embrasser sa sœur. Celle-ci paraissait fatiguée.

– Tu en fais une tête !

– Mauvais rêve, répondit Luna. Mais je me suis réveillée.

– Tu as de la chance de pouvoir sortir de tes rêves.

Mine sombre, le détective posa ses mains sur les

accoudoirs et se mit debout à son tour. Les deux jeunes filles échangèrent un regard inquiet. Quelques minutes plus tard, elles s'engouffraient à sa suite dans un fiacre.

– 221B, Baker Street, lança Sherlock en ouvrant la vitre coulissante qui permettait de communiquer avec le cocher.

L'attelage s'ébranla.

Il était huit heures trente lorsque le fiacre s'arrêta devant la demeure du détective, où Watson passait l'essentiel de ses journées. Sous le ciel noir et sa bruine, le trottoir était quasi désert. Holmes demanda au cocher de rester à son poste et descendit, suivi des deux sœurs. Les fenêtres de l'étroite maison n'indiquaient nulle présence. Holmes frappa à la porte : pas de réponse. Introduisant sa clé dans la serrure, il se retourna vers les sœurs Wilcox.

– C'est ouvert. Attendez-moi.

Il s'engagea dans le vestibule, se gardant bien d'allumer ou d'appeler son ami. Après quoi il disparut. Amber prit un air contrarié.

– J'entre, glissa-t-elle à sa sœur. Je vais mourir de froid.

– Mais nous sommes insensibles au…, commença Luna, avant de lui emboîter le pas.

Le living-room était spectaculairement exigu, empli d'un fatras de meubles dépareillés et de bibelots en tous genres qui rappelait le bureau de Watson à Holland Park. À moins que ce ne fût le style de Holmes ?

— Ces lambris auraient grand besoin d'être époussetés, remarqua Amber.

Le détective était monté. La jeune fille se dirigea vers l'escalier et gravit prudemment les marches pour ne pas les faire grincer. Luna l'imita. Parvenue à l'étage, sa sœur l'arrêta d'un geste. La porte était entrouverte et Sherlock gémissait.

— Sois maudit. Oh, Seigneur, sois maudit pour l'éternité !

Amber croisa le regard de Luna. Précautionneusement, elle se décala d'un pas. Assis à l'envers sur une chaise, les mains crispées sur le dossier, le détective se berçait d'avant en arrière. À ses côtés, sur le mur, un gigantesque M avait été tracé d'un coup de peinture rouge. « Du sang », songea la jeune fille. Elle s'avança. Le détective releva la tête, bondit sur ses pieds et la refoula dans une sorte de râle. Mais c'était trop tard, elle avait tout vu : Watson, affalé au bas de son lit, le regard fixe, un pistolet à la main. Et du sang, encore. Et un trou dans la tempe.

— Je vous avais demandé de rester en bas !

Furieux, Holmes était sorti comme une tornade. Il repoussa sans ménagement les deux sœurs vers les marches.

— Non, répliqua Amber, vous nous avez demandé de vous attendre.

Le détective grimaça, se retint à la rampe. Portant une main à son front, il secoua la tête.

— Watson est mort. Il s'est suicidé.

Luna ouvrit de grands yeux. Sa sœur l'entraîna dans l'escalier en lui serrant le bras très fort. Holmes, lui, ne bougeait pas – ou n'osait plus. La peur dansait dans son regard.

Le *Swords & Staff* était l'un des plus anciens pubs de Baker Street. Sherlock Holmes, qui y avait ses habitudes, poussa la porte sans se poser de questions. Les deux jeunes filles restèrent sur le perron. Il les encouragea.

— Venez.

— Mais, Sherlock…

— Je sais que les pubs sont interdits aux femmes. Venez quand même.

Elles entrèrent sans discuter. L'intérieur était aussi obscur que le conduit d'une cheminée, et presque aussi enfumé. Une douce chaleur y régnait, rehaussée par un mariage de bois sombres et d'ornements cuivrés. Une dizaine de clients étaient attablés, qui se tournèrent vers les nouveaux venus. Derrière son comptoir, occupé à essuyer des verres, le tenancier tiqua. Le détective se pencha vers lui et lui glissa quelques mots. L'homme opina, indiquant l'étage.

— Venez, dit Sherlock.

Les sœurs Wilcox le suivirent dans l'escalier. L'étage

supérieur était désert, et plongé dans une pénombre bienfaisante. Une banquette de cuir s'étalait le long du mur, face à un autre comptoir où n'officiait personne. Holmes tira une chaise et proposa la banquette aux jeunes filles. Elles se serrèrent l'une contre l'autre, et le silence retomba. À une église voisine, les cloches venaient de sonner onze heures.

Le détective posa ses mains à plat sur la table et observa le plafond.

La police était venue : elle n'avait pu que constater le drame. Sherlock Holmes avait discuté, longuement. Des questions, toujours des questions. Peu à peu, une foule de curieux s'était massée devant le 221B, Baker Street. Watson était un homme unanimement apprécié. Personne ne pouvait croire qu'il s'était donné la mort. Amber se racla la gorge.

– Sherlock ?

– Moriarty est de retour.

– Qui ?

– Mon ennemi juré. Celui que je considérais autrefois comme un frère.

Le tenancier apparut et alluma les lampes. Le détective cacha son visage entre ses mains tandis que l'homme posait une chope de bière brune devant lui, et une tourte à la viande. Les deux sœurs eurent droit à des verres d'eau.

– Vous ne nous avez jamais parlé de lui, susurra Luna.

– Parce qu'il est mort à mes yeux. Parce que je pensais qu'il était mort tout court.

– Comment cela ?

Le détective trempa ses lèvres dans la mousse.

– C'est un Drakul, trésor. Moriarty est un Drakul, et je ne tiens pas à parler de lui avec vous, ni avec quiconque.

Un sourire amer se dessina sur ses lèvres. Les deux sœurs l'observaient, sidérées. Il fit tourner sa chope.

– La police fait fausse route, évidemment. Voici comment les choses se sont passées. Un, la porte n'a pas été fracturée, et Moriarty ne possédait pas la clé : Watson s'apprêtait donc à partir quand son agresseur l'a surpris, le refoulant à l'intérieur. Deux, aucune trace de sang au rez-de-chaussée : tout s'est donc passé là-haut. Si lourdaud fût-il, Watson n'était pas homme à se laisser faire aisément. Donc, Moriarty l'a obligé à remonter, sans doute en le menaçant. Trois, les draps poissés, la lampe de chevet au sol, de fines traces de sang sur les lèvres et cette blessure à la gorge, cicatrisée presque instantanément : Moriarty a mordu Watson, et Watson s'est débattu – en pure perte, bien entendu. Suite à quoi le Drakul a forcé sa victime à ingurgiter son propre sang. Pour en faire son vassal.

Amber se débarrassa de son manteau.

– Comment pouvez-vous être sûr d'une chose pareille ?

– C'est là mon cinquième point : le suicide. L'expertise balistique est formelle et, sur ce sujet, nous pouvons faire confiance à la police de Londres. Watson a pris son pistolet ct s'est tiré une balle dans la tête, avant que la transformation s'achève. Vous ne l'avez côtoyé que quelques jours, pas assez – hélas ! – pour vous forger à son endroit une opinion définitive. Mais moi qui le fréquente depuis des années et qui me targue de le connaître mieux que personne, je puis vous assurer ceci : jamais cet homme n'aurait attenté à sa propre existence s'il n'y avait été absolument contraint. Moriarty l'a mordu. Le docteur savait qu'il allait devenir un vampire à son tour, et probablement l'esclave de son agresseur : un suzerain exerce sur son vassal un pouvoir sans partage. À travers mon compagnon, c'est moi que visait le vampire. Le M sur le mur m'était destiné.

Il attrapa un couteau et taillada sa tourte avec rage. Luna songea que ni elle ni sa sœur ne s'étaient encore nourries ce soir. Une faim subtile commençait de les tenailler.

– Vous avez dit « cinquième point ». Vous vous êtes trompé.

Un pâle sourire éclaira la figure du détective.

– Finement observé. Mais il y a bel et bien un quatrième point, que j'ai volontairement omis de mentionner. La serrure de la chambre de Watson a été brisée. Nous avons établi que les deux hommes étaient entrés sans violence. La chose s'est donc passée *ensuite*. Je pense que le docteur s'est enfermé à double tour après que Moriarty est ressorti. J'ai observé sa plume, sur son secrétaire. L'encrier a été partiellement vidé et le tiroir supérieur était ouvert. Watson ferme toujours les tiroirs. À l'intérieur, des marques sur le bloc-notes attestent qu'une page a été arrachée. Conclusion : une fois son forfait perpétré, Moriarty s'est éloigné un instant. Watson est sorti de sa torpeur et a immédiatement compris ce qui lui était arrivé. Voyant le M sur le mur, il a rédigé un message à mon attention. Malheureusement, Moriarty a dû l'entendre : le parquet grince dans cette demeure, je sais de quoi je parle. En conséquence de quoi il est remonté, a frappé à la porte et, n'obtenant pas de réponse, est entré par la force. Watson n'a pas eu le temps de dissimuler son message. Il n'a même pas eu le loisir de le terminer. Le Drakul le lui a arraché des mains et a refermé le tiroir. Un pistolet était caché sous son lit. Watson aurait pu lui tirer dessus. Mais les vampires ne peuvent être tués avec des balles ordinaires, et il ne l'ignorait pas. Et le mal avait déjà été fait. Notre ami a donc attendu que l'attention de Moriarty se relâche pour se saisir de l'arme. Et il s'est tiré une balle dans la tête. Alarmé par le vacarme, le vampire a dû quitter les lieux en hâte.

Luna considéra son verre d'eau en frémissant et avala une gorgée. Elle réprima une nausée.

— Épouvantable, souffla-t-elle, le regard fixe.

— Ce n'est qu'une hypothèse, répliqua Holmes en mâchonnant une bouchée de tourte, momentanément rasséréné par la glaciale beauté de son raisonnement. Sa seule faiblesse, c'est que je croyais avoir tué Moriarty.

– Holmes, les mots me manquent.

James Blackwood avait posé une main sur l'épaule du détective. L'autre hocha la tête.

– Il est mort à ma place. Il n'était pour rien dans tout cela.

– Nous allons mener notre enquête, mon ami. Nous allons traquer ce monstre et lui faire payer son crime au centuple.

Vêtu d'un élégant costume à queue-de-pie, son haut-de-forme posé sur une table voisine, James frappa du poing sur le comptoir. Amber et Luna ne le quittaient pas des yeux ; pour une raison qu'elles n'auraient su expliquer, sa présence les réconfortait. Elles en avaient oublié les questions sur leur père. L'homme revint vers elles.

– Mesdemoiselles, je suis navré que vous ayez dû être témoins d'un tel drame.

Les sœurs Wilcox restèrent muettes. Une même pensée les obsédait : si Holmes et Watson n'avaient pas été chargés de leur garde, ils se seraient trouvés ensemble ce soir.

– … et concernant notre affaire, poursuivait Blackwood, il va de soi que…

– Nous sommes d'accord.

Amber inspira brièvement. Les mots étaient sortis tout seuls. Sous la table, le genou de sa sœur s'était collé au sien.

James se laissa choir sur une chaise.

– Pardon ?

— Nous avons réfléchi à votre proposition, poursuivit Luna à la place de son aînée. Et nous l'acceptons.

L'homme opina puis tendit ses mains aux deux jeunes filles, qui les saisirent. Une onde de chaleur s'empara de leur être.

— Merci, murmura James. J'ai bien conscience de l'insigne faveur que vous nous accordez et je puis vous assurer, au nom de la Couronne, que nous saurons nous en montrer dignes. Ce n'était pas la décision la plus facile à prendre, mais c'était assurément la plus sage. Votre père aurait été fier de vous.

Grognant pour lui-même, Sherlock Holmes planta sa fourchette dans un morceau de tourte, qu'il avala d'un coup. Luna lui caressa le bras. Le détective regardait ailleurs. Des larmes coulaient enfin sur ses joues.

On mena les deux sœurs dans une ruelle transversale à l'abri des regards. Un fiacre s'arrêta, qui allait les reconduire à Holland Park. James Blackwood, qui les accompagnait, surveillait les environs d'un air nerveux. Il avait remis son chapeau et serré une nouvelle fois Sherlock Holmes contre sa poitrine. Le détective devait rester sur place pour régler les formalités. Où et quand le docteur Watson serait-il inhumé ? La décision n'avait pas encore été prise. Portant deux doigts à sa casquette, Holmes salua les sœurs Wilcox. Il avait vieilli de dix ans en quelques heures.

Blackwood s'installa en face des jeunes filles et

referma la portière. D'un mystérieux mouvement de la main, il apposa sur leur front ce qui ressemblait à une bénédiction. Puis la voiture s'ébranla et descendit vers Oxford Street.

Pendant de longues minutes, on n'entendit plus que le martèlement des sabots sur le pavé. Luna regardait défiler la nuit et ses ombres rêveuses. Elle repensait aux rares moments de joie qu'elle avait connus avec le docteur : ses éclats de rire, la façon qu'il avait de les regarder avec ce respect teinté de tendresse. Il était la deuxième personne, après leur majordome, à perdre la vie parce qu'elle les connaissait. Devaient-elles se le reprocher ? Avant de prendre congé, James Blackwood avait chuchoté des paroles de consolation à l'oreille de Sherlock Holmes, des paroles qu'elle avait entendues et qu'elle se répétait maintenant comme un mantra. « Il est mort libre, vous comprenez ? »

Cet homme – le plus serviable et dévoué qu'on puisse imaginer – cet homme ne voulait être l'esclave de personne. Luna renifla.

Amber, elle, avait fermé les yeux comme pour s'abstraire un instant du monde. Des questions continuaient de la hanter, des questions auxquelles personne, manifestement, ne pouvait répondre : qui les avait mordues ? Qui avait fait d'elles ce qu'elles étaient, et à quelles fins ? Qu'était réellement devenu leur père ?

– James ?

Luna chiffonnait un mouchoir humide.

– Oui, Luna.

– Pourquoi Sherlock refuse-t-il de parler de Moriarty ? Était-ce – est-ce réellement son meilleur ami ?

Le magicien avait posé son haut-de-forme sur ses genoux. L'espace de quelques secondes, il sembla hésiter à répondre.

– C'est une histoire douloureuse mais, après tout, vous avez le droit de la connaître. Qui sait quel enseignement vous en tirerez ? Moriarty était bien l'ami de Sherlock, son ami de cœur, même, et c'était aussi l'un des plus brillants avocats de la ville. Lui et notre détective avaient sensiblement le même âge. Ils s'étaient connus à l'université et leurs chemins avaient divergé par la suite, mais ils n'avaient jamais cessé de se fréquenter. Et puis un jour, Moriarty a fait une rencontre, une très mauvaise rencontre : un certain Vittorio, vassal de Silas, lui-même soumis au comte Dracula. Cela se passait il y a plus de trois ans. Avec le recul, nous pensons que le hasard est étranger à cette affaire. Vittorio a choisi Moriarty parce qu'il savait que c'était l'ami de Holmes et qu'il ne tirerait rien de Watson. Il l'a séduit – au sens intellectuel du terme : il possédait de nombreuses relations dans le milieu judiciaire. Naturellement, il n'a pas révélé tout de suite à Moriarty sa véritable nature ; dans un premier temps, il s'est contenté de s'en faire un ami. Les Drakul affectionnent ces longues périodes d'observation ; elles leur permettent de jauger leurs proies et de peser longuement leur choix.

– Et Sherlock ?

James Blackwood se caressa les cheveux du plat de la main.

– Sherlock considérait cette complicité d'un fort mauvais œil. De toute évidence, il avait flairé quelque chose. Moriarty, qui se vantait de n'avoir aucun secret pour lui, lui parlait de Vittorio sans arrêt. Holmes lui recommandait la prudence. Son ami lui riait au nez : « Vraiment, comment peux-tu être jaloux ? » Il reprochait au détective de vouloir contrôler son existence. Lui et Holmes ont alors pris leurs distances. Leurs relations sont devenues froides, impersonnelles. Puis Moriarty est tombé gravement malade. Un cancer du cerveau, prétendait-il : une affection incurable. Il est revenu annoncer la nouvelle à Sherlock, et ce dernier s'est effondré. Il exigeait que Watson l'ausculte, lui prescrive un traitement. Moriarty s'obstinait à refuser. La situation, déclarait-il non sans fierté, était sans espoir.

– C'est affreux, murmura Luna.

– Au cours des mois suivants, Moriarty a disparu, littéralement. Sherlock s'est fait un sang d'encre. Il craignait que son ami ne fût déjà mort. Mais ce n'était pas le cas. Un soir, le fugitif est revenu frapper à sa porte. Il pleurait à chaudes larmes. Sherlock l'a fait entrer, qu'aurait-il pu faire d'autre ? Et Moriarty lui a tout raconté. Vittorio n'était pas un ami comme les autres. C'était un vampire du clan des Drakul. C'est lui, et lui seul, qui avait diagnostiqué son cancer, après quoi il lui avait proposé la vie éternelle. Moriarty avait d'abord refusé, bien sûr. Du moins, c'est ce qu'il soutenait. Mais le temps passant, et voyant son état se détériorer de jour en jour, il avait fini par changer d'avis. Vittorio l'avait donc mordu, puis forcé à boire son propre sang. Désormais, Moriarty était son esclave. Et il était complètement perdu.

— Je présume, fit Amber, que Sherlock a essayé de retrouver Vittorio.

— Non. Quand cette histoire est arrivée, il ne connaissait rien des vampires, il ne soupçonnait même pas leur existence. Il a donc entrepris ses premières recherches seul, et ce sont ces recherches qui l'ont mené jusqu'à nous. Au moment dont je vous parle, il ne nous connaissait pas encore, et Moriarty semblait sincèrement désireux d'échapper au contrôle des Drakul. En conséquence de quoi il s'est installé chez son ami quelques jours. Watson, qui le connaissait très bien, a entrepris de l'examiner pour essayer de trouver un remède à sa condition. Cette fois, Moriarty l'a laissé faire. Mais le docteur n'a pas trouvé chez lui la moindre trace de cancer résiduel : même avant de devenir un vampire, Moriarty n'avait jamais été malade. Watson est allé annoncer la nouvelle à Sherlock. Pour ce dernier, l'affaire était limpide. La maladie n'avait existé que dans l'esprit du patient : Vittorio avait menti sciemment pour pousser l'ami de Holmes à se donner à lui.

— Vous voulez dire, l'interrompit Luna, que

Moriarty a accepté de devenir vampire sur la foi d'un mensonge ?

— En quelque sorte. À la suite de cette révélation, il est entré dans une rage folle. Manifestement, Holmes avait entrepris de lui parler mais il n'avait pas trouvé les bons mots. Il s'était adressé à lui comme à un patient, il lui avait même suggéré un séjour volontaire dans un asile d'aliénés dirigé par l'un de ses amis. Moriarty lui en voulait, terriblement. Et il en voulait encore plus à Watson, qui avait mis au jour la manipulation dont il avait été l'objet. Vittorio a dû sauter sur l'occasion. Moriarty est revenu auprès de lui, cette fois sans espoir de retour. Il est devenu l'ennemi juré de Holmes. Pour ce que nous en savons, il a même essayé de le tuer par deux fois.

— Je ne comprends pas comment Sherlock est parvenu à garder tout cela pour lui, souffla Amber.

James Blackwood esquissa un sourire rêveur.

— La première fois, Moriarty lui a donné rendez-vous à minuit derrière Saint Martin in the Fields, aux abords de Trafalgar Square. Mais notre cher Holmes s'est méfié. Il est venu armé — un pistolet chargé de balles d'argent. Et il a tiré lorsqu'il a compris que le vampire, profitant d'un instant d'inattention feinte, s'apprêtait à bondir sur lui. Un glapissement de douleur est tout ce qu'il a entendu : Moriarty avait pris la fuite. La deuxième fois, le vampire s'est introduit chez lui en pleine nuit, exactement comme ce soir. Holmes n'était pas armé. Le Drakul s'est avancé en confiance… et Watson a surgi, un pieu métallique à la main. Moriarty a sauté par la fenêtre. Le pieu était planté dans son dos. Cette fois, son sort ne faisait aucun doute pour les deux hommes. Des traces de sang remontaient vers Regent's Park. Vainement, ils ont essayé de retrouver le corps. Le fait qu'ils aient échoué aurait dû nous mettre la puce à l'oreille.

Luna ne put s'empêcher de frémir.

– Et maintenant ? Moriarty va-t-il vouloir tuer Holmes ?

– Nous l'ignorons. Tout est possible, y compris le fait que l'assassin de Watson ne soit qu'un imposteur. Mais il est désormais établi que Sherlock Holmes n'est plus en sécurité au 221B, Baker Street. Sans doute, dans un premier temps, devra-t-il habiter à Holland Park en permanence.

– Et si Moriarty découvre où il se cache ? Et si Moriarty apprend notre existence ? demanda Amber, très calme.

– La vie sans risques n'est plus la vie. Cela étant, nous prendrons toutes les précautions qui s'imposent. Personne ne nous suit, ce soir. J'ai neutralisé vos auras au moment du départ, au moins pour quelques minutes.

– Le signe sur le front…, murmura l'aînée.

Un rire silencieux secoua le magicien.

– On ne peut rien te cacher.

Le fiacre remontait Holland Park Avenue. Arrivé à bon port, le cocher tira les rênes. James Blackwood descendit en premier et jeta un œil aux alentours. Puis, rassuré, il tendit une main à la première des jeunes filles.

– Je vais rester chez vous, glissa-t-il à Luna, pour la journée qui vient et jusqu'à ce soir. Ensuite, ce sera le tour de Friedrich, puis de Virgil. Si vous êtes toujours d'accord, nous nous rendrons à Whitechapel dans deux nuits.

– Monsieur Blackwood ?

– Oui.

– Nous apprendrez-vous un jour à faire de la magie ?

L'homme monta l'escalier en tenant les deux sœurs par les épaules.

– La magie, mesdemoiselles, est l'art de faire coïncider la réalité avec ce que l'on exige du monde. Sa pratique repose sur un secret élémentaire.

– Quel secret ?

– Le temps.

Il glissa une clé dans la serrure, et la porte s'ouvrit sans bruit. Le chaton de Luna, qui avait attendu toute la nuit, se frotta contre ses mollets en miaulant amèrement. James le caressa en passant.

– As-tu trouvé un nom à ton nouvel ami ?

La cadette des Wilcox secoua la tête.

– Je dois y réfléchir, dit-elle.

Et elle referma la porte.

À quelque deux cents pieds de là, derrière la fenêtre d'une pension de famille, un homme abaissait ses jumelles, un fin rictus aux lèvres.

Abraham Stoker savait maintenant ce qu'il voulait savoir.

Parmi les tombes

La nuit suivante, Luna se réveilla d'un bond. La maison, vide, était plongée dans la pénombre. Étrangement, cela ne l'inquiétait pas ; Amber devait être sortie. Ouvrant son armoire, elle sortit une robe noire et l'enfila devant sa glace. Son reflet était absent, mais cela non plus n'était pas important. Elle leva sa fenêtre, et remarqua que les barreaux avaient été ôtés. Enjambant son balcon, elle sauta sans réfléchir et se mit à voler. C'était une sensation extraordinaire, nullement angoissante : les bras le long du corps, elle flottait à dix ou douze pieds du sol, les pans de sa robe déployés dans son sillage. Arrivée au bout de Bayswater Road et d'Oxford Street, elle bifurqua vers le nord et s'éleva au-dessus des toits. Londres était muette, vidée de sa substance, et les flèches de ses églises s'élevaient à travers le *fog* vers le ciel vierge d'étoiles. Sous les becs de gaz, des taches de lumière pareilles à des flaques huileuses s'agrandissaient sur les trottoirs. Où étaient donc passés les gens ? Luna baissa les yeux. Vus d'en haut, les quartiers qu'elle traversait ne lui étaient plus que vaguement familiers. Mais une force inconnue la poussait en avant.

Enfin, elle redescendit, légère comme une plume, et découvrit une grille flanquée de quatre colonnes massives. Elle se tenait devant l'entrée principale d'un cimetière.

Il pleuvait. La grille n'était pas verrouillée. Luna s'engagea dans l'allée principale, ses pas crissant sur les graviers. Des anges de bronze tendaient leurs bras suppliants vers le ciel. Partout dans les ténèbres s'élevaient cénotaphes et croix blanches, stèles ébréchées et mausolées aux flancs recouverts de mousse.

Un vieux sentier se présenta, bordé de ronces et de fougères. Il était abandonné, mais elle savait que c'était par là qu'elle devait descendre. Après une grande inspiration, elle retroussa sa robe. Au loin, la brise nocturne courbait les cimes des cyprès et une véritable averse s'abattait désormais sur les lieux, secouant buissons et bosquets grêles.

Quittant le chemin, la jeune fille se dirigea d'instinct vers une vieille statue, assise sur un fauteuil de pierre, ses bras posés sur les accoudoirs : un homme au regard fixe. Les tiges de lierre rongeant le piédestal masquaient une inscription. Luna s'accroupit et les écarta fébrilement. On ne lisait que deux mots :

Soudain, elle recula de quelques pas, trébucha. Comment avait-elle pu ne pas le remarquer ? À l'endroit où elle se trouvait, la terre avait été remuée, et en profondeur. Une monstrueuse angoisse lui tordit les entrailles. Quelqu'un avait été enterré ici.

Quelqu'un l'appelait.

– Du calme. Je suis là.

Elle se redressa, hors d'haleine. Son front et sa nuque étaient couverts de sueur. Assis à ses côtés, Friedrich von Erstein avait reposé le roman qu'il était en train de lire – *Les Hauts de Hurlevent* – pour lui prendre la main. Il la tapota avec un sourire inquiet.

– Tu faisais un cauchemar. Veux-tu en parler ?

Luna secoua la tête. Au bout de son lit, son chaton l'observait, oreilles plaquées, prêt à bondir. La jeune fille partit d'un rire léger et l'attira à elle. Son ronronnement l'apaisait et dissipait peu à peu les images de son rêve. Tout était encore une fois si net, si précis ! Décidément, elle ne pouvait plus attendre.

– Quelle heure est-il ?

– Près de neuf heures. James nous a quittés au crépuscule. Ton repas t'attend.

– Mon repas…

Elle se leva, enfila ses chaussons, marcha vers la fenêtre. Il pleuvait, comme dans son rêve.

Elle se retourna avec une moue gênée.

– Si je pouvais… rester seule quelques instants.

Friedrich rajusta son monocle et bredouilla une excuse.

– Oh, bien sûr. Je suis… Je t'attendrai en bas, avec ta sœur. Prends tout ton temps.

Il rafla son roman sur la table de nuit et s'éclipsa. Luna poussa un soupir. Ce cimetière qu'elle avait vu en rêve, existait-il seulement ? Et cette tombe ? Elle devait en avoir le cœur net.

– *Meow !*

Le chaton avait sauté du lit et lacérait joyeusement le rideau de taffetas. Elle se baissa pour lui donner une caresse.

– Je vais faire une promenade. Ne dis rien à personne, d'accord ?

Un bref sourire illumina son visage. Comme si cet animal avait pu lui répondre ! Ouvrant son armoire, elle se vêtit à la hâte d'une jupe plissée et d'une jaquette en laine, puis attrapa son manteau. Une fois de plus, ses pensées revinrent vers le pauvre docteur Watson. Quoi qu'on lui rétorque, elle se sentait responsable de ce qui lui était arrivé. C'était idiot, mais elle ne pouvait s'en empêcher. L'espace d'une seconde, elle contempla son reflet dans la glace. Sa figure avait encore pâli, si une telle chose était possible. Au bas de l'escalier, elle accrocha son manteau à la patère.

Amber était déjà attablée, plongeant sans enthousiasme sa cuillère dans la sempiternelle soupe au sang.

Friedrich von Erstein parcourait le journal du soir. Luna s'installa et se mit aussitôt à manger. L'homme leva un sourcil.

– Tout va bien ?

– En fait, répondit la jeune fille avec une grimace, j'ai mal à la tête.

– Tu as certainement besoin de repos.

Luna posa sa cuillère et porta une main à son front. Sa sœur l'observait avec méfiance. « Elle lit en moi comme dans un livre, songea la cadette. Elle sait que je prépare quelque chose. »

– Je… Je crois que je vais remonter, soupira-t-elle, son assiette aux trois quarts pleine.

Leur tuteur replia son journal.

– Bon. Si tu as besoin de quoi que ce soit…

– Je sais.

Elle se leva et regagna le hall, refermant derrière elle la porte de la salle à manger. Son aînée l'avait suivie du regard. Certes, elle s'en voulait de la tenir ainsi à l'écart. Mais d'une certaine façon, et même si elle détestait raisonner ainsi, elle ne faisait que lui rendre la monnaie de sa pièce.

Le vestibule était plongé dans le noir. Luna s'avança à pas feutrés jusqu'au cabinet de Watson. Une lampe à pétrole était posée sur un guéridon. Elle l'alluma en retenant son souffle, puis se tourna vers la grande carte de Londres punaisée en face de la bibliothèque.

Cinq minutes plus tard, toujours aussi discrètement, elle ressortait, décrochait son manteau de la patère et descendait les marches de l'escalier menant à la buanderie, buanderie dont la clé – elle avait noté ce détail la veille – reposait près du pot de fleurs de l'entrée.

La voix de Friedrich résonnait au rez-de-chaussée. Il expliquait quelque chose à Amber. C'était le moment.

Saisissant une lanterne par réflexe, la jeune fille fit grincer la porte qui donnait sur le jardin.

Deux minutes plus tard, elle descendait Holland Park Avenue en direction du cimetière de Highgate. La lanterne était éteinte.

Un vent glacé secouait les bosquets, levant des tourbillons de feuilles mortes dans les chemins et les allées. Suivant le trajet de son rêve, Luna Wilcox avait fini par retrouver le monument dédié à John Milton. Un moment, elle avait cru dormir encore : un songe à l'intérieur d'un songe tandis que la statue, indifférente à la tempête, dardait sur elle un œil sévère. Mais non : elle avait arpenté les rues et les avenues de la ville en hâte, courbée contre les éléments, pressant le pas dès qu'une ombre paraissait s'approcher de trop près et à présent, elle se tenait bel et bien là, frissonnante, et emplie d'un respect qui l'étonnait elle-même.

Le monticule de terre, au pied du monument, était celui de son sommeil. Posant un genou au sol, la jeune fille avança une main.

– Ne touche à rien.

Luna tressaillit, puis se retourna. Sherlock Holmes se tenait derrière elle, les mains croisées dans le dos. Son long manteau claquait au vent.

– M… Monsieur… Sherlock ?

– James, confirmation ! cria l'intéressé vers le sentier escarpé qui montait jusqu'à eux. Tout va bien, je l'ai trouvée !

Puis, à voix basse :

– Au nom du ciel, Luna, tu as pris là des risques bien inconsidérés…

James Blackwood les rejoignit. Sans un regard pour la jeune fille, il s'accroupit à son tour devant le monticule de terre et balaya les feuilles mortes d'un air absent.

Luna dansait d'un pied sur l'autre.

– Comment saviez-vous que je me trouvais ici ? Vous m'avez suivie ?

Le détective inspecta tranquillement ses ongles.

– Allons, trésor, crois-tu vraiment que je pourrais m'abaisser à des procédés d'une telle nature ? Non, non, l'explication est beaucoup plus prosaïque. Primo, j'ai trouvé la porte du cabinet fermée à clé ; elle ne l'était pas hier au soir. J'en ai déduit que tu étais entrée. Secundo, des marques sur le tapis indiquaient que tu t'étais tenue devant la carte : tu cherchais un chemin, pas d'autre explication. Tertio, Friedrich m'a dit que tu avais prononcé le nom de Milton pendant ton sommeil. Dans l'*Encyclopédie des personnalités éminentes de Londres*, édition 1872, j'ai retrouvé tes empreintes à la page « Milton ». On y raconte par ailleurs que les restes du poète, inhumés en l'église Saint-Giles à Cripplegate, ont disparu en 1790 et qu'un monument a été dressé ici même, à Highgate, pour honorer sa mémoire. Quarto, la lanterne de la buanderie avait disparu : on pouvait penser à un lieu sombre, un cimetière par exemple. Il était donc logique, pour ne pas dire probable, que nous te retrouvions ici.

La jeune fille était stupéfaite. Elle voulut se défendre, mais James Blackwood ne lui en laissa pas le temps. Se redressant avec calme, il leva les yeux vers la nuit où errait une lune cendreuse.

– Elle est ici, murmura-t-il. Je sens sa présence.

Plus nerveux, Holmes se frottait les mains, qu'il avait gantées.

– Nous devrions demander aux hommes de venir. Voulez-vous que j'aille les chercher ?

Blackwood baissa les yeux sur le monticule.

– Oui. Et trouvez-nous des pelles.

Le détective s'éloigna sans un mot. Luna resserra sur elle les pans de son manteau. Ce n'était pas le froid qui pénétrait la moelle de ses os.

– Monsieur Blackwood ?

L'homme s'était agenouillé cette fois, laissant couler un peu de terre entre ses doigts. Il était perdu dans ses pensées. La jeune fille se racla la gorge.

– Monsieur Blackwood…

– Elizabeth, souffla-t-il d'une voix atone. Elizabeth Báthory est enterrée ici. Comment l'as-tu trouvée ? Par quel prodige es-tu arrivée en ce lieu, Luna ?

Ses yeux la sondaient. La jeune fille ouvrit la bouche.

– Quoi ? Dis-le !
– J'ai fait… J'ai fait un rêve.
– Un rêve ?
– J'ai vu cette statue dans mon sommeil. Je ne la connaissais pas. Je n'étais jamais venue ici jusqu'à cette nuit.

James Blackwood la fixa un instant, puis se releva.

– Une voix m'appelait, poursuivit la jeune fille. Enfin, pas exactement une voix. Mais je savais que je devais venir ici. Je me sentais guidée.
– As-tu vu… Elizabeth ?
– Non.

Ils restèrent un moment sans parler. Bientôt, des pas se firent entendre, qui se rapprochaient sur le sentier. Holmes était de retour, accompagné de trois hommes. Deux d'entre eux étaient armés de pelles. Blackwood désigna le monticule.

– Au travail, messieurs.

Les deux hommes se mirent à creuser sans attendre. Ôtant sa casquette, Holmes s'ébouriffa les cheveux.

– Vous êtes sûr de ce que vous faites ?
– Mon instinct n'est plus ce qu'il était, répondit James, mais j'ai gardé quelques beaux restes. Elizabeth est vivante.

— Vivante ? répéta Luna, estomaquée. Comment…

— Holmes, voulez-vous ramener notre jeune amie chez elle le temps que nous terminions ? J'ignore ce que nous allons trouver au juste mais je ne voudrais pas…

Le détective opina ; entourant d'un bras les épaules de sa protégée, il la conduisit à l'écart, vers un chemin qui partait sous les frondaisons.

— Ce qui vient de se passer mérite quelques explications, déclara Holmes une fois qu'ils eurent rejoint l'une des allées principales, menés par le halo de sa propre lanterne. James te les fournira en temps et en heure.

Luna renifla.

— Comment cette femme peut-elle être encore en vie ? Elle a été enterrée.

— Je ne suis pas le mieux placé pour te répondre.

— Nous avons été mises en terre, nous aussi. Cela signifie-t-il…

Elle se tut, prenant subitement conscience de ce qu'elle venait de dire. Holmes s'arrêta.

— Répète ça ?

— C'est la vérité, marmonna la jeune fille en baissant la tête. Amber et moi, nous ne nous sommes pas réveillées dans la rue comme nous l'avons prétendu. La première fois que j'ai ouvert les yeux, je me trouvais… je me trouvais dans un cercueil.

— Où ?

— Aucune idée. Un vieux cimetière, presque

abandonné. Nous sommes sorties toutes seules. Nous étions épuisées, et perdues. Nous avons marché au hasard jusqu'à ce que nous retrouvions des bâtiments familiers. Peut-être Amber en sait-elle plus que moi. Nous n'en avons jamais reparlé en tout cas. C'était tellement bizarre, et effrayant ! Parfois, je me demande si nous avons réellement vécu tout cela. Mais les faits sont là (elle effleura ses canines). Nous sommes différentes, à présent.

Ils reprirent leur route.

— Un mystère de plus à résoudre, soupira Sherlock Holmes en rajustant sa casquette. Et dire que je pensais goûter une retraite tranquille !

Sans même y penser, il prit la main de la jeune fille dans la sienne.

— John Milton était un poète, commença-t-il. L'un des plus grands que notre île ait jamais connu, du moins à ce que l'on raconte : mes connaissances en littérature se limitent aux contes pour enfants que me lisait ma nourrice et aux feuilletons à trois sous du *Daily Telegraph*.

— Sherlock ?

— Oui, trésor ?

— Est-ce qu'Elizabeth Báthory était un vampire ?

Ton ami dévoué ?

Un jour avait passé – un jour de sommeil agité pour les sœurs Wilcox, malgré la pénombre et les triples rideaux. Amber avait passé une nuit à attendre : quand Luna était rentrée peu de temps avant l'aube, accompagnée de Sherlock, elle s'était levée d'un bond et s'était campée devant elle, poings vissés sur les hanches.

– S'il te plaît, avait grommelé sa sœur en l'écartant sans méchanceté ; nous parlerons demain, d'accord ?

Et elle s'était éloignée sans attendre de réponse. À présent, à plat ventre sur son lit, son aînée feuilletait rageusement une édition illustrée d'*Alice au pays des merveilles*, ignorant délibérément les appels de Blackwood qui venait de lui annoncer pour la troisième fois que le souper était servi. Elle en voulait à sa sœur d'être partie sans l'avertir, d'avoir gardé son rêve pour elle. Pourquoi toutes ces énigmes ? Avaient-elles jamais eu le moindre secret l'une pour l'autre ?

La jeune fille referma son livre et se tourna sur le dos. À bien y réfléchir, c'était elle qui avait commencé. Avait-elle raconté à sa sœur cette rencontre sous les frondaisons de Hyde Park ? Avait-elle évoqué la douce histoire d'Abraham Stoker ?

Elle se rassit, lèvres pincées. Elle venait de prendre une décision importante. Dès ce soir, elle allait parler à Luna et tout lui raconter. Dès ce soir, elle allait sceller un pacte avec elle : la vérité, rien que la vérité, maintenant et pour l'éternité.

Enfilant un chemisier et une jupe unie, elle marcha jusqu'à la fenêtre et écarta un rideau. La neige était revenue. Elle s'apprêtait à s'en retourner lorsque son sang se glaça. Là-bas, de l'autre côté de la rue, quelqu'un l'observait.

Main crispée sur l'étoffe, la jeune fille recula lentement. L'homme était seul, vêtu d'une veste Norfolk et coiffé d'un chapeau melon. Au milieu d'un tourbillon léger, il levait une canne, comme pour la saluer. Ses intentions paraissaient amicales. Depuis combien de temps se tenait-il ici ?

Amber plissa les yeux. L'homme abaissa sa canne. Il avait compris qu'elle le regardait. Surveillant les alentours, il s'accroupit et, d'un doigt ganté, traça plusieurs mots dans la neige qui tapissait le trottoir. La jeune fille patienta, indécise. Son travail terminé, l'inconnu se releva.

Ouvre ta fenêtre

Amber hésita. Qu'avait-elle à craindre ? Elle leva le vantail de sa fenêtre à guillotine. Une bouffée d'air glacé s'engouffra à l'intérieur.

L'homme attendit qu'un fiacre achève de s'éloigner puis s'avança de quelques pas au milieu de la route. Sortant un flacon de sa veste, il l'ouvrit délicatement. Un minuscule éclair émeraude en jaillit, qui flotta quelques secondes dans les airs avant de fondre brusquement sur la jeune fille. Celle-ci lâcha un cri de surprise et agrippa le vantail. Mais trop tard, la petite forme crépitante s'était invitée dans sa chambre et tournoyait maintenant comme un bourdon pris de folie. Terrifiée, Amber recula vers son lit. Enfin, la forme se posa sur le rebord de la cheminée. Le cœur battant, la jeune fille s'approcha.

C'était une créature ailée, à peine plus haute qu'une pomme. La peau de son corps, entièrement dénudé, était verte et luisante comme un brin d'herbe après la pluie, et deux paires d'ailes translucides battaient faiblement dans son dos. Elle serrait un rouleau de papier entre ses bras, et paraissait totalement inoffensive.

Amber tendit la main vers elle. La créature recula d'un bond leste.

– Viens. N'aie pas peur !

Ses beaux yeux verts étincelaient telles des émeraudes. Elle fixait la jeune fille avec gravité.

– Ce message est pour moi, non ?

La petite fée risqua quelques pas sur le rebord, puis jeta le papier loin d'elle, qui flotta un instant en l'air avant de se poser paisiblement sur le sol. La jeune fille s'en saisit.

> *Retrouve-moi demain minuit*
> *Juste sous Marble Arch*
> *Ton ami dévoué,*
> A. Stoker

Amber retourna à la fenêtre. Stoker, évidemment, avait disparu. Un autre attelage approchait. Elle considéra le message en plissant le front. « Ton ami dévoué » ? Elle allait laisser tomber le rideau, mais l'attelage s'arrêta devant la maison. Sherlock Holmes en sortit, sa casquette à la main.

Un claquement de fouet plus tard, et le fiacre repartait. Resté seul, le détective leva les yeux vers la fenêtre. La jeune fille recula. Il avait l'air si triste ! Revenant à la cheminée, elle croisa les bras sur le marbre et observa la petite fée en reniflant. Aujourd'hui était le jour de l'enterrement de Watson. Comment avait-elle pu l'oublier ?

Au rez-de-chaussée, la porte d'entrée s'était ouverte. Glissant une main sur le marbre, Amber adressa un sourire à la créature.

– Peux-tu parler ?

La petite fée ouvrit la bouche sans émettre le moindre son et cligna des yeux deux fois.

– Ça, ça veut dire non.

Il y eut un troisième battement de cils.

– Et ça, ça veut dire oui, chuchota Amber. J'ai compris, n'est-ce pas ?

La créature ne ferma les yeux qu'une fois.

– Ne crains rien. Dès demain, nous allons retrouver ton maître et je te rendrai à lui. En attendant, il va falloir se cacher.

– Amber ?

On venait de frapper à sa porte. Elle reconnut le timbre de James.

– Je suis là ! (Puis, à voix très basse, présentant sa paume à la fée :) Viens vite.

– Puis-je… Puis-je entrer ?

– Un instant !

La créature battait en retraite. Amber l'attrapa au vol et la fourra prestement dans la poche d'une veste cintrée qui était restée sur une chaise. Après quoi elle alla ouvrir.

– Hum, fit James en inspectant la chambre d'un œil soupçonneux, je pensais que tu étais prête. Mille excuses.

La jeune fille eut un geste évasif. L'homme lissa sa moustache.

– Holmes est revenu de l'enterrement, poursuivit-il. Il semble très affecté. Je pense qu'il apprécierait grandement que toi et ta sœur lui teniez compagnie pour la soirée. D'autant que le souper est servi.

La jeune fille glissa une main dans la poche de sa

veste, qu'elle tenait tire bouchonnée contre elle. La fée s'y trouvait toujours, repliée sur elle-même.

– Ah, fit Blackwood, j'allais omettre le plus important : dès demain soir, nous partons pour Whitechapel. Nous avons réservé deux chambres communicantes au premier étage du *Poor Old Frank*. Holmes restera avec vous. Tout ce que nous vous demandons, à ta sœur et toi, c'est d'ouvrir l'œil. L'ennemi agit en ce moment même, nous en sommes convaincus. Nous voulons savoir ce qu'il trame.

– Et Jack ?

L'homme avait pris un air soucieux.

– Eh bien, Jack l'Éventreur, insista la jeune fille.

– Jack l'Éventreur est un monstre, mais pas de ceux que nous recherchons. Vous n'avez rien à craindre de lui : vous ne serez pas livrées à vous-mêmes dans les rues de Whitechapel. Si vous quittez votre chambre, Holmes descendra avec vous – lui ou l'un des nôtres. Nous assurerons votre protection.

Amber opina.

– Je t'attends en bas, déclara James en lui tournant le dos. Ne tarde pas.

Doigts écartés sur la table, Holmes planta la pointe du coupe-papier entre son index et son majeur.

– Il n'y avait personne, marmonna-t-il. Deux vieilles cousines dont j'étais parvenu à oublier l'existence, quelques collègues de la faculté de médecine, un journaliste du *London Bell* qui publiait ses chroniques, et le fils de notre ancienne logeuse. Seigneur, je ne m'étais jamais rendu compte à quel point Watson était seul. Son existence entière tournait autour de moi, de mes fichues enquêtes. Et aujourd'hui, c'est lui qui est mort. La vie est une farce.

Assise en face de lui, dans le cabinet du défunt docteur, Luna grattait doucement la tête du chaton roulé en boule sur ses genoux.

– Vous n'y êtes pour rien.

Le détective releva la tête. Ses yeux étaient rougis : de chagrin, de lassitude peut-être. Il reposa le coupe-papier devant lui, bien droit.

– Le mal est fait. Un gouffre s'est ouvert, Luna. Je revis nos jeunes années – il y a dix ans – oh, comme ce temps me paraît lointain, désormais ! Watson revenait d'Afghanistan, il cherchait un colocataire et…

– Vous m'avez déjà raconté cette anecdote.

Il s'arrêta, mélancolique.

– Je suis un vieux fou qui radote, n'est-ce pas ? Qui s'intéresse à un vieux fou ?

Le chaton releva soudainement la tête. La jeune fille l'apaisa d'une caresse, et il ne tarda pas à se rendormir.

– Sherlock… Vous aviez dit que vous me parleriez d'Elizabeth Báthory…

Le détective posa sur elle un regard morne.

– J'ai dit ça ? Bah, je ne suis pas sûr que tu veuilles

entendre cette histoire. L'innocence est un trésor unique, tu sais. On ne la perd qu'une fois.

— Holmes ?

Le détective soupira. La voix de Blackwood provenait du vestibule.

— Je suis ici, James.

L'homme entra sans frapper.

— Mon Dieu, Holmes, quelle mine épouvantable ! Vous êtes sûr que vous serez d'attaque pour demain ?

L'intéressé se leva et haussa les épaules avec dédain.

— L'action est le meilleur remède à la tristesse, mon cher. L'action, et le temps — mais j'ignore si je trouverai jamais assez de temps pour surmonter cette épreuve.

Il se dirigea vers la porte, et Blackwood lui administra une légère tape sur le dos. Le détective courba l'échine. Gorge serrée, Luna le regarda s'éloigner.

Elizabeth

Whitechapel s'enfonçait dans la brume. Quittant son poste d'observation, Luna regagna sa place. La chambre des sœurs étant la plus vaste des deux, il avait été entendu qu'elles dormiraient ensemble. Celle de Sherlock, meublée d'un lit bancal, de deux fauteuils crevés et d'un divan tendu de vieux velours, tenait plus du salon d'étudiant. Sur un tapis qui avait été rouge, un étui à violon cabossé reposait entrouvert. Affalé sur son sofa, les pieds posés sur l'accoudoir, le détective avait saisi son archet.

– Vous ai-je déjà parlé du *Concerto en* ré *majeur* de Beethoven ?

Assises dans les fauteuils qui lui faisaient face, les deux sœurs hochèrent la tête de conserve. Sherlock les ignora.

– L'une des plus tendres compositions du vieux

maître, assurément. Il l'a écrite en 1806. Le premier mouvement est *allegro ma non troppo* et je vais vous exécuter la partie soliste. Silence dans les rangs.

Soudain redressé, le détective empoigna son violon et salua une foule imaginaire. Les premières notes s'élevèrent, très vives. On aurait dit que le printemps était entré dans la chambre : un printemps sucré et fleuri. Son chaton sur les genoux, Luna écoutait avec attention. Son aînée, pour sa part, affichait une mine renfrognée. Elle avait du mal à dissimuler son impatience. Holmes s'arrêta au bout d'une minute à peine et reposa son instrument sur le sofa.

— Très bien, fit-il d'une voix sèche. Je t'écoute.

Amber feignit la surprise.

— Moi ?

— Quiconque n'est pas transporté, transfiguré même par la magie de Beethoven doit être habité par de bien sombres pensées. Ta sœur était au bord des larmes et je pouvais entendre tes dents grincer. Alors dis ce que tu as à dire. Je t'en prie.

La jeune fille voulut protester mais c'était inutile. Sherlock Holmes attendait, bras croisés.

— D'accord, dit-elle. Alors voilà. Luna m'a parlé de ce que vous aviez découvert hier. Le corps d'Elizabeth Báthory. Vous étiez censé tout lui expliquer. J'apprécierais que vous le fassiez maintenant. Je peux retourner dans ma chambre si vous préférez, mais vous devez savoir que ma sœur n'a aucun secret pour moi.

Le détective l'observa un instant avec amusement.

La jeune fille soutint son regard. Dans la poche de sa veste, la petite fée aux ailes de givre avait cessé de bouger. Se pouvait-il qu'il ait deviné ?

– Tu as raison, lâcha-t-il enfin. Il n'était nullement dans mon intention de différer l'heure de la révélation, nous nous faisons tous trois confiance, n'est-ce pas ? Je m'accordais simplement un intermède consolateur dont j'espérais vous faire partager les bienfaits.

Renfoncé dans son sofa, il posa ses mains à plat sur ses cuisses. Le chaton de Luna avait dressé une oreille.

– Le deuil nous accable, commença-t-il, il nous accable de toutes parts. J'ai souvent parlé de vous avec les Invisibles et je ne partage pas entièrement leur avis : nous vous devons la vérité, le peu de vérité dont nous disposons – un flambeau dans les ténèbres. Je pense, de mon côté, que vous finirez nécessairement par résoudre vous-mêmes les énigmes qui vous tourmentent. Mais pourquoi perdre du temps ? Pourquoi prendre le risque de vous égarer sur des chemins qui ne mèneraient nulle part ?

Amber s'impatientait :

– Où voulez-vous en venir ?

Le détective soupira.

– Je vais vous dire ce que je sais, répondit-il, ce que, pour des raisons qui leur appartiennent, les Invisibles refusent de vous divulguer. Mais vous devez me faire une promesse.

Luna posa une main sur la tête du chaton.

– Laquelle ?

– Considérez que la discussion qui va suivre n'a jamais existé. Si vous en parlez aux Invisibles, ce qui, soit dit en passant, et pour des raisons que vous comprendrez bientôt, leur briserait certainement le cœur, je nierai vos allégations en bloc, et j'exhiberai des preuves attestant ma bonne foi. Tout ceci doit rester entre nous. Jurez-vous ?

Les deux sœurs approuvèrent.

– Levez la main droite et dites : « Je le jure. » Allons, allons, ajouta-t-il précipitamment devant leurs mines déconfites, je plaisantais. Bien, par où commencer ? Elizabeth Báthory, qui d'autre ! Tu me demandais hier, poursuivit-il en se tournant vers Luna, si la femme dont tu venais de localiser le corps, et qui se trouve être encore en vie au moment où nous parlons – tu me demandais si elle aussi était un vampire. La réponse est oui… et non à la fois. Elizabeth Báthory est née en 1560 en Hongrie. Elle est arrivée à Londres un demi-siècle plus tard, quelque temps après avoir croisé la route d'Attila.

– Attila ? s'étonna Amber. Le suzerain de Dracula ?

– Judicieuse observation, trésor. Elizabeth et Dracula partagent en effet le même géniteur – lequel, par ailleurs, n'a plus donné le moindre signe de vie depuis bien longtemps. Mais c'est tout ce qu'ils possèdent en commun. Des ennemis mortels : voilà en vérité ce qu'ils sont. La comtesse Báthory n'est restée à Londres que pour en finir avec le comte. Elle s'y emploie depuis plus de trois siècles. Le grand incendie de 1666, qui a ravagé notre ville, peut donner une idée assez juste de la violence de leur affrontement ; et ce n'est qu'un exemple. Dracula nourrit, nous le savons, des ambitions gigantesques. À la tête de son clan, il espère prendre le contrôle de notre ville, en attendant mieux. La plupart de ses vassaux étaient, et sont encore, des aristocrates ou des gens de pouvoir. La Couronne est son objectif premier.

– Et… celui d'Elizabeth ? demanda Luna.

– Dès son arrivée à Londres, la comtesse Báthory n'a eu de cesse de placer ses pions auprès d'Elizabeth Ire et de ses successeurs. Son clan est entré au palais Whitehall puis au palais Saint James, les résidences royales de l'époque, avec une promesse faite à la monarchie d'alors : éradiquer les vampires.

– Éradiquer…

Les sœurs Wilcox affichaient des mines perplexes. Holmes sourit.

– Vous m'avez bien entendu. Secondée par un aréopage d'alchimistes et de savants dévoués, Elizabeth Báthory était parvenue, au tournant du XVIIIe siècle, à vaincre en partie la terrible malédiction de Kaïne.

– Le premier des non-morts ! souffla Luna. Autrement dit…

– Autrement dit, être vampire n'était plus une fatalité : il était possible d'échapper à cette condition en observant un traitement drastique, fait d'enfermement prolongé et de potions médicinales. Ceux qui acceptaient d'être soignés conservaient leur, disons, immortalité, mais perdaient l'essentiel de leurs pouvoirs : leur force, leur vivacité redevenaient celles d'un humain normal. Ils ne pouvaient plus discerner les auras, ni engendrer d'autres vampires. En contrepartie, bien sûr, ils n'étaient plus contraints de boire du sang pour se nourrir. Et ils ne craignaient plus le soleil. Le grand rêve d'Elizabeth était d'imposer ce traitement à l'ensemble des vampires, de Londres d'abord, et du monde ensuite, afin de créer une caste supérieure de sages et d'immortels. Elle s'était mis en tête d'enseigner la magie aux siens, promettant aux souverains du royaume d'Angleterre de les débarrasser de tous les suceurs de sang récalcitrants. Et elle a bien failli réussir. En 1820, à la fin du règne de George III, Dracula et les siens n'étaient plus qu'une poignée. Les autres avaient été tués ou, mieux, convertis à la cause de l'ambitieuse comtesse. Mais cette dernière avait commis des erreurs. La liaison tumultueuse qu'elle avait entretenue avec le roi Guillaume IV, notamment, l'oncle de Victoria, l'avait détournée de son but. Après la mort du souverain, elle s'est repliée sur elle-même. Certains prétendent qu'elle a perdu la raison. Ses magiciens se sont dispersés, ou ont été mystérieusement assassinés. Dracula, lui, a remobilisé ses troupes et a repris l'offensive. Quand Elizabeth a recouvré ses esprits, il était déjà trop tard : à peu de chose près, la situation était redevenue semblable à celle de 1650.

Le détective marqua une pause ; il s'était levé et

regardait distraitement par la fenêtre. Les deux sœurs n'osaient pas remuer un cil.

– Ainsi, reprit Holmes d'une voix blanche, et si l'on accepte de considérer la situation sous cet angle, les Invisibles ne sont que des vampires qui se soignent.

– Vous voulez dire, murmura Luna, que James, et Virgil, et Friedrich…

Le détective se massa le front.

– James Blackwood a croisé la route d'Elizabeth Báthory en 1838. Il est devenu son amant, puis son vassal. En 1841, cela a été le tour de Virgil. Et celui de Friedrich en 1844. Elle a fait d'eux des vampires, oui. Parce que ses troupes avaient été décimées et qu'elle avait besoin de sang neuf, si vous me passez l'expression. Dès leur réveil, elle les a fait enfermer pour leur imposer le traitement – un traitement que, par ailleurs, elle ne s'est jamais appliqué correctement à elle-même. Suite à quoi, elle leur a prodigué un enseignement magique. D'autres membres ont rejoint les Invisibles au cours des années 1850 et 1860, mais ils ont tous été tués. Et Elizabeth a perdu peu à peu la volonté de se battre. Ces derniers temps, elle ne quittait plus guère ses quartiers secrets, préférant se livrer, en compagnie de ses chers alchimistes, à des recherches ésotériques de plus en plus complexes qui devaient lui permettre, selon elle, d'asseoir un avantage décisif sur son adversaire. J'ignore à quel état d'avancement en étaient arrivés ses travaux avant la venue de cette nuit funeste mais une chose est certaine : trois siècles ont passé, et Dracula est sur le point de gagner la guerre.

Le détective s'installa sur l'accoudoir.

– Que ne donnerais-je pour une bouffée de tabac ! soupira-t-il, les yeux rivés au plafond. Mais laissons cela. Elizabeth n'est pas morte, elle est tombée dans l'inconscience : en torpeur, comme le disent les vampires. James et les autres l'ont sortie de Highgate et placée en sécurité dans leur repaire souterrain. Ses brûlures sont sérieuses, très étendues. Nul ne peut dire quand elle se réveillera ni même si elle le fera un jour. Le sommeil des vampires est une sorte de coma volontaire : une échappée de la dernière chance, en somme, lorsque la mort s'apprête à refermer ses griffes.

– La comtesse a conservé des pouvoirs, fit observer Amber.

– Quelques-uns, oui. Il faut dire qu'elle était un vampire extrêmement puissant et que, comme je l'ai précisé, le traitement ne lui avait jamais été entièrement administré. Elle appartient au troisième blason – c'est ainsi que les vampires désignent leurs générations –, le même que Dracula et que le voïvode Orlock, maître des Nosferatu. Sa nature première n'a pas entièrement disparu.

Il empoigna un coussin et le cala sous sa nuque.

– Expliquez-moi pourquoi je vous raconte tout cela, souffla-t-il, paupières mi-closes. Expliquez-moi pourquoi je brave aussi allègrement les ordres de ceux qui m'emploient.

— Vous l'avez dit, répondit Amber : parce que nous aurions fini par le découvrir par nous-mêmes. Et vous ? Le saviez-vous depuis le début ?

— Peu ou prou. Je suis détective, figurez-vous. Du moins, je l'ai été : et c'est le genre de secrets que James et les autres n'auraient pu garder pour eux bien longtemps. Mais cela importe peu à mes yeux. Nos amis ne sont plus des vampires *stricto sensu*, leurs intentions sont nobles ; ils protègent l'Angleterre. Leur cause satisfait mon vieux fond patriote.

— Alors, fit Luna tandis que le chaton, qui avait sauté à terre, se frottait langoureusement contre ses mollets, il n'y a plus que trois Invisibles pour défendre tout Londres ?

— Trois authentiques, oui, si l'on se réfère à la terminologie originelle. Mais, comme vous avez pu le voir, la Société est encore riche de nombreux alliés. J'en fais partie. Et vous aussi.

Amber pinça les lèvres.

— Je comprends mieux maintenant pourquoi James et les autres savent tant de choses sur nous. Eux aussi pouvaient lire les auras, autrefois. À présent, nous sommes les seules à pouvoir le faire pour eux : les gentils vampires.

— Touché, fit Holmes. Malgré toute leur magie, et je vous assure que vous ne soupçonnez pas l'étendue de leurs pouvoirs — leur nature hybride leur permet d'appréhender l'eth'r bien plus aisément que les humains et les vampires –, les Invisibles, ont perdu la faculté de reconnaître leurs anciens semblables.

– L'eth'r ? répéta Luna.

– Le fluide magique dégagé par la migration des âmes dans les limbes, trésor. Mais pardonnez-moi, je m'égare dans des considérations techniques. Où en étais-je ?

– Aux Invisibles.

– Ah, oui. Eh bien, votre arrivée est pour eux une occasion inespérée de reprendre l'initiative, ne nous le cachons pas : le combat final est engagé. En neutralisant Elizabeth, les Drakul ont cru nous porter un coup fatal. Hélas pour eux, nous sommes toujours en vie.

Les sœurs Wilcox échangèrent un regard. Une même question les tenaillait. Luna se racla la gorge.

– Et notre père ?

– Votre père…, répéta le détective, hagard.

– Elizabeth devait être là quand il est mort ou quand il a disparu. Si elle se réveillait, elle pourrait nous apprendre ce qu'il est devenu.

– Ma foi…

– D'abord, reprit Amber, Virgil nous a expliqué que son corps n'avait pas été retrouvé. Puis Friedrich l'a contredit, avant de rectifier : il a alors parlé d'une dépouille volatilisée. Vous-même, vous avez déclaré qu'il était mort. Pourquoi ne pas nous dire la vérité, une fois pour toutes ?

Le détective ferma les yeux.

– Je ne peux pas.

– *Vous ne pouvez pas ?*

Elles le fixaient, incrédules. Il baissa la tête.

– Ce n'est pas mon rôle. En fait, ce n'est le rôle de personne. Tout ce que je puis affirmer est ceci : si votre père se trouvait encore parmi nous, il se serait manifesté. Croyez-vous qu'il supporterait une seule seconde de vous savoir aussi tristes ? De ne plus pouvoir vous serrer contre lui ?

Les deux sœurs restèrent muettes. Des images du passé palpitaient dans leur mémoire, tels des insectes rendus fous par la lumière. Leur père penché sur elles. « Je suis vivant, je suis vivant. » L'expression de son visage lorsqu'elles lui avaient demandé ce qui lui était arrivé. « Il est trop tôt. » À présent, sans doute, il était trop tard.

Un rendez-vous

Allongées l'une contre l'autre sur le grand lit, tête-bêche, Amber et Luna se tenaient la main, les yeux grands ouverts.

Ayant mis un terme à ses révélations, Holmes les avait gentiment congédiées, prétextant une migraine naissante. Les deux sœurs avaient avalé leur bol de sang à la va-vite avant de se retrancher dans leur chambre, où un poêle en fonte ronronnait paisiblement. Leur fenêtre donnait sur la rue ; le manège continu des passants, chiffonniers, rémouleurs et mendiants dessinait sur leurs murs un canevas d'ombres mouvantes.

Amber s'efforçait de respirer avec calme. Elle était furieuse quand elle songeait à la façon dont la conversation s'était terminée : habilement, le détective avait tenté de détourner leur attention avec ses histoires sur John Milton, vieil ami d'Elizabeth auquel cette dernière avait voulu faire don du sang de la vie ; le poète, avait-il raconté, avait refusé son offre par crainte d'une possible damnation éternelle. Il était mort, ensuite, et Dracula et les siens avaient déterré son cadavre pour l'emporter au loin, une farce atroce et macabre qui avait failli rendre la comtesse folle de douleur. C'était pour conjurer son souvenir qu'elle avait fait ériger le monument de Highgate. Une histoire terrible, en effet. Mais en quoi les concernait-elle ? Amber Wilcox ne pouvait songer qu'à son père.

– À quoi penses-tu ?

Sans attendre de réponse, Luna se tourna sur le côté et posa un coude sur le lit.

– Je me demande, reprit-elle, pourquoi cette Elizabeth Báthory m'a contactée dans mon sommeil.

Sa sœur soupira.

– Elle ne t'a pas contactée. Tu n'as pas écouté ce que disait Sherlock ? Il arrive que les rêves des vampires communiquent entre eux, comme ceux des hommes d'ailleurs. Les rêves sont des signaux envoyés par l'esprit. Il faut croire que tu étais plus réceptive que les autres. Moi, je ne rêve jamais.

– Oh !

La cadette reprit sa position initiale, les bras le long du corps.

– Je ne comprends pas pourquoi Sherlock refuse de nous dire ce qui est arrivé à papa. J'imagine que c'est quelque chose de si horrible qu'il n'ose pas en parler.

Ou alors, personne ne sait rien, ni lui ni les Invisibles, mais personne non plus ne veut nous l'avouer, de peur de perdre la face.

– Mm.

Luna se prit à sourire.

– On dirait que ça ne te touche pas. On dirait que rien ne te touche. Tu n'as pas envie de connaître la vérité ?

– Non, fit Amber.

Elle mentait, naturellement. Mais parler lui semblait inutile. Une minute passa, puis une autre, dans le silence relatif de la petite chambre d'hôtel. Soudain, elle se redressa d'un bond, enfila ses bottines et attrapa son manteau. Luna était inquiète.

– Qu'est-ce que tu fais ?

– Je sors.

– Mais c'est interdit !

– C'est ce que nous allons voir. J'en ai assez de rester enfermée toutes les nuits. La vérité se présente rarement d'elle-même, petite sœur. Il faut marcher à sa rencontre.

La cadette secoua la tête. Sans même frapper, Amber ouvrit la porte qui les séparait de la chambre de Sherlock.

Le détective s'était assoupi. Il se releva en grognant.

– Que se passe-t-il ?

– Je sors.

– Je ne crois pas…

– Je ne crois pas que nous découvrirons quoi que ce soit en regardant par la fenêtre, le coupa la jeune fille. On étouffe, ici.

Holmes se passa une main dans les cheveux.

– J'ai reçu l'ordre de veiller sur vous.

– Avez-vous reçu l'ordre de nous révéler que les Invisibles étaient d'anciens vampires ?

Le détective plissa les yeux.

– Où veux-tu en venir ?

– Vous le savez très bien. Si vous ne me laissez pas quitter cet hôtel, je répéterai à James ce que vous nous avez raconté. Je suis certaine qu'il sera ravi.

– Ma chère, répliqua Holmes en rabattant les pans de sa robe de chambre, voilà ce qui s'appelle du chantage, en bonne et due forme.

– Ah oui ?

Amber clignait des yeux.

– Oui, reprit le détective, et tu as prêté serment.

– Pas vraiment, rétorqua la jeune fille, je n'ai pas levé la main droite. Et puis, je ne parlerai que si vous m'y forcez.

Holmes voulut ajouter quelque chose, mais se ravisa. Luna venait d'apparaître derrière sa sœur dans l'embrasure de la porte.

– Amber… ?

– J'ai besoin de prendre l'air, déclara la jeune fille. Une heure ou deux, quel mal y a-t-il à cela ? Nous sommes des vampires, des créatures de la nuit. Nous ne craignons personne.

– Excepté les autres vampires, murmura sa cadette.
– Je les verrai avant qu'ils me voient. C'est bien pour cela que nous sommes ici, non ? Pour les reconnaître.

Le détective se leva en se massant les hanches puis se dirigea d'un pas traînant vers la porte, qu'il ouvrit en grand.

– Vas-y.

Étonnée, Amber hésita sur le seuil.

– Tu ne sors pas grandie de ce marchandage, expliqua Holmes. Ce n'est pas pour céder à tes menaces que je te laisse partir, mais parce que je sais que tu ne renonceras pas. Je n'ai pas envie que tu te fasses mal en sortant par la fenêtre. Raconte ce que tu veux aux Invisibles. Ils ont essayé de te protéger, eux aussi, mais tu es libre de tes choix.

L'aînée des Wilcox jeta un œil par-dessus son épaule ; immobile, Luna l'observait avec une expression inquiète. Il n'était plus temps de reculer. Passant devant le détective, la jeune fille s'engagea dans l'escalier.

Nuit noire à Whitechapel. Des restes de neige boueuse maculaient les rues pavées et les lumières de la ville trouaient le *fog* glacé. La jeune fille avançait tête baissée, sans regarder autour d'elle. Elle avait causé de la peine à Holmes, et à sa sœur aussi, mais elle s'efforçait de ne rien regretter. Après tout, peut-être allait-elle apprendre des choses capitales auprès d'Abraham Stoker.

Elle s'arrêta devant une échoppe fermée d'un solide rideau de fer. Les rares passants qu'elle croisait suivaient leur chemin d'un pas pressé, sans lui prêter attention. La plupart ne la voyaient même pas. Au cœur de la plus grande cité du monde, l'anonymat était la règle.

Sortant la petite fée de sa poche, Amber tourna le dos à la rue pour mieux la regarder. Elle était inerte, aussi légère qu'une plume, et sa consistance évoquait une sorte de brume glacée : à peine si un frémissement agitait ses ailes translucides. Le vent ? L'aînée des Wilcox ôta un gant et, du bout du doigt, caressa le corps fragile. Puis, avec toute la délicatesse dont elle était capable, elle replongea la petite créature dans sa cachette, avant de reprendre sa route.

Il lui fallut près de deux heures pour rejoindre Marble Arch. Elle se perdait dans le dédale des rues sombres, descendait les avenues comme un fantôme, les mains crispées sur les revers de son manteau, fixant la pointe de ses bottines. Les becs de gaz oscillaient, fanaux pâles dans la grisaille hachurée de la nuit. Parfois, un fiacre arrivait en trombe, l'éclaboussant au passage. À d'autres moments, elle avait la certitude d'être suivie. Elle se retournait, hâtait le pas, empruntait des ruelles étroites. Partout, la crasse et la misère.

Une horloge lointaine sonna minuit alors qu'elle venait de contourner Saint-Paul ; elle était certaine qu'Abraham Stoker ne l'attendrait pas. Et quand bien même l'aurait-il fait : plus elle avançait, plus elle redoutait que son rendez-vous ne se révélât un traquenard. Que savait-elle de cet homme, en définitive ?

À l'abri dans sa poche, la petite fée aux ailes de givre se désagrégeait lentement. Quand Hyde Park fut enfin en vue, il ne restait plus d'elle qu'une poignée de poussière et de filaments cristallins. Amber ouvrit la main et la brise emporta les débris au loin, vers la silhouette blanche de Marble Arch.

– Tu es venue.

Sorti de l'ombre, l'homme s'avançait à sa rencontre, plus grand qu'en son souvenir, engoncé dans un manteau de cachemire bordé de fourrure qui datait un peu. Ayant ôté son haut-de-forme, il pointa sa canne vers l'est.

– Je pensais que tu arriverais de Holland Avenue.

La jeune fille ne jugea pas utile de répondre. Elle se méfiait encore de lui.

– Cette petite créature que vous avez envoyée chez moi hier soir…

– Elle a disparu ?

Amber hocha la tête. L'homme soupira.

– Les habitants d'Avalon ne s'acclimatent jamais très longtemps à notre monde.

– Avalon ?

– Le pays des fées.

L'aînée des Wilcox resta pensive.

– Ce que tu as vu l'autre soir aux abords de Blackfriars était parfaitement réel, reprit l'homme d'une voix suave, mais invisible aux yeux des humains. C'est ainsi que j'ai compris que toi et ta sœur… Il s'agit bien de ta sœur, n'est-ce pas ?

— Comment m'avez-vous retrouvée ?

Abraham Stoker caressa sa barbe de sa main gantée.

— Bodog m'a parlé. Le Nosferatu que tu as rencontré ici même, précisa-t-il en désignant Hyde Park. Bodog est d'une nature excessivement curieuse. Il t'a suivie jusque chez toi pour voir où tu habitais. Il ne faut pas lui en vouloir.

— Est-il… votre ami ?

L'homme eut un geste évasif.

— Je suppose qu'on peut l'affubler de ce qualificatif. Nous avons fait connaissance il y a quelques mois. J'écris sur lui, ces derniers temps.

— Mais vous n'êtes pas un vampire.

— Certes non. Marchons, tu veux bien ?

— Je veux marcher par ici, déclara la jeune fille en montrant Seymour Street.

— Oh. Tu te méfies encore. Bien, je comprends. En fait, je réagirais certainement de la même façon si j'étais à ta place. Va pour Seymour Street !

Projetant sa canne en avant, il s'engagea d'un pas décidé. Amber s'élança à ses côtés, l'observant à la dérobée. Sa barbe impeccablement taillée et sa stature imposante conféraient à sa personne une impression générale de dignité et de sérieux ; elle avait envie de lui faire confiance.

– Je ne crois pas au hasard, commença-t-il. Notre rencontre était écrite – dans les astres ou ailleurs. Comment se porte ta sœur ? C'est à elle que j'avais donné ma carte.

– Pourquoi m'avez-vous fixé rendez-vous ?

Il ralentit l'allure.

– Curiosité, je suppose. Et intérêt professionnel. Bodog est loin d'être le seul vampire que je connaisse. Pour être tout à fait honnête, cela fait plusieurs années que je travaille à un traité scientifique de première importance. Pas sur le vampirisme en tant que tel, mais sur l'immortalité, le support microbien de l'immortalité, s'il existe – ce dont je suis intimement convaincu.

– Je ne comprends pas.

L'homme s'arrêta au pied d'un bec de gaz.

– Les vampires ne vieillissent pas. Certains appellent cela « magie », mais il existe forcément une explication biologique à ce miracle. Je veux la découvrir.

La jeune fille acquiesça.

– Vous étudiez tous les vampires ?

Il rit.

– Ce serait trop simple. Les Drakul refusent catégoriquement de me parler. Mes travaux sur l'immortalité doivent être loin de les réjouir, et ils méprisent les humains. Je me concentre donc sur les Nosferatu. Des créatures souvent solitaires, sans but véritable. Certains, avec le temps, sont devenus des alliés. Mes intentions sont pacifiques.

Un fiacre surgit à vive allure. Amber rajusta une mèche de cheveux torsadés.

– Je crains de n'avoir guère de temps à vous accorder, monsieur Stoker. Je ne suis pas libre de mes mouvements.

– Je vois.

– Ce soir, poursuivit-elle, je suis sortie malgré l'interdiction de…

Elle s'arrêta, gênée. L'homme feignit l'indifférence.

– Ton clan ?

– En quelque sorte.

Ils se remirent en route. Sur le trottoir, devant eux, trois rats faméliques se disputaient un bout de salade. Ils disparurent en couinant à l'approche des nouveaux venus. L'aînée des Wilcox les suivit du regard.

– Es-tu… une Drakul ?

– Je pense que je n'ai pas le droit de vous le dire.

– Pas plus que tu ne peux me révéler ton nom, apparemment. Eh bien, je présume qu'il me faudra du temps pour gagner ta confiance.

Ils obliquèrent vers une ruelle transversale qui repiquait vers Oxford Street.

– Je ne vous connais pas, expliqua Amber. Je n'ai aucune raison de penser que vous me voulez du mal, mais si les miens savaient que je vous parle, je crois…

– Les tiens ?

– Mes amis. Ceux qui m'ont recueillie.

– Humains ? Vampires ? Me diras-tu au moins cela ?

Elle secoua la tête.

— Navrée. Et puis, je ne vois pas en quoi cela servirait votre étude.

Ils s'avançaient sur une allée bien sombre, le long des troncs décharnés de Hyde Park et des buissons secoués par la brise. Oxford Street : elle se rendit compte qu'elle s'était laissé guider. Bientôt, ils aperçurent le toit de la petite chapelle qui bordait le cimetière de Saint George Hanover Square.

— Nous pourrions échanger, correspondre, hasarda Stoker. Je connais beaucoup de choses sur les vampires, que tu ignores.

— Peut-être.

Il posa une main sur son épaule. Elle tressaillit.

— Viens. Faisons demi-tour.

Ils repartirent vers Marble Arch. Abraham pointa le Speakers' Corner de sa canne.

— C'est très gentil d'être venue me voir, en tout cas. J'aimerais que ce ne soit pas la dernière fois. Tu aimes le théâtre ?

La réponse fusa :

— Oui.

Elle se mordit les lèvres. L'homme opina.

— Il se trouve que je m'occupe d'un endroit très connu. Le Lyceum.

Elle hocha la tête. Le Lyceum Theatre, aux environs de Westminster, était un édifice monumental – sans doute le plus grand théâtre de la ville.

— J'en suis, en quelque sorte, l'administrateur, poursuivit Stoker. Nous donnons *Macbeth* en ce moment, avec Ellen Terry. Te plairait-il de venir assister à une représentation ?

Une lueur passa dans le regard de la jeune fille. Enfant, elle avait adoré voir jouer les pièces de Shakespeare. Elle se souvenait de son père, décodant pour elle chaque scène, chaque personnage, lui tendant ses jumelles sans répit.

– Je ne pourrai pas.

– Toujours tes amis, hein ! Écoute, fit-il en tirant un ticket de son manteau, si jamais tu changes d'avis, voici une place en balcon.

Elle considéra le ticket avec surprise, puis le rangea à l'abri. La représentation avait lieu dans quatre soirs. Lui faudrait-il s'échapper encore ? Vraiment, décida-t-elle, cette existence de confinement et de secrets perpétuels ne lui convenait pas.

– J'essaierai.

Abraham Stoker se frotta les mains.

– Je ne te promets pas que je pourrai monter t'accueillir. Mais je serai là. Et si tu as besoin de quoi que ce soit, tu…

– Monsieur Stoker.

– Oui ?

– Nous sommes suivis.

Sans répondre, l'homme prit sa main dans la sienne. Des ombres furtives longeaient les grilles de Hyde Park, de plus en plus rapidement.

– Combien sont-ils ? souffla Stoker sans se retourner.

– Deux, répondit la jeune fille tandis qu'ils hâtaient l'allure. Ou trois.

Ils arrivaient à l'intersection d'Oxford Street et d'Edgware Road. Perchée dans un arbre, une silhouette bondit droit devant eux, leur barrant la route. Amber poussa un cri d'effroi. La créature se redressa : c'était une vieille femme, une sorcière aux cheveux filasse vêtue de haillons en dentelle. Un cigare était coincé entre ses lèvres. Montrant ses mains vides, elle s'approcha. Son aura vibrait de reflets orangés.

– Ce cher Abraham, coassa-t-elle, avançant de sa démarche saccadée. Pas de mouvements inconsidérés, mon joli. Je ne suis pas seule.

L'aînée des Wilcox fit volte-face. Leurs poursuivants sortaient de l'ombre. Ils étaient trois : des Nosferatu eux aussi, vêtus de cuir et de métal. Deux d'entre eux portaient des couteaux. D'un claquement de doigts, la vieille femme – leur chef, visiblement – les invita à les ranger. Le cercle se refermait.

– Eszter…, commença Abraham.

– Aloooors, susurra l'intéressée en se collant à lui, il semblerait que nous ayons oublié nos promesses, mm, monsieur le raconteur d'histoires ?

– Je… Je peux tout expliquer.

– Oh, je n'en doute pas, répliqua l'autre, l'œil brillant, et nous avons toute la nuit pour ça. Mais qui est donc cette jeune personne ? Une nouvelle victime de tes machinations alambiquées ? Je ne l'ai jamais vue. Es-tu consentante, ma belle ? Comment te prénommes-tu ?

Elle s'était baissée à la hauteur d'Amber et, dévoilant une rangée de dents déchaussées, lui soufflait un nuage de fumée au visage.

– Laissez-la ! fit Abraham.

– Elek, Matyas, débarrassez-moi de ce bonimenteur, siffla la vieille sans lui accorder plus d'attention, nous nous occuperons de son cas plus tard. À nous maintenant, petite princesse. Qui est ton suzerain, hein ? Et que t'a donc raconté cet imbécile de Stoker pour que tu acceptes de le suivre ?

Deux vampires entraînaient Abraham au loin. L'aînée des Wilcox voulut s'écarter, mais le troisième Nosferatu la retint par le bras.

– Tut ! tut !

Elle ferma les yeux. Une colère inconnue montait en elle.

– Tu ne veux pas parler ? reprit la vieille femme. À ton aise. Nous allons t'emmener avec nous. Janos, conclut-elle en tétant de nouveau son cigare, garde bien cette péronnelle à l'œil. Nous allons régler le cas Abraham Stoker une bonne fois pour toutes.

Tournant les talons, elle retroussa ses manches dépenaillées, et le rire sinistre qui semblait monter de sa gorge se termina par une quinte de toux.

– Je vous conseille de me lâcher, murmura Amber à son gardien.

– Sinon quoi ?

Paupières mi-closes, l'aînée des Wilcox desserra les poings. Ses yeux la piquaient. D'un mouvement brusque, elle se dégagea et fit face à son ravisseur. Celui-ci ravala une exclamation de surprise. Les pupilles de la jeune fille le fixaient, subtilement dilatées. Quelque chose se frayait un chemin jusqu'à son cœur. Une volonté.

– Ne..., bredouilla-t-il.

– Donne-moi ton couteau. Tout de suite.

Le Nosferatu secoua la tête. Main tremblante, il tira sa lame de son fourreau et tendit le manche à son ennemie. Celle-ci s'en empara sans le quitter du regard.

– Va-t'en.

Le vampire parut hésiter. Ses congénères, partis sous un arbre avec leur prisonnier, étaient trop éloignés pour comprendre ce qui se passait. Le Nosferatu fit un pas en arrière. Puis un autre.

– Va-t'en, répéta Amber, d'une voix qu'elle ne se connaissait pas.

Cette fois, le vampire se retourna et s'éloigna en titubant. Sans attendre, la jeune fille s'avança vers les trois autres. Avant qu'ils aient eu le temps de réagir, elle fondait sur eux, lame au poing.

Il lui sembla qu'une sorte de tourbillon s'était substitué à son corps. Elle frappa au hasard ; un gémissement lui apprit qu'elle avait fait mouche. À travers la brume carmin, elle crut voir Abraham Stoker trébucher et se relever, un autre couteau à la main.

Ou était-ce le sien ? Ses ongles s'étaient mués en griffes. D'un coup vicieux, elle lacéra la poitrine de la vieille femme qui s'efforçait de la maîtriser. Le sang gicla ; l'odeur la rendait folle. Un poids s'abattit sur ses épaules. Se libérant d'une torsion, elle lança sa main en avant et ses doigts se refermèrent sur la gorge de son adversaire. Stoker acheva de la délivrer en le poignardant. L'instant d'après, le troisième Nosferatu bondissait. Amber l'esquiva de justesse puis se tourna vers son ami. Accroupi auprès du vampire poignardé, celui-ci venait de trouver un pistolet. Le Nosferatu eut le temps de lever un bras avant de s'effondrer, une balle en pleine poitrine. Avec un glapissement étranglé, la vieille Eszter se précipita.

– Elek ! cracha-t-elle en secouant son vassal, Elek, réveille-toi !

Puis, posant son regard sur la jeune fille :
– Par l'enfer, qui es-tu ?

Amber se frotta le bras gauche. Elle aurait été bien en peine de répondre.

Une seconde détonation retentit. Gardant ses ennemis en joue, Stoker regagnait Edgware Road à reculons. Soudain, et contre toute attente, il pirouetta et prit ses jambes à son cou.

Interdite, l'aînée des Wilcox se retourna vers le champ de bataille. Soutenu par sa suzeraine, le dénommé Elek se traînait à l'écart. Matyas, lui, gisait toujours sur le ventre, bras écartés, une lame de couteau enfoncée dans la nuque. Réprimant un haut-le-cœur, Amber posa un genou à terre, saisit le manche de l'arme et la tira d'un coup sec. Puis, lâchant la lame sur le sentier gravillonné, elle s'enfuit à son tour.

Assis sur le perron, adossé à sa porte, Abraham Stoker leva ses yeux embués vers la nuit. Où était la jeune fille, à présent ? Il avait pris la fuite tel le dernier des couards, et il s'en voulait follement. Avec un soupir, il se redressa et sortit une clé de sa poche.

Son appartement de Chelsea était plongé dans la pénombre, mais il ne prit pas la peine d'allumer une lampe. Depuis que son épouse l'avait quitté, il avait perdu tout goût pour la lumière.

Accrochant son manteau à la patère, il monta directement dans sa chambre et s'assit à son bureau. Un cadre y était posé – la photo d'une fillette en robe blanche, tête inclinée, pensive. Il l'embrassa en reniflant.

– Pardonne-moi, murmura-t-il. La vie est tellement difficile sans toi.

Longtemps, il demeura ainsi, à observer le portrait. Puis il déboutonna son gilet et ouvrit la fenêtre pour laisser entrer de l'air.

Enfin, il redescendit d'un pas pesant, sa main glissant tristement sur la rampe. Il avait besoin d'un remontant.

Poussant la porte de son living-room, il manqua défaillir : une sonnerie stridente venait de déchirer le silence. Son regard se porta sur le téléphone manuel posé sur son guéridon. L'étrange appareil avait été installé trois mois plus tôt, et seule une personne en connaissait l'existence. Il décrocha.

– Je vous passe votre correspondant, monsieur.

– Allô ?

Il patienta quelques secondes, puis la voix tant redoutée se fit entendre :

– Es-tu perdu dans la nuit noire de l'âme, frater Zelator ?

– N… Non, Très Honoré Hiérophante.

– Tu ne répondais pas.

– J'étais sorti.

Un silence sceptique accueillit cette déclaration.

– As-tu progressé dans la mission que nous t'avons assignée ?

Stoker porta une main à son cou.

– Il me faut un peu plus de temps, Très Honoré Hiérophante.

– Du temps ? Nous t'avons donné tout le temps dont tu avais besoin. As-tu conscience de l'importance de la mission qui t'a été confiée ?

– Oui, Très Honoré Hiérophante.

– Cela est heureux, reprit la voix. Car je ne pourrai te protéger éternellement de l'ire légitime de nos Amis Supérieurs, ni tempérer plus que de raison l'impatience de notre Grand Hégémon. Nos commanditaires sont plus qu'avides de connaître le résultat de tes investigations. Où en es-tu avec cette jeune fille ?

– Je progresse, Très Honoré Hiérophante. Je lui ai parlé, mais des événements imprévus m'ont empêché de mener la discussion à son terme.

– Je vois.

Stoker entendit son interlocuteur prendre une profonde inspiration.

– L'un de nos bienfaiteurs a émis le souhait de te rencontrer, reprit la voix. C'est un honneur inestimable.

– Et j'en suis très reconnaissant, murmura Abraham.

– Dimanche, au théâtre.

– Dimanche ?

– La loge princière a été réservée à son nom, précisa la voix. Il t'y attendra, au premier acte de *Macbeth*. Tu recevras demain un paquet au courrier : une fiole, que tu devras lui remettre en acompte. Je suppose que tu devines de quoi il s'agit ?

– O… Oui.

– La suite lui sera livrée dès que possible. Fais-le-lui bien savoir, frater Zelator.

Stoker hocha la tête comme si son interlocuteur s'était trouvé face à lui. Des pensées désordonnées se bousculaient sous son crâne. Le bienfaiteur ne pouvait être qu'un Drakul, mais lequel ? Ventre noué, l'homme commençait à comprendre qu'il était allé trop vite en besogne. Pourquoi s'était-il vanté si tôt d'avoir rencontré une nouvelle et innocente recrue ? De toute évidence, ses commanditaires, comme le Hiérophante les appelait, allaient lui demander des comptes – des comptes qu'il serait incapable de leur fournir. Et comble de malchance, le rendez-vous tombait le soir où il avait invité Amber.

– Je ne vous décevrai pas, Très Honoré Hiérophante.

– Puisse le Guide Divin éclairer ton chemin dans les ténèbres du Monde Extérieur, répondit la voix. *Hekas, hekas, este bebeloi.* Et sois à la hauteur, cette fois.

– Je...

La dernière phrase mourut sur ses lèvres. Son interlocuteur avait raccroché. Abraham Stoker avança à la fenêtre. « Me suis-je libéré, se demanda-t-il en scrutant l'âme secrète de la nuit, ou suis-je devenu esclave ? » La neige s'était remise à tomber, éparse et sans joie désormais, et il lui semblait voir ses illusions emportées par le vent.

Révélations

Il était près de quatre heures lorsque Amber regagna le *Poor Old Frank*. L'homme de la réception, à qui les Invisibles avaient pourtant laissé des consignes, ne se réveilla pas quand elle passa devant son comptoir, ses bottines à la main. Montant directement à l'étage, elle ouvrit la porte sans bruit et se glissa dans le salon enténébré, où Sherlock Holmes ronflait, affalé sur son sofa.

Luna était assise dans un fauteuil.

– Où es-tu allée ?

Amber ôta son manteau.

– Je te raconterai.

– Pourquoi ne me racontes-tu pas maintenant ?

– Parce que je suis fatiguée, rétorqua Amber. Et que je ne veux pas réveiller ton ami.

La cadette se leva. Une ride de contrariété se dessinait sur son front.

– C'est ton ami aussi.

Sans répondre, l'aînée des Wilcox gagna leur chambre et se laissa tomber sur le lit. Sa sœur ne tarda pas à la rejoindre.

– Tu es certaine que ça va ?

Amber s'était étendue de tout son long.

– As-tu vu quelque chose ?

– Quoi ?

– Dans le quartier. Nous sommes censées détecter les autres vampires.

– Oh, ça ! fit Luna en s'installant à ses côtés. Non. Je suis restée trois heures à la fenêtre à te guetter tandis que Sherlock faisait la conversation, mais je n'ai rien remarqué.

Elle s'allongea à son tour.

– Il s'est endormi il y a peu de temps, poursuivit-elle. Virgil va arriver d'ici une heure pour prendre la relève.

Amber ne répondit pas. Sa sœur posa une main sur son visage.

– Seigneur. Tu es brûlante !

– J'ai peut-être de la fièvre, oui. Je me sentirai mieux quand j'aurai dormi.

Elle ferma les yeux. Accoudée, Luna l'observa un moment. Ses traits tirés. Ses ongles sales. Ses mèches de cheveux poissées de sueur.

– Arrête.

– Quoi ?

– De me regarder comme ça.

Luna retomba sur le dos, et les deux sœurs demeurèrent longuement ainsi, à écouter la rumeur de la nuit. Plus tard, pensant sa sœur endormie, Amber roula sur le côté et attrapa le *De Vampyrii* qu'elle avait abandonné plus tôt sur sa table de nuit. Elle laissa tourner quelques pages – elle lisait désormais dans le noir comme en plein jour. L'ouvrage comportait un gros chapitre sur les pouvoirs des vampires : l'auteur les appelait *animi*. Il y en avait une cinquantaine, répartis en six grandes catégories (la plupart des vampires n'en connaissaient que deux ou trois). Un paragraphe entier était consacré aux *animi* de *contrôle*. Bien maîtrisés, ces pouvoirs permettaient d'hypnotiser une victime, voire de lui faire exécuter des ordres.

Amber referma le livre et le reposa sur sa table. Les descriptions correspondaient parfaitement.

Bras refermés en croix, elle se recoucha aux côtés de sa sœur. Cette dernière lui attrapa la main.

– Je m'inquiète pour toi, chuchota-t-elle. Pour nous.

Amber resta silencieuse.

L'hiver se déployait de nouveau sur la ville. Des bourrasques nerveuses avaient ramené la neige ; tous les toits en étaient tapissés, et les jardins, et les rues, et Londres tout entière se laissait gagner par l'engourdissement de la nuit.

Des essaims de flocons lourds palpitaient dans le feu des réverbères. Machinalement, Luna effaça la buée qui maculait la vitre. La neige s'entassait sur le rebord. Dans quelques minutes, on n'y verrait plus rien.

– Tu es prête ?

Amber se tenait derrière elle, vêtue de pied en cap. La cadette opina vigoureusement. Enfilant son manteau, elle se dirigea vers la porte. Des notes légères, sautillantes s'échappaient du salon. Sherlock Holmes avait repris son violon.

Luna ouvrit en grand. Le détective, qui ne s'était pas arrêté de jouer, jeta un œil aux deux sœurs.

– Laissez-moi deviner : cette fois, vous sortez toutes les deux.

– Rien qu'une heure ou deux, rétorqua Amber. Et nous n'irons pas loin. Vous avez vu le temps ?

– Faites attention à vous, maugréa l'homme avec un froncement de sourcils.

Tout de suite après, il se lança dans un allégro virtuose, et ce fut comme si les deux jeunes filles avaient déjà quitté la pièce.

– Tu es dure avec lui.

Luna avait enfoncé un bonnet sur sa tête.

– « Ne faites confiance à personne », répliqua Amber.

Une brise glacée leur piquetait le visage. Elles s'engagèrent dans la première rue. Noircies par la suie, les façades grêlées des immeubles semblaient s'élever jusqu'au ciel.

– Te souviens-tu d'Abraham Stoker ?

La cadette acquiesça. Le moment était venu.

– Je l'ai revu, poursuivit Amber. Une première fois la nuit où je suis partie, et puis hier encore.

Elle avait décidé de ne plus rien dissimuler à sa sœur. Ravie, mais résolue à n'en rien laisser paraître, cette dernière opina.

– Abraham travaille pour le Lyceum, reprit l'aînée des Wilcox. Il veut que j'aille y voir *Macbeth*.

Elle racontait les choses comme elles lui venaient; son récit progressait par à-coups, tel un animal récalcitrant qu'on force à revenir dans le droit chemin. Il était question de Nosferatu, de fées vertes, de pouvoirs et d'immortalité.

Les deux jeunes filles allaient main dans la main, lentes et songeuses sur les trottoirs blanchis de neige. Des attelages ralentissaient à leur hauteur, des figures patibulaires surgissaient de la nuit, mais elles en avaient à peine conscience. Pour la première fois depuis leur sortie du cimetière, elles avaient l'impression de s'être retrouvées. Leur chagrin s'en trouvait légèrement adouci, et le cortège de peurs et de questions qui les hantait sans trêve apparaissait soudain un peu moins menaçant.

– Ces pouvoirs dont tu parles... Crois-tu que je les possède aussi?

– Tous les vampires les possèdent, répondit Amber. Mais il se peut qu'ils soient plus développés chez nous que chez d'autres. Ce rêve que tu as fait, par exemple, est la preuve d'une sensibilité exacerbée. Et personne ne nous a jamais rien enseigné. Celui ou celle qui a fait de nous ce que nous sommes devait être quelqu'un de très puissant.

Nostalgiques, elles s'arrêtèrent un moment devant un vendeur de marrons chauds ; quelques jours plus tôt, le parfum de ces friandises aurait suffi à leur mettre l'eau à la bouche.

– Les Drakul ne se montreront pas, observa Luna en soufflant dans ses mains gantées. Nous perdons notre temps.

– Rentrons, concéda sa sœur.

Réconfortées pour un temps, elles reprirent le chemin de l'hôtel.

Mains dans les poches, Sherlock Holmes se tenait devant la fenêtre, aussi immobile qu'une statue. Il ne se retourna pas lorsque la porte d'entrée s'ouvrit.

– J'ai du nouveau, se contenta-t-il de déclarer.

Intriguées, les deux jeunes filles prirent place sur le sofa. L'étui à violon gisait ouvert dans un coin.

– Vous n'allez pas repartir dans cinq minutes, au moins ?

– Non, fit Luna d'une petite voix.

– Bien.

Gênées, les sœurs Wilcox échangeaient des regards interrogateurs.

– J'ai fait mon enquête, reprit le détective. Cela m'a rappelé le bon vieux temps, même si ce n'était pas très compliqué cette fois : il m'a suffi d'éplucher les actes de décès de ces dernières semaines. J'ai conservé quelques appuis à Scotland Yard, figurez-vous. Mais laissons cela. Vous êtes mortes toutes les deux un soir de novembre. Cause du décès : asphyxie. Selon toute vraisemblance, vous avez inhalé des fumées toxiques lors de l'incendie qui a détruit votre demeure. Toujours aucun souvenir ?

Amber et Luna ne répondirent pas. Elles fouillaient leur mémoire, comme des aveugles perdus dans un tunnel. Des cris lointains retentissaient. Des éclairs, des crépitements. Un vacarme de fin du monde.

– J'ai retrouvé l'endroit où vous avez été enterrées – où vous auriez dû l'être, en tout cas. Et devinez quoi ? C'était le cimetière de Highgate, le théâtre de l'affrontement entre Elizabeth et les Drakul. Je m'y suis rendu hier, en milieu d'après-midi. J'ai étudié les plans. J'ai retrouvé vos tombes. Deux dalles de marbre, disposées côte à côte.

– Avec… Avec nos noms ? demanda Amber, gorge serrée.

– Vos noms, oui. Et vos dates de naissance et de mort, recouvertes de givre.

– Je ne comprends pas, murmura Luna. Quand nous nous sommes réveillées…

– Vous n'étiez pas à Highgate, reprit Holmes, nous sommes bien d'accord sur ce point. Il nous fallait donc découvrir qui se trouvait sous ces dalles.

– Vous…

– J'ai fait procéder à l'exhumation, oui. Grâce à un

mandat serti du sceau de la Couronne. Et nous avons ouvert les cercueils.

Il pivota.

– Il y avait bien deux jeunes filles. Deux *autres* jeunes filles.

Amber porta une main à ses lèvres tremblantes.

– Julia et Sarah Fairbanks, souffla-t-elle. Oui, cela me revient : ce sont les noms qui étaient inscrits sur nos tombes.

Le détective s'affala dans un fauteuil.

– Voilà qui devrait hâter nos recherches, trésor. Car je mettrais ma main à couper que ces sœurs – Fairbanks, c'est cela ? – étaient censées être enterrées dans l'autre cimetière, celui où vous vous êtes réveillées. Peut-être le brouillard se dissipera-t-il une fois que nous aurons déterminé qui a procédé à l'échange, et pourquoi.

Il s'étira avec force, puis se releva d'un bond et empoigna son violon.

– Vous ai-je déjà parlé du *Concerto pour violon n° 1* de Max Bruch ? J'ai rencontré l'homme à Liverpool il y a quelques années, juste avant qu'il ne compose sa *Fantaisie écossaise pour violon et orchestre*. Il officiait alors comme chef d'orchestre et… Ah, Liverpool ! L'enfer sur terre, si vous voulez mon avis. La Babylone moderne et ses usines mortifères. On ne peut que vivre, là-bas, vivre pleinement en attendant l'explosion définitive… Le final devrait vous plaire, d'ailleurs : *allegro energico*.

À peine venait-il de faire grincer son archet que deux petits coups secs furent frappés à la porte.

Amber se leva la première.

– C'est Friedrich, annonça une voix empressée.

La jeune fille s'écarta. Engoncé dans un lourd pardessus laineux, l'homme tapota ses chaussures avant d'entrer. Il tenait une couverture sous le bras, qu'il déposa à terre.

Le chaton de Luna s'en échappa avec un miaulement courroucé. Elle se baissa pour l'attraper et, avec un large sourire, enfouit son nez dans sa fourrure.

– Ma foi, expliqua Friedrich, cet animal nous en fait voir de toutes les couleurs à Holland Park. J'ai pensé qu'il serait mieux avec toi.

Du bout de son archet, Holmes indiqua le fauteuil resté vacant.

– Je m'apprêtais à administrer à nos jeunes amies une agréable leçon de romantisme pangermanique, déclara-t-il. Et je ne vois aucune raison pour ne pas vous en faire profiter aussi.

Deux heures plus tard, harassés, Friedrich von Erstein et les deux sœurs Wilcox regagnaient en titubant la chambre des jeunes filles.

– Bazzini, Kreutzer, Mendelssohn, Pisendel…, gémissait l'homme : j'ai l'impression d'avoir traversé deux siècles d'histoire musicale au pas de course.

– C'était… plutôt ébouriffant, reconnut Luna en

se laissant tomber sur son lit, son chaton dans les bras.

– La prochaine fois, je le mords, murmura Amber.

– Garde-t'en bien, répliqua Friedrich : il deviendrait immortel.

Très satisfait de sa prestation, le détective rangeait son violon en sifflotant. Bientôt, sa tête hirsute apparut près du chambranle.

– Si vous voulez, annonça-t-il joyeusement, je peux rester ici aujourd'hui.

Friedrich se tourna vers les sœurs Wilcox. Luna confia son chaton à son aînée et, sans un mot, passa devant le détective.

– Quoi ? s'étonna Holmes. Qu'est-ce que j'ai dit ?

Amber posa le chat à terre. Arrivée dans l'entrée, sa sœur décrocha le pardessus du détective de sa patère. Une feuille de papier dépassait de la poche intérieure. En un éclair, sans bien savoir pourquoi, elle l'ouvrit et lut ce qui était écrit. Puis, la remettant à sa place, elle repartit vers la chambre.

– Tenez, fit-elle en tendant son manteau à Holmes. Vraiment, je pense que vous devriez aller vous reposer.

Surpris, l'autre la remercia du bout des lèvres et commença à enfiler le vêtement. Puis il se ravisa. Non, expliqua-t-il, décidément, cette nuit, il se sentait en verve. La musique était le plus salvateur des remèdes.

Quand le calme revint enfin et qu'arriva l'heure de tirer les rideaux, Luna avait momentanément oublié sa découverte.

Il suffit de ne pas penser

— Vous pourriez former un duo, ricana Virgil en lorgnant d'un air morne le verre qu'il venait de se servir. Pour égayer nos longues soirées d'hiver. Holmes ?

Occupé à inspecter les rayonnages de la bibliothèque, le détective lui tournait le dos. Il agita l'index.

— Malgré toute l'amitié qui me lie à Friedrich, mon cher, je suis au regret de devoir décliner cette offre.

Feignant l'indignation, l'intéressé – qui venait d'achever l'exécution de la *Danse n°5 en sol mineur* de Brahms – lissa les pans de son pantalon.

— Qui vous dit que, *moi*, j'aurais accepté ?

Holmes fit volte-face et fouilla dans la poche de son pardessus en cherchant un bon mot. À la place, il exhiba une pipe d'écume. Les autres le dévisageaient avec étonnement.

— Moi qui croyais…, commença James.

— Oui, concéda le détective, mon médecin personnel m'avait vivement conseillé de me débarrasser de cette addiction mais il est mort à présent, et je dois reconnaître que ce petit artifice m'aide à supporter son absence. Par tous les diables, il fait un froid de loup, par ici !

Tirant une chaise, James Blackwood s'installa à la table où siégeaient déjà Virgil et les sœurs Wilcox. Friedrich referma son piano et les rejoignit. On n'attendait plus que le détective, figure soucieuse, occupé à bourrer sa pipe.

Seul le tic-tac d'une pendule récemment réparée troublait désormais le silence de l'*Inoxydable*.

Luna passa une main dans la fourrure de son chaton, qui s'étira – toutes griffes dehors. Elle jeta un coup d'œil à sa sœur. Elle s'était réveillée une bonne heure après elle, et n'avait pas trouvé l'occasion de lui parler de ce qu'elle avait découvert dans la poche de Sherlock. Très vite, il avait fallu partir pour Westminster. « Réunion au sommet, avait décrété le détective en leur tendant leurs manteaux, direction Saint James's Park et nos chers Invisibles. » De toute évidence, il y avait du nouveau.

– Je présume, commença James Blackwood une fois que Holmes se fut installé, sa pipe coincée entre les lèvres, que vous avez tous appris la nouvelle.

Avec un soupir, il fit claquer la dernière édition de l'*Evening Post* sur la table.

OÙ S'ARRÊTERA JACK L'ÉVENTREUR ?

– Un meurtre de plus, reprit-il. Une prostituée de vingt ans, en plein Whitechapel.

– Vampires, murmura Holmes.

Virgil tiqua.

– Je pensais que nous étions d'accord pour dire que les Drakul n'avaient rien à voir avec cette affaire ?

– Jusqu'à preuve du contraire, répliqua le détective, dont la pipe s'était éteinte.

– Avez-vous des soupçons ?

– Seulement des intuitions. Scotland Yard est sur les dents, la police ne cesse d'envoyer des patrouilles, les filles de joie redoublent de méfiance, nous veillons nous aussi et, malgré tout, ce monstre passe au travers des mailles. Je suis déconcerté.

Virgil fit craquer ses doigts sans discrétion ; un rictus était apparu au coin de ses lèvres.

– Les filles de joie, comme vous dites, sont des misérables à peine sorties de l'enfance, battues par leurs souteneurs et imbibées de gin frelaté : leur méfiance doit être toute relative. Cela étant, je partage vos doutes. Nous en sommes à douze meurtres. Un individu normal, et je place ce terme entre guillemets, ne pourrait se jouer des autorités aussi longtemps avec une telle aisance.

Holmes tapota sa pipe sur le rebord de la table puis la fourra dans sa poche avec une mimique excédée. Il n'y avait rien à faire, à part continuer de surveiller le quartier.

– Ce qui nous amène au point suivant, reprit

Blackwood en se tournant vers les sœurs Wilcox : Sherlock nous a appris que vous étiez sorties hier soir.

Luna baissa la tête. Pas Amber.

– Vous ne pouvez pas nous enfermer ainsi pendant des semaines. Et il y avait de la neige sur la vitre, qui empêchait de voir.

– Allons. Vous auriez pu l'enlever.

Friedrich von Erstein se racla la gorge. James lui jeta un regard équivoque avant de revenir aux deux sœurs.

– Et s'il vous arrivait quelque chose, mesdemoiselles ? Imaginons que votre route vienne à croiser celle d'un Drakul et qu'il vous voie le premier ?

L'aînée ne répondit pas. Elle repensait aux Nosferatu qu'elle avait rencontrés avec Abraham. Au pouvoir qu'elle avait senti monter en elle.

– Dois-je vous rappeler, poursuivit Blackwood, à quel point vos pouvoirs nous sont précieux ? Indispensables ?

– Nous pouvons cacher notre aura, fit Luna.

Tous les regards se tournèrent vers elle.

– Je te demande pardon ?

– Si nous nous concentrons suffisamment, reprit la jeune fille, nous pouvons faire en sorte que les autres vampires ne nous voient pas. Amber ?

L'aînée des Wilcox dévisageait sa sœur sans comprendre.

– De quelle couleur est mon aura ? fit Luna.

– Bleue. Enfin… Bleu argenté.

L'autre ferma les yeux.

– Et maintenant ?

Amber se mordit la lèvre. L'aura commençait à disparaître.

– Je…

– Et maintenant ? répéta la cadette d'une voix atone.

– Elle… Elle a disparu.

Luna rouvrit doucement les yeux.

– Voilà, dit-elle. C'est très simple, en vérité : il suffit de ne pas penser.

La petite assemblée la considérait avec stupeur. Amber posa une main sur la sienne.

– Comment…

– Je ne sais pas. Cela m'est venu naturellement. Il faut… Il faut faire le vide dans sa tête, se fermer au dehors, ne plus…

Elle laissa sa phrase en suspens. Virgil vida son verre d'un trait. Tout comme ses deux compagnons de route, il avait tenté de maîtriser cet *animus* un jour. Mais il n'y était jamais parvenu correctement. Et en définitive, à mesure que sa nature vampirique se délitait, il l'avait oublié comme les autres.

– Certes, souffla James après un long silence, tout cela est fort impressionnant. Mais ce pouvoir ne vous protégera pas de Dracula et de sa suite, Luna.

– Mais nous possédons un avantage, intervint Amber.

– Lequel ?

– Nous savons qu'ils existent. Eux pas. Jamais ils

ne s'attendront à nous croiser dans une rue ou dans un parc ou dans un théâtre.

– Un théâtre ? répéta Friedrich.

– C'est un exemple. Ce que je veux dire, c'est que vous devriez cesser de vous tourmenter. Nous avons grandi, ces jours derniers. Nous ne sommes plus des enfants.

James Blackwood caressa distraitement sa moustache. Il savait qu'il ne pouvait garder les deux sœurs prisonnières. Il savait aussi qu'il se sentirait affreusement coupable s'il leur arrivait quelque chose.

– Très bien, déclara-t-il enfin. Mais nous voulons que vous nous disiez où vous allez chaque fois que vous sortez. Et que vous nous donniez une heure précise de retour. Pour finir (sous les regards étonnés des autres adultes, il sortit une petite boîte en merisier de la poche de son veston), vous porterez toutes deux une broche, que vous abandonnerez sur votre chemin en signe de détresse si par malheur vous vous faites prendre.

Il ouvrit le couvercle et tout le monde se pencha. Sur un tapis de feutrine violette, deux bijoux fantaisie resplendissaient, qui représentaient des papillons : l'un était doré, l'autre argenté. Amber repensa à l'histoire d'Abraham.

– Choisis le tien.

James Blackwood l'encourageait. Elle saisit le spécimen doré comme s'il s'était agi d'un véritable insecte, et l'accrocha au revers de sa veste.

– Rassuré ?

L'homme soutint un instant son regard puis replia l'*Evening Post* afin de donner le change. Luna prit l'autre papillon, et la boîte disparut.

On changea de sujet. Elizabeth Báthory ne s'était pas réveillée. Plongée dans un sommeil semblable à la mort, elle reposait dans une salle secrète des souterrains de Buckingham. Des médecins s'activaient nuit et jour, mais se montraient pour l'heure impuissants. Ici aussi, l'attente était de mise.

– Mon bon Sherlock, intervint Friedrich en toussant dans son poing, il me semble que c'est vous qui avez convoqué cette assemblée. Était-il un autre point dont vous souhaitiez nous faire part ?

Le détective émit un claquement de langue qui se voulait agacé et tira son portefeuille de son pardessus. Virgil le considérait avec amusement.

– Pourquoi restez-vous habillé ?

– Frigorifié. Je fume pour me réchauffer, mais ma pipe ne tire pas. Les éléments se liguent contre moi. Tenez, regardez ça.

Il avait déplié trois lettres sur la table. James Blackwood prit la première et la lut à haute voix.

– « Rejoins-moi. Au fond, que désires-tu d'autre ? » Et c'est signé « M. ». Bon. Que racontent les deux autres ?

– Peu ou prou la même chose, répondit le détective en les poussant dans sa direction. Les caractères ont été découpés dans le *Daily Telegraph* et l'analyse des empreintes est en cours, mais j'ai bien peur qu'elle n'aboutisse à rien de probant. Dans la première, arrivée à mon domicile il y a deux jours, Moriarty – si c'est bien lui – me propose une alliance. « Les rivages embrumés de l'ignorance ne te sont pas destinés, mon frère. Quitte-les et rends-toi à notre cause. » La seconde n'est guère plus explicite. « L'immortalité nous est promise. » Toujours signée « M. ». Et reçue hier soir. Celle que vous tenez entre les mains est la plus récente.

– Et... c'est tout ?

– C'est tout, répondit le détective en reprenant la feuille que Blackwood lui tendait. Et cela ne correspond pas du tout au style de Moriarty.

Virgil se gratta le front.

– Pas de promesse ? De rendez-vous ?

Le détective secoua la tête, et Luna s'efforça de ne pas croiser son regard : elle savait qu'il mentait.

– Je voulais seulement savoir, expliqua Sherlock, si ce style ressemblait à celui de quelqu'un que vous connaissiez.

Les trois Invisibles secouèrent la tête.

– Holmes, demanda Friedrich avec solennité, pensez-vous réellement que Moriarty soit encore en vie ?

Le visage du détective s'assombrit. Il rangea ses lettres.

– Non, lâcha-t-il après une brève hésitation. Non, nous l'avons bel et bien tué. Oublions ces fadaises.

Esprit

— Je ne suis pas certain, soupira Friedrich von Erstein en se servant un verre d'eau, que la, comment dites-vous ? communication avec les esprits ? soit une occupation très saine pour un samedi soir – ni pour quelque soir que ce soit, maintenant que j'y réfléchis.

— Homme de peu de foi. Si vous avez une meilleure idée pour entrer en contact avec l'esprit d'Elizabeth, je suis prêt à l'entendre.

Vêtu d'une somptueuse robe de chambre de soie mauve, James Blackwood disposait une planchette de bois au centre de la table. Y figuraient, gravées en noir, les vingt-six lettres de l'alphabet et les dix chiffres de 0 à 9.

— Au fait, pourquoi êtes-vous le médium ? demanda Virgil.

— Parce que j'ai lu le *Livre des esprits* en long et en large, répliqua James en tapotant un petit volume à couverture de cuir noir posé devant lui, voilà pourquoi. Par ailleurs, le relais médiumnique est une activité requérant une importante énergie spirituelle. Autrement dit, messieurs, je fais don de ma personne aux sciences parapsychiques. Êtes-vous prêts ? Oh, nous allions oublier l'encens ! Friedrich, seriez-vous assez aimable… ?

Soupirant, le petit homme se leva pour aller allumer le bâtonnet fiché dans une coupelle. Le grand salon de l'*Inoxydable* avait été plongé dans la pénombre. Seule une lampe à pétrole, posée à même le plancher, diffusait une lumière hésitante. James Blackwood se frotta les mains.

– Mes amis, permettez-moi en préambule de vous rappeler quelques principes essentiels : il nous est interdit d'insulter ou de railler les esprits ; il nous est interdit de les inviter à rester avec nous – car c'est courir le risque de la possession ; il nous est interdit d'exiger d'eux des preuves tangibles d'existence ou d'identité. De même, plaisanter est considéré comme étant du plus mauvais effet – sans parler des ricanements.

– Je sens que nous allons nous amuser, lâcha Friedrich.

James l'ignora.

– Quoi que vous puissiez voir ou entendre, gardez votre calme, et ne prenez pas nécessairement au pied de la lettre tout ce qui nous sera annoncé ; j'éviterai évidemment les questions concernant notre mort ou celle de nos proches. La plupart des esprits, quand ils ne connaissent pas une réponse, se contentent de l'inventer. Enfin, gardez-vous de briser le cercle. La rupture du *continuum* énergétique qui en résulterait pourrait se révéler hautement dommageable.

Il prit le livre noir et, tirant un signet, lissa d'un doigt mouillé la page correspondante.

– Paragraphe 149, se mit-il à lire : « Que devient l'âme à l'instant de la mort ? » Réponse : « Elle redevient esprit, c'est-à-dire qu'elle rentre dans le monde des esprits qu'elle avait quitté momentanément. » Paragraphe 150 : « L'âme, après la mort, conserve-t-elle son individualité ? » Réponse : « Oui, elle ne la perd jamais. Que serait-elle si elle ne la conservait pas ? »

Il referma le livre et observa ses compagnons.

– D'autres questions ?

Les Invisibles secouèrent la tête.

– Alors, allons-y.

Le silence était complet. Des volutes d'encens s'entrelaçaient dans l'obscurité. Les ombres des trois participants s'étiraient sur le mur du fond.

James Blackwood avait placé un verre à liqueur sur le bord de la planchette, et tous trois y avaient posé l'index, fermement appuyé. Le médium ferma les yeux.

– Ouija, es-tu là ?

Tout le monde attendit. Le maître de cérémonie avait prévenu ses amis, la réponse pouvait ne pas se manifester avant plusieurs minutes. Il s'agissait donc de rester concentré. Toussotant faiblement, Friedrich se tortillait sur sa chaise. Virgil lui lança un regard appuyé. « Oui, disait ce regard, je partage tes doutes. Mais qu'avons-nous à perdre ? »

James prit une profonde inspiration. L'état de réceptivité médiumnique propice à l'apparition des esprits était chose difficile à atteindre et il n'était pas tout à fait certain d'en être capable. Aussi tressaillit-il légèrement lorsque, quelques secondes plus tard, une secousse agita son avant-bras. Les autres l'avaient-ils sentie, eux aussi ? Il ouvrit les yeux. De leurs doigts tendus, les trois hommes déplaçaient le verre sur la planchette. Il s'arrêta sur la lettre *O*, poursuivit sa route jusqu'au *U*, et revint tranquillement au *I*.

Les Invisibles retenaient leur souffle. Ils n'ignoraient rien des impulsions souterraines de la conscience humaine, de sa propension redoutable à prendre parfois les commandes du corps sans l'assentiment de ce dernier. Le mouvement, cependant, leur avait paru terriblement naturel.

– Quel est ton nom ?

Les participants se concentrèrent sur la question. Visiblement impressionné, Friedrich avait clos les paupières.

Le verre se remit à glisser sur la planchette. Un *W*

pour commencer. Puis un *A*, un *T*. Il se déplaçait de plus en plus vite. Un *S*, à présent.

Un *O*.

– Watson, murmura Blackwood. Est-ce possible ?

Il dévisagea ses amis. Il se savait aussi pâle qu'eux. Il avala sa salive.

– Où… Où êtes-vous ?

Le verre resta un moment immobile, au point que James redouta pendant quelques secondes que le contact eût été rompu. Puis il se remit à glisser.

James se sentit frémir. Jamais, en réalité, il n'avait pensé voir l'expérience couronnée de succès. « Si le verre bouge, avait-il d'abord pensé, c'est nous qui le faisons bouger. Nous voulons tellement croire. »

Désormais, il s'efforçait de fermer les yeux entre chaque lettre : pour être sûr.

– Un *F*, chuchota Virgil, les yeux rivés sur la planchette. Un *R*, et – et je crois que c'est un *O*. Un *I*, maintenant.

– Froid, articula Friedrich quand le verre se fut de nouveau stabilisé. Il se trouve dans un lieu froid.

James Blackwood sentait la sueur perler à son front. Mâchoires serrées, il susurra une nouvelle question.

– Qui vous a tué, Watson ?

Très vite, le verre se remit à glisser, si vite qu'ils pouvaient à peine le suivre.

Les Invisibles sentaient le sang battre à leurs tempes. Une étrange excitation se mêlait à leur peur.

– Monsieur...

James se retourna d'un bloc, abandonnant le verre ; le charme était rompu. Au bas de l'escalier en colimaçon, l'un de leurs hommes de main se tenait craintivement au garde-à-vous.

– Au nom de tous les saints, siffla Blackwood entre ses dents, j'avais expressément demandé à ce que nous ne soyons pas dérangés.

– Vous aviez précisé « sauf cas de force majeure », monsieur.

Des pas résonnèrent dans l'escalier métallique. Des bottines apparurent, puis le bas d'un manteau à revers de fourrure.

– Luna ?

La jeune fille s'avança, son chaton dans les bras.

– Je suis désolée, murmura-t-elle. Il y a quelque chose dont je devais absolument vous parler.

Elle plissa les yeux.

– Oh ! Je vous dérange.

Sautant à terre, le chaton courut se réfugier sous un fauteuil.

– Oui, répondit James, dont la voix vibrait encore d'une colère à peine contenue. J'espère que ça en vaut la peine. Où est Amber ?

– À l'hôtel.

Elle avait sorti une feuille de sa poche et s'approchait de la table. James avait repoussé sa chaise.

– Qu'est-ce que c'est ?

– Une lettre.

Il la prit et la lut :

– « Retrouve-moi dimanche à minuit au parc zoologique de Regent's Park : je serai devant le pavillon des reptiles. » Peste. Où as-tu trouvé ça ?

La jeune fille baissa la tête.

– Je l'ai recopiée. J'aurais aimé vous en parler plus tôt mais c'était impossible : Sherlock était sans cesse dans les parages. L'original se trouve dans sa poche, où je l'ai trouvé avant-hier soir. Et je crois que les caractères sont les mêmes que ceux qui composaient les messages du prétendu Moriarty.

James parcourut une nouvelle fois la missive, réfléchissant à voix haute.

– Celui qui a écrit cette lettre devait penser que Holmes allait nous en parler. Ce qui est sans doute la raison pour laquelle notre ami nous l'a cachée. L'auteur s'attend à ce que nous nous présentions nous aussi au rendez-vous.

Du plat de la main, Friedrich von Erstein effleurait les lettres de la planchette.

– Je connais ce front plissé, James. Allez-vous nous dire ce que vous avez en tête ?

L'intéressé renifla.

– Demain soir, messieurs, nous partons pour le zoo. Il s'agit de prendre l'ennemi à son propre piège.

Il montra la jeune fille du doigt :

– Toi, tu vas nous aider. C'est la récompense de ton implication. Luna ?

La cadette des Wilcox ne l'écoutait plus. Yeux

écarquillés, elle regardait son chaton se contorsionner au pied du fauteuil. Couché sur le dos, miaulant avec fureur, l'animal griffait désespérément l'air de ses pattes. Et ce n'était pas un jeu, comme elle l'avait cru tout d'abord.

Luna s'approcha et posa un genou à terre. Elle n'avait toujours pas trouvé comment l'appeler, et elle le regrettait à présent : elle aurait aimé chuchoter son nom en cet instant. Avançant une main, elle récolta un coup de patte. Une éraflure apparut sur son poignet.

– Il fait une crise, souffla Virgil. Écarte-toi.

Il avait enroulé sa main dans une serviette. D'un geste sûr, il retourna le chaton sur le ventre, et le plaqua au sol. L'animal continua de s'agiter pendant quelques secondes. Puis il s'affaissa brusquement, ses muscles se détendirent, et il cessa de bouger.

– Non ! cria Luna.

Elle voulut intervenir. Virgil l'en empêcha avec douceur.

– Ne le touche surtout pas. James ?

L'interpellé s'avança à son tour et passa ses doigts dans la fourrure de l'animal, au niveau du poitrail.

– Le cœur bat. Il est vivant.

– Ses yeux étaient révulsés, s'écria la jeune fille. Je ne comprends pas, c'est la première fois que cela lui arrive…

James souleva l'animal avec précaution et le déposa sur le coussin.

– Il dort, marmonna-t-il. Quelle soirée !

Il se retourna vers la table ; Friedrich, qui triturait la planchette avec agacement, lui adressa un regard entendu.

– Il est parti, lâcha James. Il ne reviendra pas cette nuit.

– Qui donc ?

Luna les considérait avec perplexité.

– Personne, répondit Virgil. Mais nous aimerions être seuls, maintenant.

En quelques traits hâtifs, le peintre ajouta une traînée de sang sur sa toile avant de se retourner pour contempler son modèle.

– Ne bougeons plus, s'il vous plaît !

Échevelé, hors d'haleine, l'artiste trônait seul au cœur de son atelier, une fantaisie baroque aux franges d'écume, un triomphe de carnaval et de couleurs fantasmagoriques peuplé de vases chinois, de bronzes Renaissance, d'ivoires et d'armes anciennes, de mandolines et de bustes en marbre, de sarcophages, de blasons et de fragments d'autel auxquels se mêlaient lampes médiévales en corne de bœuf, sagaies africaines en bois exotique, consoles, paravents, éventails et palmes immenses, planant sur la scène au-dessus des tapis d'Orient et des peaux de fauves aux pattes écartées. Partout, des bouquets de monnaie-du-pape scintillaient, éclairés par un lustre monumental sculpté à même un crâne de rhinocéros.

– C'est la touche finale…, susurra le peintre en se concentrant sur sa toile.

Il s'exprimait avec un accent italien qui semblait affecté. Soulignant une ombre par quelques traits légers, il revint s'accroupir auprès de son modèle.

– J'aimerais tant que tu puisses me remercier.

Vêtu à la mode du XVIIe siècle, mais une mode extravagante et hautement criarde, il portait un manteau de pourpre cintré, orné de rubans et de boutons en forme de tête de mort, et un long gilet noir fermé du col jusqu'au bas. Des jarretières complétaient l'ensemble, ainsi qu'une perruque mousseuse qu'il rajustait de temps à autre en poussant de légers soupirs. Sur ses épaules, un boa en fourrure imitation panthère était plusieurs fois enroulé.

– Mais on dirait que la reconnaissance n'est pas ton fort.

Sortant de sa poche un mouchoir brodé, il le secoua avec vivacité et entreprit d'essuyer le sang séché sur le menton de son modèle.

Alanguie sur le sofa, un bras déjà bleu pendant au-dessus du vide, la jeune femme aux boucles cuivrées était couverte de sang : de longues taches brunâtres maculaient sa poitrine, son ventre et ses cuisses. Sa gorge, elle, n'était plus qu'une plaie béante dont les lèvres boursouflées s'ourlaient sur un chaos de chairs et de tendons.

– C'est toujours la même chose avec les modèles : ils se moquent de l'art. Tout ce qui les intéresse, c'est de se montrer et – quoi, encore ?

Il s'était redressé. La porte de l'atelier s'ouvrit, laissant place à un majordome en livrée.

– Votre Excellence, votre... petit-fils désire vous parler.

– Horace ?

– Il patiente dans l'antichambre, Votre Excellence. Il prétend que c'est urgent.

Traits crispés, le peintre se redressa et promena son regard vide sur le cadavre de la jeune femme. Du bout de l'index, il se frotta les canines.

– Faites entrer ce jeune imbécile.

– Bien, Votre Excellence.

Quelques instants plus tard, des pas pressés résonnaient dans l'antichambre. Saisissant son modèle par les cheveux, le peintre le fit basculer sur le parquet, où il s'effondra avec un bruit sourd, et prit tranquillement sa place, jambes croisées, en tapotant sa perruque.

– Père ?

Un jeune homme au crâne lisse se tenait sur le seuil. Il portait de minuscules lunettes à verres teintés et était vêtu d'un gilet et d'une chemise à col haut. Sa veste et son pantalon arboraient la même couleur sombre.

– De grâce, cesse de m'appeler ainsi.

– Moriarty est mort, répliqua le nouveau venu, qui

tenait son pardessus sur le bras. Techniquement parlant…

— Techniquement parlant, tu demeures son fils, et sa disparition (il se signa brièvement), Dieu ait son âme, murmura-t-il, et sa disparition, disais-je, ne change rien à la hiérarchie en vigueur. Cassandra est ma fille. Tu es mon petit-fils. Et mon nom est Vittorio.

Avec un geste de dépit, l'autre fit quelques pas dans l'atelier. Il baissa les yeux vers le cadavre ensanglanté.

— Beau morceau. Quel âge ?

— Comment veux-tu que je le sache ? Je ne m'intéresse pas au pedigree de ces jeunes donzelles, c'est leur peau qui me passionne. Celle-ci, par ailleurs, commence sérieusement à empester. Il faudra que je demande à Hector de faire le nécessaire. À moins que tu ne préfères…

— Je ne mange pas de chair humaine. C'est une perversion.

— Quel bon vent t'amène, Horace ?

Le vieux vampire avait croisé les bras et repoussé le cadavre du bout de son soulier. Des tics nerveux agitaient son visage.

— Il va venir.

— Il ?

— Sherlock Holmes, reprit le jeune vampire avec impatience. Celui qui a tué mon père.

— Oh ! Parfait.

— Je lui ai envoyé un message. Un rendez-vous. Je

connais sa curiosité, et sa vanité aussi. Je doute qu'il résiste. Même s'il flaire un piège.

– Très bien, Horace. Mais nous avons déjà plusieurs fois discuté de ce plan, me semble-t-il. Qu'as-tu à m'apprendre de nouveau ?

– J'aurai besoin de vous, grand-père. De vous, des deux George, s'ils le peuvent, et de Cassandra, si elle y consent. Les amis de Sherlock viendront peut-être. C'est une opportunité exceptionnelle, mais un danger considérable aussi. Ils pratiquent la magie, nul ne l'ignore. Je ne me sens pas capable de les affronter seul.

Un rictus de mépris déforma la figure de Vittorio.

– Une minute. Es-tu en train de me parler des Invisibles ?

– Oui, grand-père.

L'autre se leva, enjambant le cadavre, et alla se poster devant sa toile pour s'absorber dans un examen attentif.

– C'est insensé. Je connais ces hommes. Ils sont certainement stupides, mais pas au point de se jeter tous les trois dans la gueule du loup.

Horace le rejoignit.

– J'irai d'abord seul, déclara-t-il avec détermination, ainsi que nous en sommes convenus. Mais je ne travaille pas uniquement pour moi, grand-père. Je travaille pour honorer la mémoire de mon père – de celui qui, malgré la mésestime dans laquelle vous l'avez toujours tenu, demeurera à jamais votre enfant.

Et je travaille pour le clan des Drakul. Elizabeth est morte. Ces hommes sont les seuls ennemis qui nous restent, les seuls obstacles sur notre route. Alors s'il existe une chance, même infime, pour que l'un ou plusieurs d'entre eux viennent prêter main-forte à cette ordure de détective...

– J'ai compris. Quelle est ta requête ?

Le jeune vampire abaissa ses lunettes.

– J'ai donné rendez-vous à Sherlock demain à minuit au parc zoologique. J'ai parlé au gardien. S'il constate que les choses tournent en ma défaveur, s'il note le moindre mouvement suspect, il enverra son commis vous prévenir. Je compte alors sur votre diligence et...

– Oui, oui. Que penses-tu de cette toile, Horace ?

L'interpellé se rongea un ongle. Comme toutes les compositions de son grand-père, celle-ci était un bourgeonnement gothique surchargé d'ombres et de reliefs.

– Une splendeur, grand-père. J'aime particulièrement la façon dont vous avez su rendre compte de la souffrance de cette femme. Pour un peu, on l'entendrait supplier.

Vittorio se frappa la poitrine du poing.

– Elle restera toujours dans mon cœur, susurra-t-il. Avec celles qui la précèdent, et celles qui lui succéderont, si Dieu nous prête vie.

Il s'esclaffa soudain, et son petit-fils se joignit à lui à contrecœur. Puis il s'arrêta d'un coup. Son visage était redevenu grave, et une lueur exaltée brillait dans ses yeux.

– Va, Horace. Va venger ton père comme il se doit. Nous veillerons dans l'ombre, prêts à fondre sur l'ennemi.

– Cela signifie-t-il que… vous acceptez ?

– J'accepte évidemment, répondit le vieux vampire en le prenant par l'épaule pour le conduire vers la sortie. Et si, par la grâce de tes actions vengeresses – si téméraires et désorganisées soient-elles –, nous parvenons à mettre la main sur l'un de ces sorciers de pacotille, nous lui ferons regretter la nuit où cette catin d'Elizabeth lui a laissé entrevoir les délices de l'existence éternelle. À présent, va ! répéta-t-il. Laisse-moi seul avec mes tourments.

Au théâtre

La première représentation du dimanche devait sceller le succès fracassant du *Macbeth* de Henry Irving. À en croire les unes de journaux que Sherlock laissait traîner partout à l'hôtel, la pièce drainait chaque soir une foule plus enthousiaste, et la prestation d'Ellen Terry dans le rôle de Lady Macbeth suscitait sans équivoque les qualificatifs les plus dithyrambiques.

La nuit était tombée depuis longtemps. Face aux énormes piliers cannelés de l'édifice, l'aînée des Wilcox hésita un instant à faire demi-tour. De tous côtés se pressait une foule élégante et joyeuse – gentlemen en haut-de-forme et queue-de-pie, demoiselles distinguées en manteau de mousseline – déversée par une file de cabs ininterrompue.

Triturant son invitation, Amber se laissa bousculer

par un couple de notables pressés qui venaient de descendre d'un fiacre. Elle se faisait l'impression d'une pauvre émigrante en pays étranger ballottée par la houle.

– Es-tu perdue ?

Une jeune femme blonde s'était penchée vers elle avec un sourire. Drapée dans une fourrure soyeuse, elle avait la grâce d'une princesse.

– En fait…, commença Amber.

– Katioucha, venez-vous ? Nous allons être en retard !

Un homme aux cheveux bouclés – probablement son mari – l'entraîna par le bras. La jeune fille le détesta, mais cela la décida à entrer. S'enfonçant dans la cohue, elle louvoya entre les grappes de spectateurs qui parlementaient dans le hall.

Un ouvreur attendait au pied des marches. Il la considéra avec méfiance lorsqu'elle lui tendit son billet.

– Personne ne t'accompagne ?

– Je dois retrouver mon oncle, mentit Amber avec un aplomb qui la surprit elle-même.

– Deuxième étage, lâcha l'homme rasséréné.

Il lui rendit son ticket et elle s'engagea dans l'escalier. Le second étage était celui des loges privées. Le sol était recouvert d'un épais tapis rouge, et quelques personnes discutaient à voix également feutrée.

Amber consulta son billet. Sa loge se trouvait de

l'autre côté. Elle allait poursuivre son chemin lorsque quelque chose l'arrêta net.

Là-bas, contre le mur.

Un personnage aux longs cheveux noirs, vêtu d'un pardessus croisé, s'entretenait avec Abraham Stoker. Les deux hommes ne la voyaient pas, mais celui au pardessus brillait d'une aura sombre, presque fuligineuse.

Un vampire.

Saisie de panique – le Drakul pouvait se retourner à n'importe quel moment –, l'aînée des Wilcox avisa la porte la plus proche et s'engouffra dans une loge. Par bonheur, il n'y avait personne à l'intérieur. Adossée au mur, une banquette de velours pourpre faisait face à un balcon ouvragé, protégé d'épais rideaux assortis. Une paire de fauteuils étroits était disposée en biais. Sur une tablette, deux flûtes attendaient, et une bouteille de champagne.

Amber se glissa vers l'ouverture pour évaluer la situation. Elle eut à peine le temps de reculer ; les deux hommes s'approchaient, ils allaient entrer dans la loge.

Désespérée, la jeune fille jeta un regard au balcon. Les spectateurs achevaient de prendre place et des violons grinçaient dans la fosse d'orchestre ; la représentation commencerait dans quelques minutes.

Il ne restait qu'une solution. Tombant accroupie, Amber se glissa sous la banquette. L'espace était restreint mais, en s'aplatissant bien, elle pouvait y tenir.

Trois secondes plus tard, des chaussures apparurent, et le timbre d'Abraham Stoker se fit entendre, teinté d'une angoisse légère.

– J'espère que cette loge conviendra à Votre Excellence.

– Ne vous tourmentez pas, lui répondit une voix grave, étonnamment mélodieuse. Pour le peu de temps que durera notre entretien, ce sera parfait. Voyez-vous, le théâtre me fatigue vite. J'ai déjà vu toutes les pièces.

Un bref ricanement s'ensuivit. Abraham s'efforça de rire aussi ; Amber vit ses pieds se diriger vers le balcon, et s'arrêter. Puis les ressorts de la banquette grincèrent, et elle comprit que le vampire s'était assis.

Fermant les yeux, elle maudit sa malchance. Entre toutes les loges, elle avait choisi la mauvaise. D'un autre côté, peut-être allait-elle apprendre des choses intéressantes : si personne ne la débusquait avant.

Les minutes suivantes se révélèrent interminables.

Les deux hommes demeuraient silencieux tandis que des crissements de violon s'élevaient de la fosse d'orchestre. Puis le chef claqua sa baguette sur son pupitre et le rideau se leva, sous les vivats tonitruants des spectateurs.

La pièce commençait. À quoi pouvait penser Abraham en cet instant ? « Il va essayer de me trouver dans ma loge, devina la jeune fille. Il doit croire que je suis là-bas. »

– Asseyez-vous donc, mon ami. Vous me semblez anxieux.

– C'est que… c'est la première fois…

– La première fois que vous me rencontrez en personne, termina l'autre à sa place. Et vous avez sans doute entendu beaucoup de récits sur mon compte, des fables inquiétantes, promptes à susciter, comment dirions-nous ? une légère mais très légitime appréhension ? Allons, n'ayez nulle crainte, je ne vous mordrai pas, nous sommes entre gentlemen ! chuchota-t-il avec un nouveau rire déplaisant. Du reste, vos supérieurs ne tarissent pas d'éloges à votre sujet. Champagne ?

Sans attendre la réponse, il attrapa la bouteille sur la table, et un petit pop se fit entendre.

– Ah, cette musique… Sullivan, n'est-ce pas ?

– C'est exact, Votre Excellence.

– Votre Excellence…, répéta l'autre d'une voix rêveuse. Ah ! les miens me donnent plutôt du Ézéchiel mais, voyez-vous, je reste absurdement sensible au respect de l'étiquette et des structures hiérarchiques.

Amber retenait son souffle. Le vampire servait le champagne.

– Tenez, mon ami. Quant à moi, si vous le voulez bien, je m'en tiendrai à mon aimable piquette maison ; je crains d'y être condamné.

Une flasque fut débouchée, et un liquide versé dans la seconde flûte, que la jeune fille devinait sombre et liquoreux.

– Santé ?

Il y eut un tintement de cristal. Sur scène, un tonnerre d'applaudissements saluait l'entrée de l'acteur principal.

– J'adore les tragédies, déclara le vampire. Elles nous rappellent que les humains sont mortels – contrairement à nous. Ah, si seulement Shakespeare avait pu être l'un des nôtres ! Mais il nous reste ses pièces.

Ézéchiel reposa sa flûte, et les deux hommes se turent de nouveau. Pendant plusieurs minutes, il sembla à Amber que le vampire écoutait réellement ce qui se passait sur scène. Bientôt cependant, il s'agita sur sa banquette.

– Parlons affaires, à présent. Avez-vous apporté ce que nous avions demandé ?

– Voici, Votre Excellence.

Abraham s'était approché de lui. Le vampire émit un léger claquement de langue.

– Sulfure d'athénium, bien. Mais une demi-once, tudieu ! C'est à peine de quoi tenir deux jours !

– L'approvisionnement en matière première s'est révélé plus délicat que prévu, Votre Excellence. Nous nous trouvons en rupture provisoire. Soyez assuré que nos laborantins travaillent d'arrache-pied pour combler leur retard.

Le vampire devait considérer l'objet avec une attention intriguée.

– Donc, reprit-il, une seule dose de cet étrange

élixir et votre aura disparaît : nul besoin de faire appel à un quelconque *animus*, c'est bien cela ?

— C'est bien cela, Votre Excellence.

— Fascinant, définitivement fascinant. Mon fils m'avait maintes fois vanté les propriétés de ce composé, mais il me tardait de le voir de mes yeux. En tout cas, poursuivit-il après une pause, ses effets portent leurs fruits au-delà de toute espérance. Notre cher Ambrose continue de tuer sans relâche et tout Whitechapel est en ébullition. Avez-vous lu les journaux ? Jack l'Éventreur ! On ne peut lui dénier un certain sens de la formule. Et, comme nous l'avions prévu, tout le monde continue de croire qu'il s'agit d'un humain. Jour après jour, l'autorité de Dracula s'effrite. Le déploiement des forces policières empêche nos semblables de se déplacer comme ils l'entendent et rend la recherche de nourriture plus malaisée encore. La colère gronde. Il ne faudra pas longtemps avant que l'entourage de notre cher maître ne lui demande des comptes. Jack l'Éventreur n'est pas uniquement l'ennemi de Londres, c'est le cauchemar de Dracula, l'épine vicieuse dans le talon fissuré de son autorité.

Il s'emportait, parlait de plus en plus fort. Abraham toussota.

— Alors quoi ? siffla le vampire. Vous ne semblez pas partager mon enthousiasme.

— Je le partage, Votre Excellence, et je loue l'ingéniosité du stratagème. Croyez-le bien, je suis ravi que notre Ordre ait conclu cette alliance avec votre noble assemblée. J'espère toutefois que les vôtres parviendront à leurs fins au plus vite. Afin que ces crimes cessent. Tant de jeunes femmes sont mortes déjà, et...

— Vous alliez dire « innocentes », le coupa Ézéchiel, ne niez pas.

— Ce ne sont que des prostituées misérables, répondit Stoker d'une voix sombre.

— Exactement. Et leur perte ne changera rien au monde. Dois-je vous rappeler les enjeux dont il est question ?

— Non, Votre Excellence.

Tapie sous sa banquette, Amber essayait de comprendre. À quel ordre Abraham faisait-il allusion ? Se pouvait-il que Jack l'Éventreur soit un vampire ? Se pouvait-il que Stoker soit mêlé à tout cela ?

Sur scène, l'orchestre accompagnait maintenant le deuxième acte de la pièce.

— Les autres fioles, reprit soudain le vampire d'une voix si sèche que la jeune fille en sursauta, quand seront-elles prêtes ?

— Demain, en principe.

— Savez-vous où vous devez les faire livrer ?

— Eh bien...

— Je vais vous donner la carte. Deux précautions valent mieux qu'une, et... ah, quel maladroit !

Amber écarquilla les yeux. La carte en question venait de tomber sur le parquet, juste devant elle. Elle eut le temps de la déchiffrer avant de la repousser doucement. La main d'Ézéchiel apparut alors, la cherchant à tâtons. « S'il se baisse, songea la jeune fille, c'en est fini de moi. » Et, cependant, un calme nouveau l'envahissait et elle attendait la suite avec un détachement glacé, faisait rouler entre ses doigts le petit papillon doré épinglé à sa veste que, en désespoir de cause, elle laisserait tomber derrière elle si le vampire…

– Tonnerre, où est-elle ?

La main se déplaçait, douée d'une vie propre. Une bague en forme de serpent enserrait le majeur. Enfin, les doigts se refermèrent sur la carte.

– Ah, la voici. Tenez. Royal Hospital.

– Merci.

– Vous ferez livrer la marchandise par porteur dès que vous la recevrez. Au nom du docteur Julius Ambrose.

– Entendu, Votre Excellence.

De nouveau, les ressorts de la banquette gémirent. Le vampire s'était levé et Abraham avait tiré les rideaux de la loge. Les deux hommes s'apprêtaient à sortir.

– Ah, fit le vampire, j'allais oublier : l'un de vos supérieurs m'a parlé de vos « contacts » avec la population déviante de Londres.

– Déviante, Votre Excellence ?

– Les Nosferatu, reprit Ézéchiel avec une once de mépris. Le supérieur en question a également mentionné une nouvelle recrue potentielle, une jeune fille dont personne ne semble connaître le père et qui, si étonnant cela puisse-t-il paraître, n'appartient à aucun cénacle. Cela m'intéresse ; cela m'intéresse au plus haut point. Où en êtes-vous avec elle ? Savez-vous où elle se cache ?

Amber ne pouvait voir le visage d'Abraham, mais elle devinait son expression désolée. Il dut secouer la tête.

– Je l'ai perdue de vue. Je travaille à la retrouver.

– Si des renseignements parviennent à votre connaissance, murmura le vampire d'une voix douce, il ne faut pas les garder pour vous. Nous détestons les cachotteries. Me fais-je bien comprendre ?

– On ne saurait être plus clair, Votre Excellence.

– À la bonne heure, mon ami. Parce que si j'apprenais d'une façon ou d'une autre que vous m'aviez caché quelque chose au sujet de cette petite, je puis vous assurer que vous le regretteriez amèrement.

L'intéressé acquiesça.

– Bien, reprit le vampire adouci en enfilant son manteau. À présent, permettez-moi de prendre congé. Oh, et j'apprécierais beaucoup que vous me fassiez rencontrer cette Ellen Terry dont tout le monde nous rebat les oreilles. Pensez-vous que cela soit possible ?

– Assurément, Votre Excellence.

Il y eut un bruit de pas, quelques frôlements, et la porte de la loge se referma. Amber sentit son cœur se calmer, mais elle attendit patiemment que le deuxième acte se termine. Enfin, l'orchestre s'arrêta de jouer. Il y avait un entracte ; les spectateurs s'ébrouèrent.

Ankylosée, la jeune fille sortit de sa cachette et lissa les pans de sa robe. Elle n'espérait plus retrouver Abraham ce soir. Entrouvrant la porte, elle jeta un coup d'œil prudent au couloir en arc de cercle. La voie était libre. Elle dévala les marches en hâte.

L'ouvreur discutait avec un homme au bas de l'escalier. Il la suivit des yeux tandis qu'elle poussait la grande porte. Dehors, la neige tombait de nouveau. Holmes lui avait donné un peu d'argent. Elle héla un cab.

– À Saint James's Park, s'il vous plaît.

Le cocher la dévisageait avec circonspection. Elle lui montra ses pièces. Hochant la tête, il descendit pour lui ouvrir. Elle se laissa tomber sur la banquette. Elle était épuisée. « Où en êtes-vous avec elle ? » La voix d'Ézéchiel résonnait encore dans son esprit. Il lui fallait maintenant admettre pourquoi elle avait tant de mal à respirer.

Elle était terrifiée.

Sang-froid

Sherlock Holmes inspecta son pistolet à la lumière d'un bec de gaz. C'était un Derringer .41, modèle de poche utilisé au Far West et cadeau incongru de Watson pour un anniversaire ancien qu'il n'avait jamais cru bon, jusqu'à présent, d'emporter avec lui.

Lentement, il passa son pouce sur le chien. Il avait introduit deux balles d'argent dans le canon – les seules qu'il possédait.

Glissant l'arme dans sa poche, il passa Broad Walk et descendit dans le petit tunnel qui menait à l'entrée du zoo. Il était près de minuit ; une neige furieuse tourbillonnait sur Regent's Park. Le détective referma sur lui les pans de son pardessus puis rajusta sa casquette constellée de flocons en maudissant la tempête : il laissait des empreintes.

Il approchait de l'entrée principale, et son pas se

faisait moins assuré. Étaient-ce les frimas cruels, les nuages harassés sur qui passait un astre jaunâtre? Il commençait à croire que ce rendez-vous était une mauvaise idée.

Levant la tête, il essaya de voir s'il distinguait Luna. Il ne la trouva pas. D'une certaine façon, décida-t-il, c'était bon signe : cela prouvait qu'elle était bien cachée. Se frottant les mains, il reprit son chemin, se demandant s'il en voulait à la jeune fille d'avoir trouvé ce message dans sa poche, ou s'il lui en était reconnaissant.

Quelques heures plus tôt, alors que, rideaux fermés et porte close, les deux petits vampires dormaient à poings fermés dans leur chambre d'hôtel, James et Virgil étaient venus lui rendre visite pour lui parler de la lettre en question. Nous savons tout, avaient-ils déclaré. Sherlock leur avait-il caché délibérément ce message parce qu'il comptait se rendre seul au rendez-vous? Le détective n'avait su que répondre : pour être honnête, il n'avait rien décidé.

– Dans ce cas, avait répondu James, décidons ensemble.

Il avait réfléchi à un plan d'action. Pour commencer, il fallait reprendre les choses dans l'ordre. Selon toute vraisemblance, celui qui avait fixé le rendez-vous n'était pas Moriarty, mais quelqu'un qui le connaissait. Un vampire, sans doute, et du cénacle de Vittorio. Sachant qu'il n'y avait quasi aucune chance pour que Holmes se présente seul de son côté, il allait venir accompagné lui aussi. Pour autant, il était douteux qu'il abatte ses cartes d'entrée – la partie allait être complexe.

La stratégie était la suivante : Holmes s'avancerait en solitaire. À l'extérieur du zoo, Luna serait postée dans un arbre, munie d'une paire de jumelles, pour surveiller les alentours. Virgil se tiendrait non loin de l'entrée, prêt à agir avec deux policiers en appui. Si un seul vampire se montrait, la jeune fille laisserait les choses suivre leur cours, attendu que le détective serait armé, puis les autres interviendraient. Mais si Vittorio et ses acolytes entraient dans son champ de vision, elle donnerait l'alarme par l'intermédiaire d'un pigeon voyageur dûment dressé, et James et Friedrich arriveraient en renfort. L'idée était, dans tous les cas, que le vampire espérant piéger Sherlock le croie seul.

Par ailleurs, James Blackwood connaissait le gardien de nuit du zoo de Regent's Park. Il l'avait soudoyé pour que celui-ci les prévienne de tout mouvement anormal. Ce n'était pas un plan parfait, concédait l'Invisible, mais c'était le meilleur qu'on pouvait imaginer étant donné les circonstances.

– À Dieu vat ! murmura Sherlock pour lui-même lorsque la guérite du gardien fut en vue.

Bras croisés sur sa table, emmitouflé dans deux couvertures de laine, l'homme ronflait paisiblement. La grille était ouverte. Le détective s'avança le plus discrètement possible, et se dirigea vers la grande allée centrale qui longeait la cage aux singes. Ses pas crissaient affreusement. Tels des îlots de pâleur, des lampadaires esseulés surgissaient dans les ténèbres. L'arbre des singes était noir, et difforme. Des rochers se dessinaient dans l'obscurité. Les animaux dormaient.

Le détective contourna un bassin à la surface gelée qui, dans son souvenir, accueillait des flamants roses en temps normal. Puis il passa à proximité de la fosse aux ours – distinguant vaguement, ou croyant distinguer, des formes grises assoupies sur un rocher –, et partit vers l'enclos des lions.

Quelques ongulés curieux le regardèrent s'avancer en mâchonnant des restes d'herbe gelée. Gazelles ? Antilopes ? Il n'avait jamais été très calé en zoologie, et encore moins de nuit, encore moins quand il neigeait. Dans la poche de son manteau, son poing s'était crispé sur la crosse du petit Derringer. Plus loin, des canards dérangés battaient des ailes au-dessus d'un étang.

Du haut de leurs perchoirs, des vautours sondaient la nuit avec avidité. Enfin, le pavillon des reptiles apparut – ombre menaçante au toit de tôle.

Nulle trace de vie aux alentours. Holmes attendit. Quelque part au sommet d'un sapin, Luna devait suivre sa progression. Baissant les yeux, il remarqua des traces de pas dans la neige, seules : son hôte l'avait précédé.

Gorge nouée, il gravit les marches et poussa la porte principale. Comme il s'y était attendu, elle n'était pas verrouillée.

Il fit trois pas dans le hall. Personne ne se montrait, et deux couloirs se présentaient à lui. Celui de droite était condamné : « Travaux », prétendait une pancarte. Seuls quelques terrariums allumés et deux ou trois veilleuses éclairaient les lieux.

Derrière les vitres sales, des formes froides et lascives se devinaient, ondulant le long des branches.

Holmes s'engagea dans le couloir de gauche, qui obliquait légèrement. Tapis sous des lampes à gaz, trois varans immobiles méditaient.

Le détective s'arrêta. Une silhouette se devinait au bout du couloir, comme statufiée. Devant l'immense cage du fond, elle lui tournait le dos, et le détective vit qu'un serpent fin s'était enroulé autour de son épaule.

– Vous êtes venu.

– Vous n'êtes pas Moriarty, fit le détective en sortant son arme.

Le serpent glissait voluptueusement sur la nuque du mystérieux visiteur. La voix était calme, teintée d'ironie.

– Décidément, détective, vous n'avez rien perdu de votre légendaire perspicacité. Je ne suis certes pas Moriarty. Mais je puis vous mener à lui. Dès lors que vous aurez cessé de braquer ce pistolet sur moi.

Sans brusquerie, le vampire se retourna. Son crâne était chauve, son visage glabre, et il était difficile de lui donner un âge. Holmes devina une musculature solide et des réflexes à toute épreuve.

– Dites-moi votre nom.

– Mon nom ne vous apprendra rien. Attendons de faire plus ample connaissance. Voyez si vous pouvez m'accorder votre *confiance*.

Il avait prononcé ce dernier mot avec une sorte de gourmandise perverse. Bientôt, il tendit un bras sur le côté, et le serpent s'enroula autour comme s'il s'agissait d'une banale branche. Holmes demeurait immobile.

– Que proposez-vous ?

– Moriarty ne vous veut aucun mal, déclara le vampire. Il désire seulement que vous nous rejoigniez. Votre présence au sein du cénacle constituerait un atout considérable. Quant à nos ambitions…

– Pourquoi ne s'est-il pas déplacé en personne ?

Holmes avait décidé de gagner du temps. Virgil et les autres devaient arriver d'ici quelques minutes.

– Parce qu'il vous craint, je présume. Parce qu'il hésite désormais à se livrer à vous. Vous l'avez déçu ; c'est votre chance de vous racheter. Tout ce que vous avez à faire, c'est poser votre pistolet à terre.

Le détective cligna des yeux. Le vampire s'avança, main tendue.

– Soyez raisonnable, monsieur Holmes, personne ne tient à ce que le sang, si j'ose dire, soit versé.

Dans le faible tremblotement d'une veilleuse, un rictus éclairait son visage.

Le serpent, lui, était tombé à terre et rampait sur les dalles humides. Le détective eut une hésitation.

– Ne bougez pas.

Il tressaillit, maudissant sa distraction. Un canon s'était enfoncé dans ses reins. Quelqu'un s'était glissé dans son dos.

Une main lui arracha le Derringer et le jeta au sol, hors d'atteinte. Le vampire s'avança et se campa devant lui, lèvres retroussées. Holmes voyait briller les canines proéminentes.

– Très franchement, je m'attendais à mieux de votre part. Corrompre le gardien du zoo, peuh ! Vous imaginiez vraiment que nous n'y avions pas pensé avant ? Et entre nous soit dit, deux livres, quelle rapacité !

Holmes ne répondit pas. Il réfléchissait à toute allure. Vittorio et les siens les avaient pris de vitesse mais il restait Luna. Elle les avait forcément vus arriver. Elle avait forcément donné l'alarme. Pendant un bref instant, il s'efforça de garder son calme en se concentrant sur cette pensée : les Invisibles allaient arriver.

Mais, quand deux bras de fer l'enserrèrent et que jaillirent deux autres paires de canines acérées, un effroi sans nom déferla sur lui, et il ne put que hurler.

Le pigeon voyageur roucoula sans raison. Perchée dans le creux de son arbre, Luna se frictionna machinalement les épaules. Elle songeait à son chat, son chat endormi qui ne se réveillait plus. Sa solitude avait un goût de mort. « Prends garde, se sermonna-t-elle en relevant ses jumelles. Ne sombre pas. »

Minuit avait sonné aux clochers des alentours et Sherlock venait de passer. Pendant quelques minutes, elle suivit sa progression le long des bassins et des enclos. Puis, lorsqu'il arriva devant le pavillon des reptiles, elle reporta sa surveillance sur l'entrée principale du zoo. Et comprit qu'elle avait commis une erreur.

Là, juste devant la casemate : trois silhouettes s'avançaient à pas rapides. Deux d'entre elles étaient des vampires.

Pourquoi le gardien n'avait-il pas donné l'alarme ? Tout à coup, elle le vit se lever et refermer la grille. Alors, en un éclair, elle comprit : cet homme travaillait pour l'ennemi. Les Invisibles avaient été trahis.

Elle tendit la main vers le pigeon pour le chasser. Mais l'oiseau ne comprenait pas, ou ne voulait pas comprendre. Cessant de roucouler, il se contenta de sauter sur un rameau plus élevé. Désemparée, la jeune fille se laissa glisser de branche en branche, puis le long du tronc, et sauta lestement à terre.

À travers les sous-bois, elle se mit à courir vers l'endroit où, elle le savait, Virgil et les autres devaient se trouver encore.

Ses pensées la ramenaient à son père ; son père, abandonné lui aussi, et qui avait toujours fait en sorte qu'elles se sentent en sécurité. Un jour magique de son enfance où il l'avait emmenée dans ce parc, ils avaient marché, main dans la main, pour aller donner du pain aux cygnes. « Je resterai auprès de toi », avait-il murmuré. Mais le vent avait emporté ses promesses. Les larmes lui montèrent aux yeux. Était-ce le vent ? Elle ne parvenait pas à se faire à l'idée qu'elle ne le reverrait plus.

Enfin, le bosquet des Invisibles fut en vue. Elle s'apprêtait à crier mais s'arrêta à temps.

La mort dans l'âme, elle fit quelques pas dans la neige, souleva des branchages et reporta son regard vers la nuit. Elle était seule.

– Ouvrez, pour l'amour du ciel !

Le gardien observa les nouveaux venus avec un sourire sinistre. De l'autre côté de la grille, ils l'imploraient.

– Vous avez été trompé, criait Virgil. Je vous promets que nous ne vous en tiendrons pas rigueur. Mais ouvrez cette grille, maintenant ! L'un de nos hommes est en danger…

– Sherlock Holmes ? répondit le gardien. À l'heure qu'il est, vos amis s'occupent certainement de son cas. Et vous voulez que je vous dise ? C'est tant mieux. Les gens comme lui qui prétendent sauver le monde et restent le cul vissé à leur foutu fauteuil à longueur de journée…

– Ce sont eux qui vous ont dit ça ?

Sans répondre, le gardien regagna sa guérite. Virgil se retourna vers ses hommes de main.

– Il ne nous ouvrira pas. Il faut trouver une autre entrée tout de suite.

– Il y en a une au sud, hasarda l'un des policiers.

Le trio s'apprêtait à faire demi-tour lorsqu'une silhouette menue parut sur le sentier en agitant les bras.

– Attendez !

C'était Luna, bouleversée.

– Je suis désolée, dit-elle à Virgil lorsqu'elle arriva à sa hauteur, rien ne s'est passé comme prévu et…

– Peux-tu nous ouvrir ?

L'homme secouait la grille. Hochant la tête, la cadette des Wilcox saisit deux barreaux dans ses mains. Les policiers s'avancèrent en ouvrant de grands yeux.

– Comment…, commença l'un d'eux.

– Ne vous inquiétez pas, le coupa Virgil en hochant le menton vers la jeune fille, elle n'en aura que pour une seconde.

Ils virent le métal se tordre, et le gardien accourir, puis battre précipitamment en retraite. L'ouverture créée était suffisamment grande pour que Virgil et les siens puissent s'y glisser l'un après l'autre. L'Invisible fermait la marche.

Au pas de course, les trois hommes et la jeune fille s'avancèrent en file indienne sur l'allée principale. La neige, qui continuait de tomber, laissait voir les empreintes de ceux qui les avaient précédés.

– Tu vas retourner chercher les autres, souffla Virgil en la rejoignant : James, Friedrich, le gros des troupes. Ils sont à Saint John's Lodge, près du lac. Tu sauras ?

La jeune fille acquiesça. Virgil rejoignit les autres, qui couraient déjà vers le pavillon des reptiles.

Une détonation résonna dans la nuit. Les policiers se figèrent.

– Réveillez-vous, les exhorta Virgil.

Restée seule, la cadette des Wilcox hésita un instant, puis se lança à son tour.

Holmes reculait, tenant les deux vampires en joue : il avait tiré encore, et touché la seconde créature – celle qui l'avait ceinturé, et avait voulu le mordre.

Le jeune Bendford se tenait à ses côtés. À présent, ils se trouvaient dans le couloir de droite et toute issue était coupée. Quant au pistolet, il était vide.

– Je présume, marmonna le détective, que tu n'es pas armé ?

L'interpellé secoua la tête. Tout s'était passé si vite ! Depuis la nuit mémorable où il était entré au service de la richissime lignée de Park Crescent, il s'était toujours efforcé de fermer les yeux sur les pratiques plus que singulières de ses semblables. En cette seconde tragique, toutefois, c'était comme s'il venait de recouvrer la vue.

Tentant le tout pour le tout, le détective avait pivoté pour se défaire de son agresseur d'un coup de coude avant de rouler au sol, le souffle court. Resté dans l'ombre, William avait croisé son regard. C'est alors, seulement, qu'il l'avait reconnu. Sherlock

Holmes! Le très fameux et très estimé Sherlock Holmes, l'ancien collègue de régiment de son père, l'homme qui avait joué du violon devant sa chambre au matin de son dixième anniversaire – il s'en souvenait comme si c'était hier! Dieu, qu'avait-il fait?

– Le pistolet, William!

En une seconde, il avait retrouvé ses esprits. Avant que le vampire ne trouve le temps de réagir, il avait shooté dans le Derringer, tel ce joueur du Royal Arsenal Football Club qu'il avait vu à l'œuvre pour la première fois de sa vie quelques semaines auparavant. Holmes avait repris son arme et tiré aussitôt, touchant le premier vampire, celui au crâne rasé. Les balles d'argent étaient les seules susceptibles de blesser les non-morts et, bien que l'ennemi n'eût été atteint que superficiellement, l'effet de surprise avait permis au détective de prendre la fuite dans l'autre couloir en compagnie de son jeune sauveur.

– Traître! avait gémi le blessé en montrant celui-ci du doigt, traître, tu vas regretter cette forfaiture!

Et à présent, effectivement, William Bendford regrettait. Car l'issue du combat ne faisait aucun doute. Les vampires étaient blessés, mais ils tenaient encore debout. Et, cette fois, ils étaient fous de rage.

– Horace!

La voix avait résonné à l'autre bout du couloir. Arme levée, Virgil Kurstanov s'avançait, les policiers sur ses talons.

– Oh, fit le vampire chauve en se retournant, main

crispée sur son épaule ensanglantée, vous voici enfin : nous commencions à trouver le temps long.

Puis, à son congénère :

– Si ton père et les autres étaient venus comme je l'avais demandé…

– Plus un geste ! tonna Virgil. Mains sur la tête.

Le dénommé Horace esquissa un sourire.

– Que vas-tu faire ? Nous abattre ?

À peine avait-il prononcé ces mots qu'il bondit sur le côté, droit sur une vitre, la faisant voler en éclats.

Surpris, l'Invisible tira au hasard. Mais c'était trop tard. Fracassant la cloison en bois du terrarium dans lequel il s'était rétabli, le vampire disparut de l'autre côté, cependant qu'un énorme python réticulé, dérangé par cette intrusion soudaine, déroulait cérémonieusement ses anneaux. Un nouveau bruit de verre brisé se fit entendre.

– Rattrapez-le !

L'un des policiers s'était déjà élancé. L'autre tira sur le vampire restant, qui contempla le trou formé dans sa poitrine et éclata subitement de rire.

– Des balles d'argent ! s'écria Virgil en désignant l'ennemi, je vous avais dit de charger vos armes avec des balles d'argent !

Enjambant un couple de cobras, Horace déboucha sur la deuxième galerie au même moment que le policier.

Celui-ci tira. La balle manqua sa cible, et le vampire courut vers la sortie. Sa vitesse était surnaturelle.

Son congénère, de son côté, avait bondi sur Virgil. L'ayant renversé au sol, il s'apprêtait à lacérer la gorge de sa victime à coups de griffes. Le premier policier vida son arme sur lui sans autre effet que de décupler sa rage. Mais son acolyte, qui avait laissé filer Horace, ne tarda pas à lui prêter main-forte.

Le dos lacéré, la créature émit une sorte de mugissement puis bondit vers le treillis grillagé qui barrait l'accès à la sortie. Holmes n'eut d'autre choix que de s'écarter. Il roula à terre, cependant que le vampire déchirait le barrage en mugissant. Le second policier tira encore, mais en vain. L'instant d'après, la créature disparaissait de l'autre côté dans un sillage de débris sanglants.

Restée sur le perron, Luna vit d'abord surgir Horace. Elle n'avait pas pris le temps de neutraliser son aura. Le Drakul, qui s'apprêtait déjà à quitter les lieux, fit mine de revenir sur ses pas.

– Qui es-tu ?

De son regard perçant, il sondait son âme. Terrorisée, la jeune fille fit un pas en arrière et se heurta au second vampire, qui sortait à son tour. Des doigts griffus se refermèrent sur son poignet. Elle se libéra vivement, crachant comme un chat.

– Luna ! Baisse-toi !

Des coups de feu retentirent à nouveau. La cadette des Wilcox se jeta au sol et du sang éclaboussa la neige. Relevant la tête, elle eut le temps de voir les deux vampires bondir dans les fourrés.

Pour finir, Virgil et le policier cessèrent de tirer. L'Invisible haletait, furieux.

– Nous les tenions ! Ah, que je sois damné !

Il lui fallut quelques secondes pour reprendre ses esprits et se souvenir de la présence de la jeune fille.

– Luna, par tous les dieux ! Pourquoi n'es-tu pas partie chercher les autres comme je te l'avais demandé ?

La cadette renifla, hébétée.

– Je ne sais pas, reconnut-elle. Je crois que je ne voulais pas vous laisser... avec eux, ajouta-t-elle en indiquant les sous-bois où les vampires s'étaient enfoncés.

L'expression de l'homme s'adoucit. Sherlock Holmes parut à son retour. Par miracle, il n'était pas sérieusement blessé, juste une éraflure sur l'avant-bras – une strie rougeâtre qu'il inspectait, manche retroussée, en soufflant des nuages de vapeur.

– Sherlock !

Luna l'avait vu descendre l'escalier. Elle se précipita sur lui, et il n'eut que le temps d'écarter les bras.

– Oh, geignit la jeune fille en le serrant de toutes ses forces, j'avais si peur qu'il vous arrive quelque chose à cause de moi !

L'homme lui caressa les cheveux d'un geste plein de tendresse.

– Il en faut plus pour abattre un vieux briscard de mon acabit, chuchota-t-il en jetant un œil à William Bendford qui, vacillant, venait de les rejoindre.

Et puis, je savais que tu me surveillais de près. J'avais confiance.

Émue, Luna l'étreignit plus fort encore.

– Allons, trésor, soupira le détective.

Il avait les larmes aux yeux.

Une perte cruelle

Agenouillée sur le parquet, la cadette des Wilcox enfouit son visage dans la fourrure du chaton, étendu sur son lit en une posture de parfait abandon. Deux nuits maintenant, et l'animal était toujours plongé dans un profond sommeil.

– Luna ?

La jeune fille releva la tête.

– Ne pleure pas, fit Amber. Il respire – c'est ce qui compte, non ?

– Je ne sais pas, dit sa sœur en détournant le regard. J'en ai assez d'attendre et d'espérer. Si jamais il devait…

Elle renifla, incapable de terminer sa phrase.

– *Toc toc.*

Elles se retournèrent. Bras bandé, Sherlock Holmes se tenait dans l'embrasure de la porte, sa pipe coincée entre ses lèvres.

– Je ne voulais pas vous déranger. Mais je viens d'avoir Virgil au téléphone. Il nous attend à Holland Park.

Amber hocha le menton vers son bandage.

– Et votre blessure ?

– Le risque d'infection n'est pas complètement écarté. C'est parfois le problème avec les griffes des… enfin.

La jeune fille se releva et lui sourit.

– Nous arrivons, dit-elle.

Interloqué, le détective la laissa refermer la porte sur lui.

Une heure plus tard, Luna s'asseyait à la grande table où Sherlock et les Invisibles étaient déjà en train de parlementer. Elle venait d'avaler son bol de sang réglementaire, mais les événements de la veille l'avaient épuisée. Et elle n'était pas la seule. Sous les prunelles brillantes de Virgil, des cernes noirâtres s'étaient creusés.

– Le marquis de Salisbury veut nous voir, annonça-t-il en étouffant un bâillement une fois que la cadette des Wilcox eut pris ses aises.

– Vous voulez dire…

– Le Premier Ministre en personne, oui. Celui qui tient les cordons de la bourse. Il est tenu au courant de la plupart de nos faits et gestes, et je pense que le moment est venu de confronter nos points de vue.

– Ce qui s'est passé hier, poursuivit James Blackwood, démontre si besoin était que le combat contre les Drakul est entré dans une phase décisive. Sans le revirement soudain de William Bendford, que nous avons mis à l'abri, et sans, peut-être, la négligence coupable de Vittorio, l'épisode de Regent's Park aurait pu connaître une fin autrement tragique. Nous sommes engagés dans une guerre à mort, c'est un fait. Et nous manquons cruellement de moyens.

– Où est passée Amber ? intervint Friedrich, qui sirotait une tasse de thé.

Tous les regards se tournèrent vers Luna.

– La dernière fois que je l'ai vue, répondit la jeune fille, elle se trouvait dans sa chambre. Elle m'a affirmé qu'elle allait descendre. Je pensais qu'elle était déjà avec vous.

James Blackwood se leva pour inspecter le vestibule, puis revint s'asseoir en soupirant.

– Son manteau a disparu, elle est sortie. Au nom du ciel, je peux comprendre sa soif de liberté, lâcha-t-il. Mais ses absences répétées nous mettent tous en danger. Que fait-elle ? Que cherche-t-elle ?

Luna baissa la tête.

– Elle ne me raconte pas tout.

Debout devant la commode Empire du salon, Amber retournait entre ses doigts la statuette de terre cuite. Il devait s'agir, décida-t-elle, de quelque antique déesse égyptienne, semblable à celles hantant ces vieux ouvrages de mythologie que son père affectionnait tant. Reposant le bibelot sur son socle, elle se tourna vers le bureau couvert de livres et de paperasses. Un presse-papiers en bronze, figurant un navire de la marine anglaise, était posé sur une liasse de feuilles grises. Elle tira le fauteuil et s'assit, puis entreprit d'ouvrir tous les tiroirs. Ils étaient emplis de documents administratifs et de vieux journaux auxquels elle ne comprenait rien.

Se relevant, elle s'approcha de la grande bibliothèque dressée contre le mur du fond. Les dos des volumes portaient des titres mystérieux : *Communication avec l'au-delà*; *De l'esprit et de ses manifestations*; *Minutes de la Sainte Société Rose + Croix de Vienne*; *Les Secrets du voyage astral*. L'un après l'autre, elle sortait chacun de ces livres et les feuilletait hâtivement. Elle cherchait quelque chose, mais ne savait pas quoi.

Une photographie sous verre attira son attention. C'était une fillette, âgée de cinq ou six ans, et adressant à l'appareil un regard mélancolique. Elle retourna le cadre. *Avril 1885 – avec les compliments de Lewis Carroll*. Elle plongea son regard dans celui de la petite fille et cligna des yeux.

Reposant le cadre sur son étagère, elle se rassit et rouvrit les tiroirs, gorge serrée. Tous les journaux étaient datés de la même période : septembre 1886. Et elle se souvenait d'avoir vu ce visage à la fin de l'un d'eux. Tournant frénétiquement les pages, elle s'arrêta soudain. Voilà, c'était ici. À la page « disparitions ».

UNE PERTE CRUELLE

Notre estimé collaborateur, le journaliste et écrivain Abraham Stoker, ainsi que son épouse, l'actrice Florence Balcombe, ont récemment eu l'immense douleur de perdre la petite Sarah Frances, décédée de consomption, et qui était leur fille unique.

Sarah Frances venait de fêter ses sept ans ; elle avait notamment été immortalisée par le célèbre Lewis Carroll dans une série de portraits photographiques exposés à la National Portrait Gallery. Toute l'équipe du Daily Mirror *tient à présenter à la famille Stoker l'expression de ses plus sincères condoléances.*

Amber referma le journal et le rangea à sa place. D'autres documents, contenus dans des pochettes cartonnées, et auxquels elle avait à peine prêté attention tout à l'heure, prenaient désormais tout leur sens.

Un acte de décès. Un constat de divorce. Quelques missives amères. Toute une vie bouleversée.

La jeune fille releva la tête. Des pas résonnaient au-dehors, et ce qu'elle redoutait arriva soudain : une clé dans la serrure.

Affolée, elle remit les documents en place à la va-vite et balaya la pièce du regard à la recherche d'une cachette. Elle la cherchait encore lorsque la porte s'ouvrit et que le maître des lieux s'essuya les pieds. Alors, doucement, elle se rassit dans les ténèbres.

– Toi !

Abraham Stoker venait d'allumer une lampe.

– Bonsoir, dit Amber.

– Je me suis fait un sang d'encre, commença le journaliste, avant de se rembrunir. Que fais-tu chez moi ?

– Je sais tout, monsieur Stoker.

– Tout ?

En bras de chemise, il passa une main dans ses cheveux mouillés.

– Je suis venue au Lyceum hier soir.

– Et ?

Elle sourit faiblement.

– Je ne suis pas allée dans la loge que vous m'aviez réservée.

– Je ne comprends pas, répondit Abraham.

– J'étais dans la vôtre.

Cette fois, ce fut au tour de l'homme de sourire : une grimace incrédule.

– Que...

– Je vous ai vu parler avec ce... Enfin, vous savez qui. Alors, j'ai pris peur et j'ai choisi une porte au hasard. C'est tombé sur la mauvaise. Je me suis cachée sous la banquette.

– Impossible..., murmura le journaliste en se tenant au chambranle.

– Pourtant, je peux vous répéter tout ce qu'il vous

a dit, et tout ce que vous lui avez répondu. Votre Excellence, hein ? Vous vouliez me livrer à lui.

— Non !

L'homme avait crié malgré lui. Apeurée, Amber se leva de sa chaise. Abraham agitait une main vers elle.

— Tu te trompes ! Ce n'est pas ce que tu crois. Jamais je ne te ferais de mal.

Elle le fixait, soupçonneuse.

— Mais vous travaillez pour lui, n'est-ce pas ? Ézéchiel. Qui est-il ? Et quel est cet ordre auquel vous appartenez ?

Il s'avança.

— Tu n'as rien à craindre de moi, lâcha-t-il d'une voix blanche. Vois ! Je ne suis pas armé, et je ne possède pas tes pouvoirs.

— Restez où vous êtes.

L'homme obéit à contrecœur.

— J'appartiens à une société secrète, soupira-t-il. Rien ne me force à te dire cela mais c'est la vérité, et je ne veux plus de mensonges entre nous. Cette société se nomme la Golden Dawn et elle est dirigée par des hommes très puissants qui ont pactisé avec certains membres du clan des Drakul. D'après ce que j'ai compris, mes supérieurs veulent aider ces vampires à renverser le comte Dracula. C'est tout ce que je sais.

La jeune fille déglutit.

— Pourquoi ?

— Comment cela, pourquoi ?

– Pourquoi travaillez-vous pour ces gens ? Vous n'êtes pas comme eux, je le sais. De même que je ne suis pas comme les autres vampires.

Les épaules du journaliste s'affaissèrent ; son regard s'emplit de tristesse.

– Ces gens, comme tu dis, possèdent les meilleures entrées au sein de la haute société londonienne. Après mon... Après mon divorce, je me sentais horriblement seul, et parfaitement inutile. La Golden Dawn m'a donné un but.

– Et maintenant, répliqua la jeune fille, vous allez faire livrer un élixir au Royal Hospital pour aider Jack l'Éventreur à commettre d'autres crimes...

Stoker devint livide.

– Tu as mal compris, fillette.

– Je ne crois pas.

– Tu as mal compris, et si tu parles de ceci à quiconque, je...

– Quoi ? Vous me tuerez ?

Elle le défiait du regard. Ses mâchoires tremblaient.

– À mon tour de vous apprendre quelque chose, monsieur Stoker. Je travaille pour les Invisibles – les ennemis des Drakul, et du crime en général. Ce secret auquel vous tenez tant, je leur ai déjà révélé.

– Tu as...

Le journaliste chancela. Amber s'avança, bouleversée. Pourquoi ce mensonge ? Les mots lui avaient échappé, mais c'était plus fort qu'elle, elle voulait sauver cet homme.

– Rejoignez-nous.

Sonné, il releva la tête.

– Qu'est-ce que tu dis ?

– Rejoignez les Invisibles. Votre aide pourrait leur être tellement précieuse. Vous n'êtes pas né pour faire le mal, monsieur Stoker. Vous n'avez rallié le mauvais camp que pour oublier votre malheur.

L'homme écoutait, hébété. Contournant le bureau, elle marcha vers lui et prit ses mains dans les siennes. Il se laissa faire.

– J'ai perdu mon père, chuchota-t-elle. Et vous avez perdu votre fille, alors…

Il se détacha vivement, comme si elle lui avait fait mal. Ses yeux brillaient de colère. Il pointa un doigt accusateur.

– Tu ne sais rien, rien ! De quel droit t'immisces-tu dans ma vie ? Tu ne remplaceras pas Sarah, tu m'entends ?

– Mais…

– À présent, grogna-t-il, tu vas sortir de cette maison, disparaître de ma vie. Tu vas oublier cette histoire d'hôpital et de fiole, et tu vas dire à ceux qui t'envoient que tu t'es trompée, que tu as mal entendu. Par égard pour ce que nous avons vécu, je ne laisserai rien savoir de toi à mes supérieurs. Mais nous ne devons plus jamais nous revoir, jamais !

Il avait craché ce dernier mot.

Les larmes aux yeux, l'aînée des Wilcox voulut avancer encore.

– Ne m'approche pas ! (Il secouait la tête, battant en retraite vers le vestibule.) Quitte cette maison, maintenant !

– Vous pouvez changer, répliqua Amber, très calme. Il n'est pas trop tard. Sarah aurait détesté vous voir rejoindre ces monstres.

Au comble de la fureur, le journaliste allait répondre. Un coup de sonnette le coupa dans son élan. L'homme et la jeune fille tournèrent la tête vers l'entrée.

– Ce sont eux, murmura Stoker. S'ils te trouvent ici, ils te tueront, et moi avec. Je ne t'ai pas livrée à eux, souviens-toi de cela. Maintenant, va-t'en, fit-il en la précédant dans l'étroit corridor qui longeait l'escalier et menait côté jardin. Va-t'en, et oublie-moi.

Il ouvrit la petite porte. Le vent d'hiver leur coupa le souffle.

– Réfléchissez, insista la jeune fille.

Il la poussa vivement au-dehors et referma derrière elle. Hésitante, figée au cœur des bourrasques, elle resta un moment devant la porte. Quelqu'un était entré dans la maison et parlait avec Stoker. Elle n'avait plus envie de savoir qui c'était.

Engourdie, désemparée, elle descendit dans le jardin. Ses pas laissaient des traces profondes, mais elle s'en moquait.

Bientôt, la neige recouvrirait tout.

Sous les aiguilles du temps

Mi, do, ré, sol. Sol, ré, mi, do. Au seizième coup de carillon, et tandis que le Premier Ministre soudain tiré de sa torpeur s'efforçait maladroitement de battre la mesure de la mélodie la plus célèbre du monde, Luna crut que son cœur allait exploser : les tintements étaient si puissants qu'ils étaient sur le point, lui sembla-t-il, de fissurer les murs. Pour annoncer les onze heures, la grosse cloche – lourde de seize tonnes, disait-on – se mit à son tour à voler. Mains sur les oreilles, la jeune fille observa les Invisibles : ils attendaient tranquillement que le vacarme prenne fin.

– Parfait, annonça lord Salisbury en fourrageant dans sa barbe épaisse lorsque le silence revint. La réunion peut commencer.

Luna jeta un coup d'œil à sa sœur, renfrognée sur sa chaise. Toutes deux avaient pris place à une extrémité de la table. De l'autre côté se tenait Holmes. Dos à l'horloge et à la ville, le Premier Ministre et un petit personnage moustachu, qui n'était autre que le chef de Scotland Yard, faisaient face à Virgil, James et Friedrich.

Peu après dix heures, les sœurs Wilcox et le détective avaient rejoint James et les autres au pied de la tour surplombant le Parlement. Ils avaient ensuite gravi les trois cent trente-quatre marches menant à la salle de réunion secrète située derrière l'une des faces en verre de l'horloge. Étroite et rectangulaire, celle-ci était meublée de fauteuils confortables, d'une table de salon, d'un bureau, d'un sofa et d'un solide poêle à charbon.

L'horloge elle-même était une merveille illuminée de plus de vingt pieds de diamètre, veillant sur la cité.

Le Premier Ministre posa les mains sur la table. Bien entendu, expliqua-t-il, cet entretien était strictement confidentiel.

– Je me suis laissé dire, poursuivit-il après qu'un domestique, qui avait déposé un plateau de thé et de sandwichs au concombre, se fut éclipsé, que vous aviez des ennuis. Comment se porte Elizabeth ?

James porta une tasse de thé à ses lèvres.

– Toujours endormie. Nul ne sait si elle se réveillera un jour. Il y a dix ans, nous étions huit. Il y a vingt ans, nous étions dix-neuf. Aujourd'hui, nous ne sommes plus que trois, tandis que nos ennemis prospèrent. Les vampires sont capables de se reproduire et d'essaimer sans mal – la présence de ces jeunes filles en témoigne, ajouta-t-il en désignant Luna et Amber, même si nous ne sommes toujours pas parvenus à faire la lumière sur leur « naissance » – quand il nous faut des années, des décennies, pour former un magicien digne de ce nom. Dracula et les siens connaissent nos difficultés. Ils pensent avoir tué Elizabeth. Ils ont tenté de gagner M. Holmes à leur cause. De toute évidence, ils espèrent nous porter prochainement le coup fatal.

Le Premier Ministre leva un sourcil.

– Qu'attendez-vous de moi ?

– Nous voulons travailler en collaboration plus étroite avec Scotland Yard, répondit James en se tournant vers le chef de l'institution. Monsieur Monro, j'ai la plus grande admiration pour vos états de service mais, sauf votre respect, la plupart de vos hommes ne sont pas formés pour la guerre qui les attend – pas plus que les soldats de l'armée impériale censés défendre nos usines d'eth'r, si j'en crois un récent rapport. Avant-hier encore à Regent's Park, l'un d'eux a tenté de tirer sur un vampire avec des balles en acier traditionnel, ce qui, nous le savons, ne peut que…

– Blackwood !

Le Premier Ministre avait tapé du poing sur la table. L'intéressé n'osait reprendre. Son interlocuteur fulminait.

– Vous ne semblez pas réaliser le privilège que la Couronne vous octroie, mon cher. Vous possédez vos propres quartiers généraux et nous entretenons vos forces spéciales, qui n'ont à répondre de leurs agissements que devant Sa Majesté. Vous échappez à tout contrôle, vous agissez à votre guise depuis des siècles et à présent, non content de quémander notre aide, vous voudriez nous expliquer comment nous devons faire notre travail ? Il me semble que c'est pousser le bouchon un peu loin. J'étais venu ici dans l'espoir que vous nous exposeriez des objectifs concrets, et que…

– Mais laissez-nous-en le temps, morbleu !

Friedrich était sur le point de se lever. Son ami l'apaisa d'un geste.

– Dois-je vous rappeler, reprit-il à l'attention du Premier Ministre, à combien de reprises nos forces spéciales, comme vous dites, ont permis à ce pays d'éviter la catastrophe ?

– J'ai donné ma vie pour les Invisibles ! renchérit Virgil. Voulez-vous savoir combien d'amis j'ai vus tomber depuis 1847 ? Voulez-vous le savoir ?

– Messieurs !

Le dénommé Monro écarta les mains pour ramener le calme. Peine perdue, le Premier Ministre déclamait *crescendo* une série de chiffres extravagants qui, pour ce qu'en comprenaient les sœurs Wilcox, devait correspondre aux dépenses des Invisibles le long des cinq années écoulées, tandis que Virgil, poings serrés, rappelait le nom des nombreux magiciens morts au combat et que Friedrich, muet de fureur, farfouillait dans sa sacoche. James, lui, continuait de débiter mécaniquement ses leçons d'histoire.

– Je sais qui est Jack l'Éventreur.

Amber avait prononcé cette phrase d'une voix si calme que les protagonistes ne lui prêtèrent tout d'abord aucune attention. Seuls Sherlock Holmes, impassible depuis le début de la réunion, et Luna, qui lui jetait fréquemment des regards anxieux, parurent prendre ses paroles au sérieux.

– Je sais qui est Jack l'Éventreur, répéta la jeune fille d'une voix plus ferme.

Cette fois, tout le monde fit silence. Sortant un mouchoir de son veston, le Premier Ministre tamponna son front luisant de sueur.

– Tu es Luna, c'est ça ?
– Amber.
– Amber, très bien. Ai-je bien entendu ce que tu viens de dire ?
– Je sais qui est Jack l'Éventreur, répéta la jeune fille pour la troisième fois avec un soupçon d'impatience. C'est un vampire qui s'appelle Ambrose et qui habite le Royal Hospital de Chelsea. Certains Drakul sont au courant, mais pas tous, car Ambrose est capable de dissimuler son aura grâce à une potion que lui fournissent des chimistes de la Golden Dawn. C'est pourquoi, je suppose, ni Luna ni moi ne l'avons jamais vu.

Le sourire que s'était composé lord Salisbury s'effaça rapidement de son visage.

– Qui t'a raconté tout cela, ma jolie ?

– Personne. Je l'ai entendu au Lyceum avant-hier soir, cachée sous la banquette d'une loge privée. Je peux vous montrer où, si vous voulez.

James Blackwood se racla la gorge.

– J'imagine, Amber, que le moment est venu de nous faire partager ton histoire dans sa version intégrale.

La jeune fille hésita, puis croisa le regard de Sherlock Holmes, qui l'encouragea d'un clin d'œil. Sous la table, elle serrait la main de sa sœur.

– Je dois remonter au premier soir, commença-t-elle : celui où nous sommes sorties du cimetière. Luna et moi avons rencontré un homme étrange. Son nom n'a pas la moindre importance.

Les autres ne disaient rien. Elle poursuivit.

– J'ai revu cet homme, bien sûr. Je l'ai revu comme on retrouve un complice secret, un amoureux qu'on est seule à connaître.

Captivés, James, le ministre et les autres l'écoutaient sans broncher. Pendant une vingtaine de minutes, ils ne firent que cela – bouches closes, gestes suspendus – et le carillon de la tour fut le seul à interrompre la jeune fille.

Elle leur raconta Hyde Park. Elle leur raconta la petite fée verte et les Nosferatu, elle leur raconta la représentation de *Macbeth* et la dispute finale dans la maison d'Abraham – tout en se gardant de prononcer le nom de ce dernier ou de divulguer le moindre indice pouvant mener à son identification.

Lorsqu'elle eut terminé, il était onze heures trente et ce fut finalement Monro, le chef de Scotland Yard, qui se décida à rompre le silence :

– Mon enfant, si ce que tu dis est vrai, et le ciel nous protège, tu as rendu à cette ville le plus précieux des services.

Amber inclina la tête, comme on considère une flatterie imméritée. Tout le monde se mit à parler en même temps.

L'ennemi inconnu

Ce devait être le mercredi le plus froid de l'année. Figées dans le ciel vierge de nuages, les étoiles engourdies n'osaient même plus scintiller ; elles ressemblaient à des décorations de pacotille, clouées au hasard par un vieil homme négligent.

Les six fiacres s'arrêtèrent sur les quais de Chelsea et leurs occupants descendirent, chuchotant dans les ténèbres.

Il était convenu que les cochers attendraient ici : c'était le point de rendez-vous, au cas où quelque chose ne se passerait pas comme prévu.

Amber jeta un coup d'œil aux alentours. D'antiques demeures aux fenêtres muettes toisaient la Tamise.

– En avant ! souffla Blackwood.

Les trois Invisibles ouvraient la marche. Les sœurs

Wilcox leur emboîtèrent le pas. Derrière eux, une vingtaine de policiers avançaient en colonnes parallèles.

– Tu es sûre que ça va ?

Amber hocha la tête avec lassitude. Sa sœur se faisait du souci pour elle, elle le savait : loin de rehausser son prestige à ses yeux, ses récentes révélations semblaient l'avoir plongée dans l'angoisse. La faute, sans doute, à ce principe de franchise qu'elle s'était promis de respecter à la lettre et qu'elle avait une fois encore bafoué. « Si seulement Luna pouvait comprendre que je veux la protéger », songea-t-elle. Dans le même temps, elle repensait à tout ce qui s'était passé depuis qu'elle avait parlé aux Invisibles et à lord Salisbury.

La réunion de la tour de l'Horloge s'était poursuivie jusqu'à des heures indues. Au terme d'épuisantes tractations, le commissaire Monro avait téléphoné à son bureau pour demander la mise en service immédiate d'une équipe d'intervention. Cette fois, on avait veillé à ce que les pistolets soient bien chargés de balles d'argent.

Un plan global avait été ratifié : seize policiers seraient placés par paires aux sorties de l'hôpital pour bloquer toute tentative de fuite. Les Invisibles s'infiltreraient dans les locaux pour appréhender le suspect, et les sœurs Wilcox les accompagneraient. C'était un risque important, mais tout le monde s'accordait à reconnaître que les aptitudes des jeunes filles pouvaient se révéler précieuses. Nul ne connaissait en effet la puissance exacte du vampire. Holmes ne viendrait pas, sa blessure l'avait trop affaibli. Mais deux hommes d'expérience accompagneraient la troupe, chargés de veiller en permanence sur les deux sœurs : le lieutenant Solomon Wade, un jeune tireur hors pair, et le colonel Robert Anderson, qui travaillait sur le dossier Jack l'Éventreur depuis les premiers développements de l'affaire.

La hiérarchie de l'établissement ne serait pas prévenue de l'intrusion. Pour ce que l'on en savait, il n'était pas impossible qu'elle soit directement impliquée. L'effet de surprise était recherché avant tout.

– Nous y voilà.

Le petit groupe se tenait maintenant le long d'une ruelle bordant College Court. Comme il avait été décidé de pénétrer dans l'établissement via les jardins jouxtant Light Horse Court, la troupe poursuivit son chemin jusqu'à Royal Hospital Road et se dirigea vers l'ouest, abandonnant deux détachements en route.

– N'ayez aucune inquiétude, murmura le lieutenant Wade en se portant à la hauteur des jeunes sœurs. Il ne vous arrivera rien.

L'homme était grand, et secouait sans cesse son ample chevelure blonde. Il posa sa main sur l'épaule de Luna. On racontait qu'il avait tué un tigre, un jour, au Bengale, d'une balle entre les deux yeux.

– Ton aînée me paraît bien songeuse.

Luna ne répondit pas. Amber cheminait à l'écart en effet, perdue dans ses pensées. Une heure plus tôt, elle avait fait porter un message à Abraham. Il ne s'agissait pas d'une lettre d'excuses. Plutôt d'un pari. Non, lui disait-elle en substance, elle ne pouvait laisser cet infâme meurtrier en liberté. Elle partait ce soir pour l'hôpital, il n'y avait rien à ajouter. S'il désirait prévenir ses supérieurs, Abraham pouvait le faire, en son âme et conscience, et tous deux devinaient aisément les conséquences probables de cet acte. S'il s'abstenait, au contraire, la jeune fille le considérerait comme son allié. Car alors, et de façon irréversible, il aurait trahi les siens.

– Amber ?

Luna tira son aînée par le poignet. Le lieutenant Wade avait rejoint ses hommes pour distribuer les dernières consignes avant qu'ils ne disparaissent dans la nuit. À présent, un poison insidieux circulait dans les veines de la cadette, et ce poison ressemblait furieusement à la peur. Les crimes de Jack l'Éventreur étaient connus de tout l'Empire. Il égorgeait ses victimes puis les dépeçait et retirait leurs organes internes : viscères, reins, utérus. Parfois, il les disposait autour d'elles comme des trophées. En d'autres occasions, il les emportait – Dieu seul savait où, et à quelles fins.

Dix minutes plus tard, ce qui restait des détachements fit halte le long de Franklin's Row devant les jardins de l'hôpital. La grille était fermée par une chaîne à cadenas. L'un des policiers (il en restait quatre, sans compter les deux chefs) possédait un passe-partout. L'introduisant dans la serrure, il commença à travailler. Trente secondes plus tard, il se redressa sans un mot et renfila ses gants : le mécanisme avait cédé.

L'un après l'autre, les visiteurs s'introduisirent dans le parc enténébré. Une fois le dernier entré, James rassembla les policiers.

— Vous, chuchota-t-il à l'adresse des deux paires restantes, rejoignez vos postes d'observation. Et n'hésitez pas à tirer pour donner l'alerte si vous avez été repérés. Au premier coup de feu, tout le monde converge, compris ?

Les hommes hochèrent la tête et s'éparpillèrent sans tarder. Le chef des Invisibles contempla le reste de ses troupes. Des haleines glacées s'échappaient.

— À partir de l'instant où nous aurons quitté ce parc, déclara Blackwood en vérifiant son arme, je ne veux plus entendre un mot, nous pénétrons en territoire ennemi. Chacun, je l'espère, se souvient du trajet que nous avons étudié. Interdiction de rompre les rangs.

Il fit un pas en avant, et se retourna.

— Dernière chose : selon toute vraisemblance, notre adversaire ne sera pas identifiable, même par nos deux jeunes amies (il désigna les sœurs Wilcox). Mais si c'est bien un vampire, il vit la nuit, et il sera certainement pris de panique en nous voyant. Avec un peu de chance, nous saurons vite à quoi il ressemble.

— Y a-t-il une chance, je veux dire, un risque qu'il

s'attende à notre visite ? demanda le colonel Anderson en caressant ses favoris. Connaissons-nous ses appuis ?

— Nous avons déjà abordé ce point, répondit James, les yeux brillants. *A priori*, il ne sait rien. Mais on n'est jamais trop prudent.

Au loin se découpait la masse austère de l'hôpital, ses hauts murs de brique, la flèche altière de la chapelle.

La petite troupe se remit en branle. Amber et Luna allaient côte à côte, et l'aînée sentait à son tour une boule d'angoisse grossir au fond de sa gorge. Peut-être Abraham Stoker l'avait-il prise au mot et avait-il choisi d'avertir les siens. Peut-être Jack les observait-il, en ce moment précis – guettant l'occasion de fondre sur eux pour les réduire en charpie. Peut-être avait-elle mené tous ces gens à la catastrophe.

Le sentier qui menait à Light Horse Court serpentait au milieu d'un savant désordre de buissons givrés et d'arbustes saisis. Des ajoncs le bordaient, surveillant de minuscules étangs aux surfaces de métal. Quelques mélèzes blanchis aux ramures féeriques laissaient tomber de menus paquets de neige à chaque frisson de brise. On passa un pont de bois moussu, et Amber s'arrêta pour sonder la pénombre. Là-bas, sous les branchages : elle avait vu quelque chose.

Le lieutenant Wade passa devant elle.

— Un problème ?

Elle secoua la tête. Ce qu'elle avait aperçu était

une créature brunâtre, à peine plus haute qu'un enfant mais dotée de bras immenses, démesurés, et nimbée d'un halo verdâtre qui s'échappait de ses lèvres à chaque expiration. Manifestement, elle était la seule à l'avoir remarquée. Sans un mot, elle disparut à couvert.

La file indienne s'étirait sur le chemin, l'horizon s'éclaircissait. Les mélèzes refluaient dans la nuit comme une mer. Une fois encore, James Blackwood se retourna vers les autres et pointa une porte du doigt, à laquelle menait une volée de marches. Le lieutenant Wade s'avança, rejetant en arrière son épaisse chevelure blonde. C'était à lui que le serrurier avait remis le passe. Courbé sur le perron, il s'activa avec minutie.

Luna tourna la tête. Son sang ne fit qu'un tour. Amber avait disparu. Elle se glissa auprès de Virgil.

– Où est ma sœur ?

L'homme pivota et secoua la tête, incrédule. Un nuage égaré venait de passer devant la lune et les sous-bois étaient impénétrables.

– Voilà !

Le lieutenant s'était relevé. Main sur la poignée, il s'apprêtait à ouvrir.

– Attendez, chuchota Virgil, nous avons perdu Amber.

– Quoi ?

James redescendit, furieux. Il saisit Luna par le bras.

– Qu'est-ce que ça signifie ?

– Je ne sais pas, gémit la cadette à voix basse, elle ne m'a rien dit, elle était là il y a une minute !

– Bon.

Le chef des Invisibles serrait les dents.

– Elle ne peut pas être entrée. Elle doit être restée quelque part dans le parc, non ?

Personne ne lui répondit.

– Colonel Anderson ? Cela vous ennuierait-il de rester ici à la chercher ? Nous ne pouvons nous permettre d'attendre.

Le vieil homme se fendit d'un salut militaire.

– Je vais la trouver, dit-il. Et nous vous rejoindrons.

Ils traversaient la chambre du Conseil, à présent, une merveille de boiseries et de lourdes tentures, ornée de tableaux aux cadres d'or, au milieu de laquelle s'étendait une immense table de banquet. Face à une cheminée de marbre blanc, deux chandeliers faisaient office de sentinelles. James et les siens avançaient prudemment ; chacun de leur pas faisait grincer le parquet d'horrible façon. Enfin, soulagés, ils s'engagèrent dans un long couloir dallé de mosaïques blanc et noir qui donnait sur le jardin intérieur. Deux ormes solitaires veillaient sur la pelouse immaculée où se reflétaient les feux de lointains becs de gaz.

Un escalier se présenta. Il menait aux salles d'étude et à la bibliothèque. Les visiteurs, qui avaient longuement examiné les plans de l'hôpital, se séparèrent en deux groupes. Virgil et Friedrich passèrent la chapelle, descendirent vers le porche octogonal et remontèrent vers le vaste réfectoire décoré de lampes vertes et de toiles champêtres où le couvert, mystérieusement, avait déjà été mis. Ne notant rien d'anormal, ils rebroussèrent chemin et rejoignirent les autres, s'engageant à leurs côtés vers l'étage supérieur. Les salles d'étude, amples et silencieuses, étaient recouvertes de tapis moelleux ; de nombreux fauteuils frangés y étaient disposés, qui côtoyaient des tables circulaires en bois de rose et des serviteurs à pieds galbés. Des bibliothèques aux flancs noircis, décorés de cuivre, montaient jusqu'aux moulures des plafonds.

James et les autres traversèrent une enfilade de boudoirs puis bifurquèrent vers les dortoirs et leurs cabines boisées devant lesquelles un supposé veilleur de nuit, en uniforme royal et aussi vieux, sans doute, que la plupart des pensionnaires, s'était endormi sur sa table.

Butant contre une chaise, le lieutenant Wade jura dans les ténèbres, et tout le monde se figea. Un grognement s'éleva de l'une des cabines cloisonnées, suivi de borborygmes ensommeillés. Mais bientôt, on n'entendit plus que le ronronnement d'un poêle en fonte, et le groupe reprit sa progression.

Quelques portes furent ouvertes puis le couloir bifurqua et un nouvel escalier apparut – étroit, et en colimaçon. D'après les souvenirs de James, il menait au rez-de-chaussée puis au sous-sol, et offrait un accès rapide aux salles de chirurgie. Juste en face, cependant, se trouvait la guérite d'un autre veilleur. Virgil et le lieutenant Wade descendirent en reconnaissance : il y avait bien un homme, qui faisait les cent pas dans le hall. Avec un geste pour son comparse, Wade se glissa le long du mur. Le veilleur se retourna. Du tranchant de la main, l'intrus le frappa à la glotte et n'eut que le temps de le prendre dans ses bras avant de le déposer délicatement à terre. D'un geste, Virgil invita les autres à descendre. Une clé pendait au trousseau du veilleur, qui ouvrait la porte du sous-sol.

Les cinq hommes et Luna s'engagèrent dans l'escalier aux marches de métal. Arrivés en bas, ils s'arrêtèrent ; ils venaient de déboucher dans une salle au plafond voûté, meublée de deux tables en bois le long desquelles était disposé un impressionnant attirail de pinces et de scalpels. Sur des étagères murales, des pots d'herboriste côtoyaient des bocaux de formol où flottaient des formes jaunâtres. La lumière provenait des bougies fixées sur des chandeliers de fer forgé qui achevaient de conférer à l'endroit un air lugubre. James Blackwood passa son index sur la première table. Le ménage avait été fait. Dans la salle suivante, plus petite et de forme octogonale, une table inclinée garnie de sangles en cuir se reflétait dans un haut miroir en pied. Sur un plateau en fer-blanc, une scie circulaire avait été disposée, ainsi qu'un échantillonnage d'aiguilles et de pinces. Des flacons d'antiseptiques divers étaient entreposés sur d'autres étagères. Luna ouvrit une armoire, et dut retenir un cri. Une dizaine de masques de cuir étaient rangés à l'intérieur, ainsi que des fouets à lanières cloutées.

Rejoignant la jeune fille, James referma sans bruit. Puis il alluma une lanterne et se dirigea vers une porte en fer. Un couloir s'élançait, souillé de gravats. Des cages inoccupées le flanquaient. Les visiteurs, qui avaient passé quelques minutes à inspecter les armoires et les étagères des deux pièces de chirurgie, s'y enfoncèrent lentement. L'endroit semblait appartenir à un conte gothique, rédigé dans la honte et la fièvre.

Des portes métalliques se succédaient sur le mur de gauche. Certaines étaient solidement verrouillées, mais l'on pouvait voir à l'intérieur grâce à des trappes d'observation grillagées. Toutes les cellules étaient inoccupées, sauf une. Dans cette dernière, une forme grisâtre gisait, recroquevillée au pied d'un mur. Morte ? Collé à la trappe, James s'évertuait à l'appeler, par des chuchotements légers.

– Hé. Hé !

– Que faites-vous ?

Tout le monde releva la tête. Absorbés par leurs recherches, pénétrés d'une sombre angoisse, les visiteurs en avaient oublié où ils se trouvaient.

Une silhouette se dessinait dans l'encadrement de la porte, sur le seuil de la deuxième salle. Elle leva une lanterne.

– Jésus…

C'était un homme à la voix douce, qui ne devait pas avoir plus de trente ans et paraissait sincèrement inquiet. De ses grands yeux écarquillés, il fixait James et les siens. Sa barbe impeccablement taillée, son front haut, sa chemise blanche et son gilet d'où dépassait la chaîne argentée d'une montre à gousset, son allure soignée (à l'exception d'une fine cicatrice à la joue gauche, son visage offrait une apparence parfaitement bienveillante) évoquaient un médecin, ou un chirurgien. Il fit un pas en avant. Le lieutenant Wade porta la main à son holster.

– Nous travaillons pour la Couronne, fit James. Voici le lieutenant Wade, de la police métropolitaine. Et mes assistants, Friedrich von Erstein et…

– Que cherchez-vous ? Au regard de la loi, vous êtes coupables d'infraction.

James et Virgil échangèrent un coup d'œil.

– Comme je vous le disais, nous agissons pour le compte du gouvernement de Sa Majesté. Nous détenons les autorisations réglementaires et…

– Montrez-les-moi.

Avec un soupir, James tira de sa poche l'enveloppe où était consigné son ordre de mission. S'avançant vers le médecin, il la lui tendit. L'homme consulta l'ordre brièvement, avant de le lui rendre.

– Je m'appelle John Traven, déclara-t-il. Je suis médecin de garde dans cet hôpital. J'aimerais que vous m'expliquiez les véritables raisons de votre présence.

– Y a-t-il des gens dans ces cellules ? demanda Friedrich en désignant le couloir.

– Pas que je sache. Cette partie est plus ou moins condamnée.

– Nous avons vu quelqu'un.

– Cela ne répond pas à ma question, répliqua le médecin. Cinq hommes et une fillette au milieu de la nuit… J'ai trouvé un veilleur assommé. Je suppose que vous n'y êtes pas étrangers. Je suis navré, fit-il en reculant, mais gouvernement ou pas, je vais être forcé de donner l'alerte.

– Attendez !

James Blackwood se passa une main sur le visage.

– Nous… Nous cherchons un homme.

– Un homme ?

– Qui aurait trouvé refuge ici. Dans cette enceinte. À votre insu.

Luna plissa le front. Elle n'aimait pas ce médecin. Aucune aura ne l'entourait mais… Le dénommé Traven croisa son regard. Une ombre de sourire passa sur sa figure.

– Lorsque quelqu'un s'introduit dans nos murs, nous ne tardons généralement pas à l'apprendre.

– N'avez-vous rien noté d'anormal ? reprit Virgil. Dans le comportement de vos pensionnaires, ou de vos collègues ? Des activités nocturnes ?

– Non.

– Qui travaille ici ?

Le lieutenant Wade faisait allusion aux salles de chirurgie.

– Tout le monde, répondit le médecin. Je veux dire, moi et mes trois collègues.

– Avez-vous déjà ouvert l'une de ces armoires ? poursuivit Wade. Avez-vous déjà examiné leur contenu ?

– Je ne comprends pas votre question.

– C'est pourtant clair. Je vous demandais si vous...

Le lieutenant s'arrêta, portant une main à son front. Une soudaine chaleur était montée à sa tête. Il regarda ses pieds : ils grandissaient – ils grandissaient à vue d'œil. Chancelant, il essaya de se redresser. Les murs, autour de lui, ondulaient.

– Monsieur ? Monsieur, vous allez bien ?

Sans émettre de réponse, le lieutenant Wade s'affala d'un bloc, privé de connaissance. John Traven se précipita pour lui prendre le pouls. Virgil s'avança.

– Je ne sens rien, commença l'homme en relevant la tête pour le fixer dans le blanc des yeux, aucun pouls.

– Je... Arrêtez ça..., commença Virgil.

À son tour, il sentit une vague brûlante envahir son esprit. Rassemblant ses dernières forces, il se retourna vers les siens avec une mimique de détresse.

– C'est un vampire ! s'exclama Luna.

Électrisés, James et Friedrich battirent en retraite. Tendant les deux bras, une paume vers le ciel, l'autre main serrée, le chef des Invisibles laissa descendre en lui l'énergie de l'eth'r. Mais le médecin réagit avec une rapidité foudroyante. Avant que le sort de défense eût commencé à produire ses effets, il lui sauta à la gorge, toutes griffes dehors. Renversé par le choc, James tomba en arrière. Traven l'assomma d'un coup de poing et lui frappa le crâne contre le sol avant de se retourner en sifflant.

Friedrich avait tiré, deux fois. La première balle s'était fichée dans son épaule. L'autre avait ricoché sur le mur.

Vif comme l'éclair, Traven abandonna James et plaqua son adversaire contre une porte pour l'hypnotiser à son tour. Friedrich ferma les yeux et enfonça son poing dans l'abdomen de son agresseur. Ce dernier riposta par un uppercut deux fois plus puissant, qui envoya l'Invisible à terre, le visage en sang. Puis, avec une expression d'absolue férocité, il pivota vers Luna.

– À nous deux.

Il se lança à la poursuite de la jeune fille. Tétanisée, cette dernière ne parvint qu'à reculer vers les salles de chirurgie. Agrippant ses épaules, Traven darda sur elle son regard de braise et elle sentit ses forces l'abandonner.

Brusquement, alors qu'elle allait perdre conscience, le médecin perdit l'équilibre. Luna vit son visage se déformer. Une force invisible avait bondi sur lui. Lançant son poing au hasard, Traven ne parvint pas à lui faire lâcher prise.

La cadette des Wilcox dansait d'un pied sur l'autre. Avant qu'elle ait trouvé quoi faire, le médecin brandit un scalpel et en donna un coup dans le vide. Le visage de Friedrich réapparut alors, suivi du reste de son corps. La lame avait cisaillé sa gorge. Les doigts serrés sur la blessure, le petit homme tituba.

– Cours !

Puis il repartit à l'attaque.

Horrifiée, Luna pivota sur elle-même et s'élança vers les salles de chirurgie. La peur lui donnait des ailes. Les échos de la bataille qui se livrait dans son dos ne tardèrent pas à s'évanouir. Elle remonta l'escalier quatre à quatre et s'élança dans le couloir. Seul un œil parfaitement exercé aurait pu la voir passer. Filant comme une flèche, elle sortit dans la cour et se dirigea vers les jardins.

En plein cœur

Amber soutenait le colonel. La main crispée sur le ventre, l'homme posa sur elle un regard désolé.

– Laisse-moi.

– Pas question, murmura la jeune fille.

Elle le traîna à l'écart, l'adossa à un tronc d'arbre et se posta derrière un bosquet. Les créatures étaient toujours là : maigres et cendreuses, elles claudiquaient, scrutant la nuit de leurs immenses yeux jaunâtres.

Des goules, devina l'aînée des Wilcox. Elle se rappelait les gravures dans son livre : des serviteurs humains auxquels on avait injecté du sang de vampire et qu'on avait plongés dans un état de manque irréparable ; jamais rassasiées, ces choses devenaient très vite entièrement dévouées à leurs maîtres.

L'une d'elles tourna la tête ; Amber se baissa. Là-bas, recroquevillé devant un buisson, gisait le corps du faune qui avait essayé de la mettre en garde.

Elle revoyait la scène. Comment elle avait suivi la créature dans les sous-bois, près du ruisseau gelé. Comment la créature s'était assise sur une pierre et avait commencé à s'exprimer par gestes.

Elle avait éprouvé toutes les peines du monde à comprendre où elle voulait en venir. Durant les longues minutes qu'avait duré son singulier manège, elle s'était même surprise à se demander si elle n'était pas en train de rêver. Mais elle ne gardait aucun souvenir de ses rêves, s'était-elle raisonnée. Et, petit à petit, elle avait fini par déchiffrer la gestuelle. Il y avait, dans la façon dont la créature formait des figures dans l'air glacé, quelque chose qui parlait directement à son âme.

C'est ton ami qui m'envoie.

La jeune fille avait cligné des yeux.

Ton ami qui raconte des histoires dans le parc.

Abraham!

Tu dois te méfier, et tes amis aussi. Le vampire se trouve ici, dans les souterrains. Il est très intelligent. En apparence, c'est un médecin. Mais il porte une cicatrice à la joue. Et ses serviteurs rôdent partout ; ils ne tarderont pas à approcher s'ils entendent des bruits suspects. Préviens les autres.

Combien de temps avait duré leur échange? Elle n'aurait su le dire. Mais tout avait été très vite ensuite, trop vite pour qu'elle ait le temps de prévenir qui que ce soit.

La voix du colonel avait retenti. Étranglée.

Il était resté pour la chercher, elle le savait : elle l'avait aperçu à deux ou trois reprises, elle l'avait entendu l'appeler, soigneusement tapie derrière les bosquets, et elle avait dû rassurer le faune pour qu'il ne s'échappe pas. « Il n'est pas méchant », avait-elle murmuré, désignant le vieil homme.

Il était resté pour la chercher et, l'instant d'après, l'ennemi avait jailli, et il avait dû livrer le combat du désespoir contre ces choses hideuses et décharnées. Bien vite, elles lui avaient arraché son pistolet et avaient refermé leur cercle sur lui, toutes griffes dehors, dévoilant des rangées de crocs acérés.

Amber avait surgi. Les créatures s'étaient retournées vers elle et elle avait tenté de saisir le pistolet tombé sur la neige – en vain. Les monstres, alors, avaient délaissé leur victime pour se diriger vers elle. Dans leurs yeux, la jeune fille avait lu la folie et la rage. Pourrait-elle les hypnotiser, comme elle l'avait fait avec les Nosferatu ?

Elle était sur le point d'essayer lorsque le faune avait bondi à son tour, renversant la première créature dans la neige.

Il fallait en profiter, et sans délai. Le colonel l'avait compris : il s'était relevé tant bien que mal et avait suivi Amber dans les sous-bois avant de s'effondrer, ivre de douleur. Trop de sang perdu. La jeune fille avait tenté de le soulager en étalant de la neige sur la plaie, tandis que le faune, peu à peu et inexorablement, succombait sous les assauts des monstres.

Le vieil homme s'était accroché à elle ; elle avait susurré des mots :

— Ne bougez pas. Vous allez vous en sortir.

Les vertus du mensonge lui devenaient familières.

James et Virgil ouvrirent les yeux au même moment. Ils étaient couchés sur un sol crasseux, seulement éclairé par une lucarne hors de portée. Assis dans un coin, adossé à un mur, Friedrich avait plaqué contre sa gorge une compresse de fortune, qu'il s'était confectionnée en déchirant sa chemise.

Le lieutenant Wade, lui, était debout, et frappait des deux poings contre la porte de métal. Les quatre hommes étaient enfermés dans l'une des cellules.

— Où est Luna ? demanda James en se massant les tempes.

— Votre Luna n'ira pas loin, répondit une voix de l'autre côté. Elle est trop faible, et trop effrayée. Mes goules la trouveront. Elles la cherchent, à l'heure où nous parlons.

— Qui êtes-vous ? Que voulez-vous ?

Un œil les observait, par la trappe entrouverte.

— Qui je suis ? Allons, je suppose que vous n'êtes pas sérieux. Les miens m'appelaient Ambrose. Mais vous me connaissez, je l'espère, sous un autre qualificatif.

— Jack...

— En personne, ricana la voix. Et pour répondre à

votre question, je ne veux rien. C'est ce qui fait ma force. C'est ce qui fait que nul ne m'arrêtera.

– Vous êtes…

– Un monstre ? Certes. Mais pas plus que vous, qui avez renié votre nature pour embrasser le statut abâtardi de magicien de la Couronne. Et pas plus que cette fillette, dont vous avez fait votre servante malgré elle.

– Pourquoi… Pourquoi tuer ainsi ? demanda le lieutenant Wade.

– Laissez, fit Virgil en se remettant péniblement debout, vous ne voyez pas qu'il est fou ?

Derrière la porte, le vampire s'esclaffa.

– Pourquoi tuer ? demandez-vous. Il faudrait poser la question à Kaïne, le créateur de ce que nous sommes. Ou à Dieu Lui-même, si c'est bien Lui qui a pourvu les hommes de désir. Allons, ne prenez pas ces airs offusqués, vous savez comme moi qu'il n'est plus grande délectation au monde que d'ôter la vie.

– Laissez-nous partir, lâcha James. Nous pouvons vous aider.

– Laissez-nous partir, répéta le vampire, rêveur. Évidemment, c'est une solution.

– Nous saurions vous soigner.

– Me soigner ?

Son visage apparut contre la grille.

– Mais je ne suis pas malade, quand le comprendrez-vous ? Vous êtes tous les mêmes – à vouloir pour vos semblables ce que vous supposez être le bien, fût-ce contre leur gré, parce que vous avez, vous, tourné le dos à l'existence. Demandez donc au comte pourquoi il m'a choisi !

– Le comte ? répéta le lieutenant Wade.

– Dracula, fit Virgil d'une voix sombre. Mais si ce dément croit que Dracula est son suzerain…

– Il m'a promis ! cracha le vampire en frappant la grille. Il doit me choisir, moi, entre tous les autres. Il dit que je suis le plus féroce. Le plus intelligemment féroce. Oh, bien sûr, il s'est égaré, pour les yeux de cette… de cette…

Les prisonniers attendaient, stupéfaits. Leur geôlier enrageait.

– Mais peu importe, lâcha-t-il. Il sait, maintenant. Il comprend de quoi je suis capable. Il reviendra. Il abandonnera cette femme et…

– Laissez-nous partir, murmura encore James Blackwood. Vos actes vous échappent, Ambrose, vous…

– Ambrose est mort !

Il avait hurlé ; il avait hurlé si fort que les prisonniers avaient tous sursauté, même Friedrich, qui s'enfonçait peu à peu dans l'inconscience.

– Ambrose est mort, reprit le vampire. C'est Jack aux commandes, désormais, et vous allez savoir ce qu'il en coûte de se placer sur son chemin.

Il s'écarta de la grille et disparut.

– Où est-il allé ? demanda Virgil d'une voix blanche.

La réponse ne tarda pas à leur parvenir. Ce fut

d'abord un sifflement léger qui arrivait d'en haut, par un fin conduit métallique en forme de gouttière dont aucun d'eux n'avait jusqu'alors noté la présence.

Puis le sifflement se transforma en souffle. Et un gaz verdâtre, à l'odeur suffocante, commença à envahir la pièce.

– Dichlore ! clama le vampire, qui était revenu à leur porte. Savez-vous comme il est aisé d'obtenir ce gaz ? $2Na^+ + 2Cl^- + 2H_2O$ devient $2NaOH + Cl_2 + H_2$. Respirez, messieurs ! Respirez à pleins poumons.

Affolé, le lieutenant Wade fit volte-face.

– Aidez-moi ! Quelqu'un ! Il faut boucher ce tuyau, il faut…

Il s'arrêta.

Là-haut, à l'autre extrémité : un second tuyau crachait son nuage mortel. Toussotant, sa manche de chemise protégeant son nez, James lui fit signe de s'aplatir au sol.

– Et votre magie ! implora le jeune homme, décomposé, ne pouvez-vous utiliser votre magie ?

– Nous sommes… trop faibles, articula Virgil, les yeux larmoyants. Essayez d'économiser votre souffle. Si jamais…

– Ha, ha, oui, exactement ! s'esclaffait le vampire derrière la porte, oui, économisez votre souffle, ne parlez plus, gravez mon visage et mes paroles dans votre esprit et emportez-les en enfer, ha, ha, ha !

Il referma la trappe d'un coup. Tout de suite après,

on entendit un bruit sourd : le corps de Friedrich avait basculé.

James se tourna vers Virgil.

– Cette fois, mon vieil ami, j'ignore si…

– Unissons nos forces.

– Aaaaaah.

Ils se retournèrent. Accroupi dans un coin, les yeux emplis de larmes, le lieutenant Wade tremblait de tous ses membres.

– Si nous avons une chance de lancer un dernier sort, reprit Virgil, si nous pouvons… essayer de remplacer l'air vicié… de cette pièce par… par de l'oxygène, eh bien…

Il s'interrompit, plié en deux par une quinte de toux. Quand il releva les yeux, James Blackwood était en train de vomir.

– James, fit-il en lui caressant le dos, James…

Le corps de Luna reposait entre ses pieds. Il l'avait retrouvée, errant dans les couloirs aux côtés du premier veilleur encore étourdi de sommeil.

– Cette petite demande de l'aide et…

– Laissez, l'avait-il interrompu, c'est une patiente.

La jeune fille s'était mise à piailler.

– Une folle, avait précisé le médecin en l'entraînant au loin. Elle s'est échappée.

Il l'avait traînée dans la chapelle. Elle avait tenté de résister, mais la force du Drakul était extraordinaire, même pour un vampire, et elle avait été incapable de se libérer. Refermant la lourde porte derrière eux, il l'avait ensuite plaquée au sol et, à califourchon sur elle, avait plongé ses yeux dans les siens.

– Tu vas t'endormir, mon amour. Tu vas t'endormir et je te dépècerai puis je disposerai tes charmants viscères en collier autour de ton cou. Nous ferons des photographies, veux-tu ?

Elle battit des paupières et ses doigts cherchèrent le papillon d'argent épinglé à sa veste. Surprenant son geste, le vampire le lui arracha des mains, et le fourra dans la poche de sa chemise. Puis il éclata de rire et raffermit sa prise.

Une lame de désespoir déferla sur Luna. Déjà, le sommeil s'emparait d'elle. C'était une sensation si horrible qu'elle ne parvenait plus à avoir peur. Elle voulait se laisser sombrer, comme on s'abandonne à un cauchemar dans l'espoir de se réveiller.

Elle était déjà endormie quand un coup de feu retentit dans le parc. Relevant la tête, le vampire abandonna sa victime et rejoignit la fenêtre la plus proche.

On se battait sur la pelouse. Pistolet en main, une seconde jeune fille tenait les goules en respect. Un vampire, elle aussi. Avec un rictus de contrariété, Jack descendit les marches en rajustant son gilet et en époussetant son col. Sa chemise était légèrement tachée de sang. Quelle importance ?

Amber avait abattu deux des quatre créatures mais son chargeur était vide à présent, et les deux dernières goules s'apprêtaient à bondir.

Manquant trébucher, elle jeta un œil par-dessus son épaule. Avec un peu de chance, elle pouvait leur échapper. Mais cela signifiait renoncer. Cela signifiait abandonner les autres.

Elle fit un autre pas en arrière. Tout de suite après, l'une des goules sursauta. Du sang avait giclé. La créature battit des bras puis s'affaissa avec un horrible gargouillis : un coup de feu l'avait touchée à la tête. Sa congénère se retourna. L'aînée des Wilcox vit un homme descendre les marches, pistolet en main.

Sans hésiter, il fit feu sur la seconde créature, qui le considéra une seconde avec incrédulité avant de tomber à genoux. Une troisième balle la coucha à terre. Aux fenêtres de l'hôpital, des visages apparaissaient : des vieillards en robe de chambre qui discutaient avec animation en montrant la pelouse.

– Doux Jésus. Est-ce que tout va bien ?

Le nouveau venu avait rangé son pistolet. Amber lui jeta à peine un coup d'œil.

– J'ai… J'ai un ami qui est…

Elle tordit le cou vers les sous-bois, là où se trouvait le colonel. Les larmes lui montèrent aux yeux. La tension se relâchait.

– Je ne sais… même pas s'il est encore en vie, hoqueta-t-elle. Et il y en a d'autres, à l'intérieur… ils cherchent…

– Calme-toi, fit l'homme en la prenant par les épaules. Ne t'inquiète de rien. Je suis le médecin de garde.

Restés aux étages, les pensionnaires regardaient les cadavres des goules sans paraître comprendre. L'homme leva la tête et leur adressa un signe rassurant.

– Allons, messieurs, retournez vous coucher ! Nous allons faire le nécessaire !

Il entraîna Amber vers les bosquets.

– Où est ton ami ?

– Il…

Elle se tut soudain. Elle venait de remarquer la cicatrice sur sa joue.

Elle secoua la tête.

– Je ne sais plus où il est, soupira-t-elle.

Elle essaya de lui sourire. Un massif épineux les cachait maintenant à la vue des pensionnaires. Il la regarda dans le blanc des yeux. Son pouvoir, son terrible pouvoir se mettait en action.

– Je… Je sais qui vous êtes, murmura l'aînée des Wilcox.

– Ah oui ?

– Vous… ne pourrez… pas…

Elle résistait, de toutes ses forces ; elle n'avait plus que cette arme à lui opposer : sa volonté. Il la relâcha soudain, et se massa les tempes en clignant des paupières. Puis il la fixa de nouveau, avec une intensité accrue.

– Nous allons nous y prendre autrement, chuchota-t-il.

– Docteur Traven ?

Le vampire ressortit à découvert. Deux hommes descendaient les marches. Il leur adressa un salut puis attrapa Amber par le bras.

– Viens avec moi.

Ils marchaient tous deux à la rencontre des nouveaux venus.

– Tes amis se trouvent dans une salle secrète, quelque part au sous-sol de cet hôpital, lâcha le vampire sans la regarder. Si tu dis un mot, si tu tentes quoi que ce soit, ils mourront. J'ai donné des ordres.

Amber se laissa entraîner. Les deux hommes les rejoignirent. L'un d'eux ôta son lorgnon.

– Au nom du ciel, docteur, que se passe-t-il ici ?

– C'est une longue histoire.

Son collègue, un grand jeune homme sec affligé d'une calvitie précoce, baissa les yeux sur la jeune fille.

– À qui avons-nous l'honneur ?

– Un vampire, dit Jack avec un sourire tout en se plaçant du côté des deux hommes. Une adorable petite suceuse de sang.

Amber cligna des yeux. Une silhouette était apparue dans l'embrasure de la porte.

– Je... Je ne me sens pas très bien..., fit-elle en portant une main à sa tête.

L'homme au crâne chauve allait se baisser pour

l'aider. D'un geste fulgurant, elle l'écarta et bondit sur Jack, roulant au sol avec lui.

Une forme jaillit. Un éclair.

Luna !

Quelque chose s'enfonça dans le dos de Jack avec un bruit spongieux. Le vampire hurla de douleur. Se retournant sur lui-même, il repoussa la cadette d'un coup de pied surpuissant, qui l'envoya s'écraser contre la porte.

Après quoi, haletant, il entreprit d'arracher le pieu métallique fiché entre ses omoplates.

Les deux médecins encerclaient Amber pour la maîtriser. Pressé d'en finir, Jack retomba sur elle. Il crachait du sang. Raflant le pieu à ses côtés, la jeune fille en assena un coup au second médecin. L'instant d'après, Jack lui décochait un uppercut. Des mains se refermèrent sur son cou. Elle étouffa, se débattit tant bien que mal.

Le pieu gisait sur une marche.

– Aidez-moi ! cria Jack aux deux autres, elle est possédée !

Abasourdis, les médecins fixaient le dos de leur collègue, où s'élargissait une tache sanglante. Ils ne virent pas Luna se traîner à quatre pattes derrière eux et ramasser le pieu. Rassemblant ses dernières forces, la jeune fille se releva.

– Que…

– Amber !

L'aînée des Wilcox expira et un voile noir s'abattit

sur sa conscience. Dans un brouillard, elle distingua le visage de sa sœur. Un coup de pied frappa Jack en plein visage. Le vampire retomba, mais se redressa dans le même mouvement.

– Tu vas mourir, cracha-t-il.

Fou de rage, il se jeta sur Luna. Elle n'eut que le temps de lui présenter le pieu. Le saisissant des deux mains, à quelques pouces de sa poitrine, le vampire l'arrêta net. Un sourire démoniaque éclaira sa face.

– Presque.

Puis il écarquilla les yeux, et un flot de sang jaillit de sa bouche. Amber, qui s'était relevée, s'était jetée sur lui. Son poids l'avait poussé sur la pointe de métal.

Lentement, le vampire tomba à genoux. Les deux sœurs s'écartèrent. Horrifiés, les deux médecins cherchaient un moyen de venir en aide à leur collègue. Mais il n'y en avait pas : Jack l'Éventreur agonisait.

Le pieu avait transpercé son cœur.

– Où sont James et les autres ?

Luna tirait sa sœur par la main dans les couloirs de l'hôpital. Un vieil homme en uniforme voulut leur barrer la route. Elles l'écartèrent sans peine. Dans leur sillage, le couloir retentissait de cris perçants.

La cadette connaissait le chemin par cœur. Elle dévala les marches de l'escalier si vite que l'autre eut du mal à la suivre.

Les jeunes filles débouchèrent dans la première salle de chirurgie et se précipitèrent vers le couloir.

– James ! Friedrich !

Un silence de mort leur répondit. Elles commencèrent à ouvrir toutes les portes – ou les trappes, lorsque les portes étaient verrouillées.

– Luna…

L'aînée avait découvert la prison des Invisibles. Quatre corps inanimés gisaient au sol. Et le verrou tenait bon.

Les deux sœurs échangèrent un bref regard et se jetèrent sur la porte, qui céda dans un froissement de tôle.

Une odeur étouffante les saisit à la gorge. Toussant et pleurant, elles tirèrent les corps inertes de leur prison et les traînèrent à l'écart.

Penchée sur la poitrine de James Blackwood, Luna tendit l'oreille. Puis releva la tête, bouleversée.

– Je ne sais pas…, bredouilla-t-elle. Je ne sais vraiment pas.

Amber se mordit la lèvre. Penchée sur le visage du lieutenant Wade, elle lui ferma les paupières du plat de la main.

Une Autre nuit

– Je préfère rester encore un peu.

Amber avait posé la main de Friedrich von Erstein dans la sienne. Le médecin consulta son dossier.

– Comme vous voudrez. Mais nous allons bientôt transférer tout le monde au Royal London Hospital de Whitechapel.

D'un claquement de doigts, il héla deux infirmiers qui vinrent soulever le brancard. Tel un oiseau abandonné, la main de l'homme échappa aux doigts de la jeune fille.

– Attendez !

Le médecin se figea.

– Est-ce qu'ils vont… Est-ce qu'ils vont s'en tirer ?

L'interpellé se pinça l'arête du nez. Trois autres brancards avaient été installés dans la chapelle – une véritable infirmerie de campagne. Pour le lieutenant

Wade, hélas, il n'y avait plus rien à faire. Les autres étaient en vie. Mal en point, mais en vie.

– Le colonel se trouve dans un état très grave, reconnut le médecin en suivant son personnel, la jeune fille sur ses talons. En ce qui concerne vos trois amis…

Il s'assura que personne ne les écoutait.

– Vous n'êtes pas sans savoir que ces hommes disposent d'une constitution particulière. Leurs cas intéresseraient sans doute grandement la médecine, si la médecine était autorisée à les étudier. Que vous dire ? Leurs poumons ont été brûlés par le chlore ; des individus normaux seraient morts à leur place. Leurs tissus possèdent des propriétés de régénération tout à fait étonnantes. Alors… Oui, ils vont s'en tirer. Du moins les deux premiers. Pour celui-ci…

– Friedrich.

– Pour Friedrich, reprit l'homme qui s'était accroupi devant le brancard, le pronostic est plus réservé. À cause de cette blessure à la gorge qui menace de s'infecter.

L'aînée des Wilcox soupira. Comprenant qu'il n'y avait plus rien à faire pour l'instant, elle retourna vers la chapelle, où les policiers s'affairaient.

Elle se gratta la nuque. Après les coups de feu qu'elle avait tirés, les forces de Scotland Yard avaient mis beaucoup de temps à réagir. Trop, estimait-elle. Ils avaient tergiversé, croyant tout d'abord que les détonations venaient d'ailleurs. Puis ils avaient gagné une cour intérieure, avant de se rendre compte de leur méprise. Elle et sa sœur auraient été tuées si elles ne s'étaient pas défendues toutes seules.

– Mademoiselle ?

Un des policiers s'était posté devant elle.

– Ma sœur est repartie, n'est-ce pas ?

– C'est exact. Deux de nos hommes l'ont raccompagnée à Holland Park.

– Bien.

Elle s'appuya au mur et se frotta les yeux.

– Je crois que vous feriez bien de rentrer aussi, mademoiselle.

Amber tourna son regard vers le fond de la chapelle. Médecins et infirmiers s'activaient autour des corps inanimés de James et de Virgil.

– Ils font tout ce qu'il est possible de faire, dit encore le policier.

La jeune fille esquissa un sourire. D'une certaine façon, c'étaient les vestiges de leur nature vampirique qui avaient sauvé les Invisibles. Le médecin l'avait bien souligné : des hommes normaux auraient perdu la vie. Elle soupira :

– Un autre fiacre est-il prévu ?

– Nous pouvons en demander un.

– Ce serait très aimable.

Le policier hocha la tête et tourna les talons, abandonnant la jeune fille au silence. Des dizaines de cierges avaient été allumés dans les hauteurs. Sur le plafond blanc de la chapelle, leurs flammèches projetaient des ombres démesurées. Plus loin, au fond, une fresque céleste décorait la voûte bombée.

Longtemps, l'aînée des Wilcox demeura immobile, à regarder s'agiter les anges.

Luna était hagarde. Elle réagit à peine lorsque sa portière s'ouvrit et que le cocher lui tendit la main.

– S'il vous plaît.

Avec circonspection, elle posa un pied sur le trottoir crissant de neige. Il y avait de la lumière derrière les fenêtres de la maison de Holland Park. La porte s'ouvrit. Sherlock Holmes descendit en caressant son bandage.

Le cocher échangea quelques mots avec le détective puis, ayant terminé, remonta à son poste. L'attelage s'ébranla et le fiacre repartit vers la ville.

Le détective prit la main de la jeune fille dans la sienne et ils remontèrent vers le porche.

– Dieu, fit enfin Holmes, quelle attente ! Et quelle nuit ! Une minute de plus, et mon cœur s'arrêtait de battre. Je n'aurais jamais dû vous laisser partir sans moi.

– Nous n'étions pas seules, marmonna Luna.

– Oh si, vous l'étiez !

Il la fit entrer dans le vestibule et lui ôta délicatement son manteau. Elle portait des éraflures au visage, et le bas de sa robe, déchiré, était maculé de boue et de neige fondue. Ouvrant son poing fermé, elle lui montra le papillon d'argent qu'un policier lui avait rendu.

– Laisse-moi deviner, fit le détective en attachant la broche au revers de sa veste, ça n'a pas fonctionné ?

Elle ne répondit pas. Il la conduisit au salon, la fit asseoir dans un fauteuil capitonné et lui tira ses bottines.

Elle poussa un énorme soupir.

– Nous avons gagné, dit-elle.

Le détective releva la tête. Puis il se mit debout.

– Gagné ?

– Nous avons trouvé Jack. Nous l'avons tué.

L'homme tira une chaise, et s'installa en face d'elle, bras croisés.

– Nous, poursuivit Luna, ma sœur et moi.

Elle lui résuma ce qui s'était passé en quelques mots. Le détective la considérait avec une fierté grandissante.

– Je ne sais pas quoi dire, fit-il quand elle eut terminé.

– Vous n'êtes pas obligé de parler. Peut-être, lâcha-t-elle en guise de conclusion, étions-nous les seules à pouvoir nous mesurer à lui. Peut-être étions-nous destinées à l'affronter. Pour racheter... ce que nous sommes.

Il se pencha pour lui tapoter gentiment le bras.

– Vous êtes de bons vampires.

– Ça n'existe pas.

– Si.

– Vraiment ? Et vous en connaissez ? Je veux dire, à part nous ?

Il lui adressa un sourire.

– Les Invisibles étaient des vampires, autrefois. Mais, pour répondre à ta question, oui, j'en connais. Enfin, j'en connaissais un.

– Vous inventez.

– C'était votre père, Luna.

– Notre…

La cadette des Wilcox le fixait, éberluée. Le détective se racla la gorge.

– Voilà, lâcha-t-il, je l'ai dit.

– Mais… comment…

– Tu te souviens quand je vous ai affirmé que votre père était mort ? Eh bien, j'entendais par là qu'il avait été arraché à la vie. Tout comme vous.

– Je ne vous crois pas, murmura la jeune fille, soudain très pâle.

Mais son regard disait exactement le contraire.

– Je ne sais pas exactement ce qui s'est passé, reprit le détective. Ton père a été mordu par un Drakul. Cela s'est produit peu de temps avant sa disparition. Les Invisibles lui ont aussitôt administré un traitement de choc pour tenter de juguler les effets de l'infection. Mais le seul effet concret des potions a été de le libérer de l'addiction. Quelques jours plus tard, il s'est échappé de la base de Westminster.

La jeune fille ferma les yeux. Elle comprenait,

à présent. Elle comprenait pourquoi son père était revenu vers elles. Pourquoi il ne s'était montré que la nuit.

– Sherlock ?

– Oui, trésor ?

– Qu'est-ce que c'est, l'addiction ?

Le détective chercha ses mots.

– C'est le fait, pour un vampire, d'être dépendant de celui qui l'a mordu. De lui être soumis, comme un nouveau-né est soumis à sa mère. Ton père ne ressentait plus cette dépendance. Manifestement, toi et ta sœur ne l'avez jamais ressentie non plus, sans quoi vous seriez retournées instinctivement vers celui qui a fait de vous ce que vous êtes.

– À moins qu'il ne soit mort.

– C'est une hypothèse.

Un silence s'installa, découpé en tranches fines par le tic-tac de la pendule.

– Sherlock ?

– Mm.

– Qui a mordu mon père ?

Le détective s'étira en levant les yeux au plafond.

– Tu veux vraiment le savoir ?

– À votre avis ?

– Je me demande simplement si tu es prête à l'entendre.

Ses mains s'étaient crispées sur les accoudoirs. Elle ressemblait à un boulet de canon qui s'apprête à être propulsé.

– Dites-moi.
– C'est Dracula.

Un jour avait passé, puis une nuit l'avait recouvert, et un deuxième jour après elle. Vendredi était arrivé, et cinq personnes se tenaient autour de la grande table de Holland Park : James, Virgil, Sherlock et les deux sœurs Wilcox.

Friedrich n'était pas encore sorti de l'hôpital. Son état nécessitait des soins constants ; il souffrait de fièvres tenaces. Ses deux acolytes, officiellement rétablis, restaient très affectés par ce qu'ils venaient de vivre. Virgil respirait avec peine et promenait partout des regards méfiants, sursautant au moindre bruit suspect. James paraissait en meilleure forme ; un ressort, pourtant, s'était brisé en lui : sa voix était devenue monocorde, ses gestes dénués d'énergie et de passion.

– La guerre est déclarée, soupira Virgil en déposant sa tasse de thé sur sa soucoupe. Et pas seulement avec les Drakul. Nous avons fait échouer le projet de la Golden Dawn. Nous ne savons pas qui sont ces gens.

– Des charlatans, répondit Blackwood.

– Des charlatans suffisamment compétents et équipés pour fabriquer eux-mêmes des potions destructrices d'auras, rétorqua l'autre. Regardons les choses en face, James : notre magie est dépassée. Nos rituels ne sont plus adaptés aux combats qui se livrent. Ils nécessitent du temps, des conditions particulières. Et nous avons fait preuve, dans cette bataille, d'une passivité coupable. Nous devons reprendre l'initiative.

— Nous avons tué l'un des leurs, objecta Amber. Nous avons mis fin aux agissements de Jack l'Éventreur !

— Certes, répondit James. Mais aucun communiqué n'a été établi, et nous ne pouvons retirer aucune glorification de cet accomplissement. Le peuple d'Angleterre croit aux monstres mais il ignore que les vampires existent. As-tu lu ou aperçu le moindre article concernant les événements du Royal Chelsea Hospital ? Non. Même les pontes de Scotland Yard ont été tenus à l'écart. Et les policiers qui nous accompagnaient ont prêté un serment solennel. L'affaire Jack l'Éventreur est close, mes amis. Pour les siècles à venir, elle restera irrésolue aux yeux du monde.

Les autres opinèrent, et la discussion se poursuivit. Luna laissait son esprit vagabonder. Elle pensait à son père, à ce que lui avait appris Sherlock. Lui, un vampire ? Doigts écartés sur la table, elle cligna plusieurs fois des yeux pour faire disparaître le salon de son champ de vision et retrouver sa chambre d'enfant, au temps où John Wilcox venait la border dans son lit et lui raconter des histoires paisibles.

— Luna ?

Virgil avait posé une main sur la sienne.

— Tu devrais monter te reposer. Tu tombes de sommeil.

La jeune fille hocha la tête. Se levant, elle déposa

un baiser sur la joue de sa sœur, adressa une révérence aux autres et se dirigea vers l'escalier à pas lourds. Elle se sentait si vieille ! Doucement, elle ouvrit la porte de sa chambre. Roulé en boule au milieu de son lit, son chaton n'avait pas rouvert les yeux ; elle doutait à présent qu'il reprît un jour connaissance. Avec un soupir, elle se posta à la fenêtre. La neige voletait de nouveau. Il semblait qu'elle dût tomber éternellement.

Une couverture sur les genoux, enfoncé dans un fauteuil capitonné, Virgil parcourait le journal de la veille en sifflotant entre ses dents. Toujours attablé, James Blackwood battait nerveusement un jeu de tarots. Debout devant le bow-window, Sherlock Holmes essayait son violon.

Archet en l'air, il suspendit son geste.

– Nous avons de la visite.

À l'autre bout de la table, Amber se leva pour le rejoindre et colla son front à la vitre. Elle sentit son cœur s'emballer.

– Ça alors…, susurra-t-elle, c'est Abraham.

Quelques secondes plus tard, trois coups étaient frappés à la porte. Holmes et les Invisibles se dévisagèrent. Portant une main à sa veste, James sortit le pistolet qui y était glissé, et alla se poster derrière la porte du salon. Le détective l'interrogea du regard.

– Ouvrez.

Holmes s'exécuta. Abraham Stoker lui adressa un regard ahuri.

– Bonsoir… Est-ce qu'Amber…

– Je suis ici.

L'aînée des Wilcox avait rejoint son ami. Le journaliste esquissa un sourire de soulagement puis se passa une main dans les cheveux. Il avait l'air d'avoir couru dix miles. Une ride apparut sur son front.

– J'ai trahi les miens, déclara-t-il d'une voix blanche, comme s'il avait du mal à y croire lui-même. Ils me cherchent à présent.

Virgil s'était levé à son tour. Lui et Blackwood s'avancèrent dans le vestibule. James hocha le menton.

– Bonsoir. Avez-vous été suivi ?

– Je ne crois pas.

Ils le précédèrent au salon. L'aînée des Wilcox leur avait suffisamment parlé de lui et de ce qui s'était passé dans sa demeure pour qu'ils devinent les raisons de sa présence.

– Amber m'avait dit que je pouvais…, commença-t-il, jetant aux alentours des regards de bête traquée.

– Elle a bien fait, fit Holmes en lui prenant son manteau. Vous êtes en sécurité, ici.

James avait tiré une chaise. Le journaliste se laissa tomber dessus.

– Tu avais raison, déclara-t-il à l'aînée des Wilcox, je me suis égaré. Jamais je n'aurais dû…

– Que s'est-il passé ?

– Ils savent pour Jack.

– Ils ? répéta Virgil, méfiant.

Les quatre hommes avaient pris place autour de la table.

– Les membres de la Golden Dawn, précisa Abraham. J'ignore comment ils l'ont appris mais le fait est là.

– Sans doute le personnel de l'hôpital, répondit James d'un air sombre. Jack possédait des appuis.

– Son vrai nom est Ambrose, précisa le journaliste.

– Certes. Poursuivez.

Stoker se prit la tête entre les mains.

– J'étais à Fitzroy Street hier. J'étais confus, je ne savais plus… Je veux dire, après ce qui s'était passé avec (il jeta un coup d'œil en biais à Amber), après ce qui s'était passé chez moi, et ce que j'avais fait – ce faune que j'ai envoyé à l'hôpital pour prévenir…

James acquiesçait.

– Du calme. Vous n'avez aucun ennemi en ce lieu.

L'homme se racla la gorge.

– Hier soir, je suis retourné au temple de l'Ordre Hermétique. Je suppose que je voulais m'assurer que personne ne se doutait de rien. L'angoisse me rongeait. J'ai frappé à la porte du Grand Hégémon – l'un de mes supérieurs –, j'ai appelé et, comme personne ne me répondait, j'ai ouvert. Le hall était étrangement vide. De sourdes mélopées s'échappaient des étages inférieurs. Une cérémonie se déroulait en bas mais, à mon niveau, tout était calme. Or, en tant que

Zelator, je n'étais plus soumis à la surveillance continue des gardiens. Alors je… je me suis assis au bureau du Grand Hégémon. J'ai fouillé dans ses affaires. Et je suis tombé sur son journal.

— Vous l'avez lu, conclut James.

— Quelques paragraphes. J'étais terrifié à l'idée qu'on me surprenne. Mais j'étais incapable de m'arrêter. Il y avait tout dans ces pages : ce qui se trame entre les vampires – Ézéchiel et les autres –, l'Ordre Hermétique, les usines d'eth'r. J'ai découvert… des choses…

— Quelles choses ?

James Blackwood scrutait son visage : c'était celui d'un homme aux abois, un homme qui venait de prendre une décision irréversible.

— Je sais pourquoi Ambrose tuait.

Les autres attendaient.

— Il était malade. Malade de jalousie. Le comte Dracula en personne avait promis de lui donner le Baiser de la Mort.

Amber écoutait, bouche bée. Le Baiser de la Mort : cette morsure par laquelle un vampire de rang supérieur pouvait attacher un vassal à son service et lui transmettre une partie de ses pouvoirs, même s'il n'était pas à l'origine de sa transformation.

— Et il ne l'a pas fait ? reprit Virgil.

— Non. Ambrose n'a pas été transformé par lui, mais par un descendant d'Ézéchiel. Et le comte a donné le baiser à quelqu'un d'autre.

– À qui ?

– Une femme. Je ne la connais pas. Je sais juste qu'elle se trouve à New York à l'heure où nous parlons. Elle a été envoyée là-bas par son maître en mission secrète, une mission impliquant un objet magique d'une puissance colossale. Elle est censée récupérer pour lui l'un des fragments de cet artefact. Les Drakul sont divisés sur l'usage qui peut et doit en être fait mais, une chose est certaine : une fois les fragments rassemblés, les vampires et leurs alliés espèrent… Ah, je sais que c'est insensé, mais…

– Quoi ? Ils espèrent quoi ?

James lui secouait l'épaule sans douceur.

– Asservir le monde, fit Abraham en redressant la tête.

James le relâcha. Le journaliste avait fermé son poing contre sa bouche.

– Ensuite… Ensuite, j'ai entendu des pas, et je n'ai eu que le temps de ranger le journal. Mais je sais maintenant que je l'ai glissé dans le mauvais tiroir. Et le Grand Hégémon a dû comprendre : j'ai sursauté quand il est entré. Il m'a demandé ce que je cherchais dans son bureau. J'ai inventé une excuse misérable : je lui ai dit qu'il m'avait semblé voir quelqu'un. Il a voulu parler. Je ne lui en ai pas laissé le temps. Je suis parti, prétextant un rendez-vous urgent.

Il laissa son poing retomber sur la table.

– Puis j'ai menacé un garde.

– Vous…

– J'avais une arme sur moi. Je l'ai braquée sur lui pour qu'il me laisse sortir. Quelle folie, quelle folie ! Ma carrière au Lyceum est terminée. Ma vie sociale réduite en cendres. Je suis un paria, je suis… Tout Londres est à ma recherche, maintenant.

Il enfouit sa tête entre ses bras.

James et Virgil échangèrent un regard. Le chef des Invisibles se leva.

– Vous avez fait le bon choix, monsieur Stoker.

L'interpellé releva la tête.

– À compter de ce jour, vous êtes placé sous notre protection ; si vous le désirez, bien entendu. Vous êtes des nôtres.

Le journaliste essuya ses larmes et bafouilla quelques mots :

– Me… Merci. Je voudrais…

Amber, qui s'était levée, lui effleura l'épaule.

– Ne vous inquiétez pas, monsieur Stoker. Tout ira bien, maintenant.

– Monsieur Stoker ?

Virgil se frottait le menton, front plissé.

– Monsieur Stoker, cette femme que le comte Dracula a choisie… Avez-vous le moindre indice qui pourrait nous permettre de l'identifier ?

– Je ne connais que son nom.

L'autre eut un rictus.

– Tenir à jour l'arbre généalogique des Drakul fait partie de nos priorités les plus vitales. Si vous êtes certain de…

– Elle s'appelle Rebecca.

L'aînée des Wilcox tressaillit et lâcha l'épaule de Stoker.

Rebecca.

Le nom de sa mère adoptive.

Évidemment, il pouvait, il *devait* s'agir d'une stupide coïncidence. Seulement, depuis la disparition de son père et la mort de Henry, ni Amber ni sa sœur n'avaient plus entendu parler d'elle. Et son cadavre, pour ce qu'elles en savaient, ne figurait pas parmi ceux que l'on avait retrouvés dans les décombres de la maison familiale.

Non.

Non, décida-t-elle, leur mère adoptive n'aurait jamais…

– Amber ?

Sherlock l'avait saisie par le bras.

– Je dois monter dans ma chambre, dit la jeune fille. Excusez-moi.

Le détective la regarda gravir les marches sans comprendre. Arrivée sur le seuil, l'aînée des Wilcox hésita une seconde, puis rebroussa chemin.

Elle frappa à la porte de sa sœur.

– C'est moi.

Un froissement se fit entendre. Luna vint lui ouvrir, vêtue d'une chemise de nuit. Elle était pâle comme un linge.

– J'ai quelque chose de très important à te dire, commença Amber.

– Moi aussi.

Luna se tourna vers le chaton. Il avait les yeux grands ouverts. L'aînée des Wilcox en demeura figée.

– Il… ?

– Il est revenu à lui, oui.

Elles s'assirent ensemble sur le rebord du lit.

– Mais ce n'est pas tout, fit la cadette avec un tremblement dans la voix.

– Quoi ?

Luna gratta le crâne du petit animal.

– Hé, murmura-t-elle, c'est Amber, ma sœur Amber, tu te souviens ?

– Am-ber, répéta le chaton avec application.

L'aînée des Wilcox se leva d'un bond. « Je suis folle, se dit-elle. Je viens de sombrer dans la folie. »

Cette voix, rauque et douce à la fois. Si terriblement familière.

Luna tendit une main vers elle.

– Viens.

Hésitante, la jeune fille se rapprocha, les yeux toujours fixés sur le chaton.

– Am-ber…, fit encore l'animal.

– Seigneur ! On dirait…

– C'est Watson, souffla Luna avec un sourire peureux. C'est Watson : son esprit est entré dans le chat.

Amber approcha sa main.

– Je peux le caresser ?

– Bien sûr.

La jeune fille passa sa main dans la fourrure, et l'animal ferma les paupières.

– Am-ber, ronronna-t-il. Am-ber.

Les larmes aux yeux, l'aînée des Wilcox se laissa tomber au pied du lit.

– Comment…

– Je crois que son esprit flottait dans l'*Inoxydable* au moment où nous sommes arrivés, moi et le chaton. Je crois qu'il a trouvé un réceptacle.

Luna s'agenouilla aux côtés de sa sœur et, dans un geste d'abandon, posa sa tête contre son épaule.

– Je me demande ce qui va se passer, maintenant.

L'aînée poussa un soupir. De nouveau, l'image de Rebecca revenait hanter son esprit. Plus elle y pensait, plus certains détails inquiétants prenaient sens. Instinctivement, elle prit la main de sa sœur dans la sienne et prononça les seuls mots qu'elle pouvait prononcer – même s'ils étaient l'exact contraire de ce qu'elle ressentait en cet instant.

– Ne t'inquiète pas.

Épilogue

Des rayons de lumière jaunâtre filtraient à travers les carreaux dépolis. Quelques particules de poussière y dansaient. L'hiver soufflait une haleine sèche. Le gardien du cimetière, un vieil homme aux cheveux graisseux vêtu d'un tablier de cuir, posa son pot de café sur la table et s'assit à son tour.

– Je ne me souviens plus très bien, dit-il.

Sherlock Holmes consulta sa montre à gousset. Il était midi, et il lui restait peu de temps pour aller voir Friedrich à l'hôpital. Il se composa le plus affable des sourires.

– Tout ce que je veux savoir, reprit-il, c'est ce qui s'est passé pendant ces deux heures où les corps des jeunes filles sont restés dans la chapelle ardente. Qui est entré, qui est sorti, est-ce que vous avez vu quelque chose. Vous étiez bien là, non ?

Le vieil homme cracha à terre.

– En fait, marmonna-t-il, c'était le soir. Et j'étais sur le point de terminer mon service. Je ne peux pas vous dire où ont été emportés les cercueils ensuite. Mais qui est entré dans la chambre, ça, je le sais. Il y avait ce majordome, un vieux monsieur plutôt digne et silencieux. Il a fait plusieurs allers et retours.

– Et puis ?

– Il parlait avec un homme. Un monsieur distingué, qui n'est pas resté longtemps. Il disait qu'il était le père des fillettes.

– Vous rappelez-vous son nom ?

Le vieil homme se gratta le crâne.

– L'autre lui donnait du monsieur Siltox, Wiltox…

– Wilcox ?

– Oui, voilà !

– Et après ?

– Après ? Rien. Il s'est assis au premier rang. Il ne pleurait pas. Contrairement à ce que l'on croit, les gens pleurent rarement aux veillées funéraires. Mais il était sombre, très sombre.

Le vieux avala une gorgée de café.

– Qu'est-ce que vous voulez que je vous raconte d'autre ?

– Un détail ? Quelque chose que vous auriez remarqué ?

Le pot retomba sur la table avec un bruit sec. Le vieil homme inspecta ses ongles noircis.

– À un moment, il m'a demandé de fermer les portes.

– Oui ?

– Je lui ai dit que ça ne se faisait pas. Il m'a répondu qu'il voulait être seul avec ses filles cinq minutes. « Donnez-moi cinq minutes », il a dit. Il m'a laissé trois shillings.

– Et ?

– Il est resté cinq minutes et il a rouvert les portes. C'est là que le type des pompes funèbres est arrivé. Lui et ses gars, ils ont sorti les cercueils, comme d'habitude. Fin de l'histoire.

Le détective opina. Le vieil homme lui adressa un sourire édenté et termina son café.

– Je ne gagne pas beaucoup d'argent, vous savez.

Holmes sortit son portefeuille avec un soupir et y piocha une paire de shillings, qu'il posa dans la paume que l'autre lui tendait.

– Vous êtes un gentleman, monsieur le détective. Vous savez, j'ai lu plusieurs de vos aventures dans le temps. C'est vrai, tout ce qu'on raconte ?

– Si on le raconte, fit le détective en se levant, c'est pour que ça devienne vrai.

Il ramassa sa veste et se dirigea vers la porte. Le vieil homme ne paraissait pas se rendre compte qu'il était déçu.

Holmes ouvrit lui-même, et la lumière de décembre se déversa, pâle et piquante comme un chagrin retrouvé.

– Au revoir, monsieur le détective. Que Dieu vous garde !

– Au revoir.

Holmes s'engagea sur le sentier en enfilant sa veste.
– Monsieur le détective ?

Il revint sur ses pas. Le vieil homme trottinait en se curant une dent.

– Il y a quand même une chose que je me rappelle. Ça m'est revenu en vous parlant. Ce type, là, le père des deux filles…

– Oui ?

– Eh bien, quand il est reparti, il ne m'a pas laissé rentrer pour arranger les chaises et tout. Il a dit : « Quelqu'un va s'en occuper. »

– Il a juste dit ça ?

– Apparemment, il ne tenait pas à ce que je remette les pieds dans cette fichue chapelle. Bon, moi, j'ai pas cherché à le contrarier. Mais, en y resongeant, il y a quand même un détail qui me turlupine.

– Je vous écoute.

– Son mouchoir. Quand il est sorti, il venait de s'essuyer la bouche. Et j'ai vu son mouchoir, serré dans son poing, tout rouge, taché de sang.

– Du sang ?

– C'est ce que je crois. D'ailleurs, il lui en restait un peu à la commissure. Je n'ai pas osé lui faire remarquer. Je me suis dit : « Mon vieux Gustave, et si ce type était un vampire ? Ne va pas chercher les ennuis, hein ! » Vous savez, je ne suis pas sénile mais on en voit de belles, dans ce cimetière.

– J'imagine, murmura Holmes, dont le regard s'était allumé.

— Ce type, j'ai pensé comme ça qu'il avait bu le sang des deux fillettes. Vous allez me dire : « Ça y est, mon vieux Gustave, tu radotes. »

— Même si je le pensais, je ne le dirais pas.

Le gardien resta silencieux, comme s'il considérait lui-même l'éventualité. Puis il cracha de nouveau.

— C'est tout ce dont je me souviens. Vous les connaissiez, vous, ces gamines ?

— En quelque sorte, répondit Holmes en portant deux doigts à sa casquette. Merci de votre aide, en tout cas.

Le gardien haussa les épaules et lorgna tristement son cabanon. Plus loin, un sentier descendait vers la ville, bordé de cyprès centenaires.

L'homme renifla.

— Et vous, monsieur le détective ?

— Moi ?

— Vous y croyez, aux vampires ?

Holmes esquissa un sourire.

— Il le faut bien.

À suivre…

Table des matières

Prologue, 7
Perdues dans la nuit, 15
Dernières paroles, 29
Ce goût brûlant… 36
Impatiences, 45
Speacker's Corner, 60
Les Invisibles, 79
Une mission, 94
Mort à Baker Street, 110
Parmi les tombes, 130
Ton ami dévoué ? 141
Elizabeth, 149
Un rendez-vous, 160
Révélations, 180
Il suffit de ne pas penser, 190
Esprit, 198
Au théâtre, 213
Sang-froid, 224
Une perte cruelle, 240
Sous les aiguilles du temps, 250
L'ennemi inconnu, 257
En plein cœur, 273
Une autre nuit, 288
Épilogue, 306

Fabrice Colin
l'auteur

Né en 1972 en région parisienne, **Fabrice Colin** publie ses premiers scénarios de jeux de rôle alors qu'il est encore au lycée. En 1997, une rencontre avec un éditeur de fantasy le convainc de s'essayer à la fiction. En parallèle, il travaille pendant quelques années pour un magazine de jeux vidéo. Auteur de très nombreux romans pour adultes et pour adolescents, il écrit également des scénarios de bandes dessinées et des pièces radiophoniques pour France culture. Fabrice Colin vit à Paris avec sa femme et leurs deux enfants.

Découvre la suite des aventures
d'**Amber** et **Luna Wilcox** :

2. L'ombre de Dracula

(Disponible en Grand format)

Extrait du premier chapitre

Il montra Watson de sa pipe; l'animal cracha avec mépris.

– Ne m'en voulez pas, mon vieux. Mais vos miaulements à sept heures du matin, franchement…

– Sherlock !

– Hum ? Ah oui, le laudanum. Donc, Stoker avait mentionné un jour le fait qu'il en possédait un flacon. Que je n'ai trouvé nulle part.

La jeune fille souleva le chat et le posa sur ses genoux. Le sang battait à ses tempes.

– Un rapt…

– Ma raison penchait pour cette explication mais mon cœur s'y refusait, trésor. Cela te rassure ? Jusqu'à ce que l'indice final me soit délivré. Un indice qui, s'il avait été soumis plus tôt à ma sagacité, m'aurait évité une demi-journée d'enquête laborieuse.

– Lequel ?

– Un mot. Glissé dans mon portefeuille.

– Un mot ?
– « Pardon. » Et c'était bien l'écriture d'Abraham.
Luna accusa le coup ; Watson émit un miaulement. Elle flatta sa petite tête.
– Pourquoi aurait-il fait une chose pareille ?
– J'en ai parlé avec James. Il n'existe que trois possibilités. Soit il nous a trahis en son âme et conscience, soit il y a été forcé.
– Et la troisième ?
– Une mise en scène.
Écartant le matou, la jeune fille alla se poster à la fenêtre.
Les trottoirs de Holland Park Avenue luisaient de pluie. Depuis la veille au soir, le climat s'était radouci sur Londres. Elle se retourna.
– Avez-vous interrogé les voisins ?
– Ils prétendent n'avoir rien vu. Mais cela ne nous avance guère ; ils ne passent pas non plus leur temps à nous épier.
– Que... Que devons-nous faire ?
– Continuer à enquêter. L'horloge tourne. Le « pardon » de Stoker exclut une trahison pure et simple. Si notre nouvel ami avait décidé de nous nuire sans réserve, il ne se serait pas donné la peine de rédiger une note. Et il aurait pu aisément faire en sorte que je ne me réveille jamais.
– Je n'y avais même pas songé.
– J'étais détective, dans le temps. (Il rit.) En revanche, Abraham n'a pas jugé utile de me lancer

sur une piste. Je pense qu'il a agi sous la contrainte. Ses commanditaires ne voulaient pas non plus tuer Amber. Sans quoi ils se seraient contentés de lui enfoncer un pieu dans le cœur. Non, ils avaient besoin d'elle.

– Comme monnaie d'échange ?

– Ou pour accomplir quelque chose, quelque chose qu'elle serait la seule à pouvoir faire. Pour être franc, je ne m'attends pas à ce que nous recevions une demande de rançon. D'abord parce que tu aurais été enlevée aussi. Ensuite parce que ta sœur et toi valez bien plus que de l'argent.

– Seigneur…

Luna lissait sa longue chevelure de jais. Savoir sa sœur en danger était douloureux. Ne pouvoir lui venir en aide était insupportable.

– Il faudrait capturer des membres de la Golden Dawn.

Holmes esquissa un sourire.

– Objection un : ce ne sont peut-être pas eux. Objection deux : si ce sont eux, tout le monde n'est sans doute pas au courant. Objection trois : à supposer que les deux premières objections ne tiennent pas, comment ferions-nous parler notre prisonnier ?

Le regard de Luna se fit plus sombre.

– Je m'y emploierais.

– Tant que je travaillerai aux côtés des Invisibles, personne ne torturera personne, trésor.

– Mais c'est ma sœur !

— Je sais. Et je l'aime comme ma propre fille. Mais tout porte à croire qu'elle est en vie. Et quelle que soit la situation dans laquelle elle se trouve, nous devons lui faire confiance pour en sortir indemne. Avec ou sans notre aide.

Luna remonta dans sa chambre et s'allongea sur son lit. Watson, qui la suivait telle son ombre, se pelotonna contre elle.

Les Invisibles allaient bientôt revenir pour discuter des dispositions à prendre. Fallait-il alerter Scotland Yard ? Holmes paraissait dubitatif. Pour lui, Amber et Stoker ne se trouvaient plus à Londres. Toute la journée, on avait enquêté du côté des cochers, sans résultat. Et il y avait ces vêtements emportés.

Amber.

La cadette des Wilcox se redressa. S'était-elle assoupie ? Le chat avait-il… *miaulé* le nom de sa sœur ? Elle retomba sur le dos. « Je suis en train de devenir folle. Il faut que je réagisse. » Se levant de nouveau, elle choisit un livre dans la bibliothèque, le feuilleta distraitement, le reposa, saisit une robe dans sa penderie, l'enfila, se rassit, prit un autre livre, l'abandonna sur son lit et redescendit au salon. James Blackwood et ses acolytes, qui venaient d'arriver, étaient réunis autour de la table. Luna se rendit à la cuisine et réapparut, une bouteille de sang frais à la main. Elle en avala une rasade.

Le papier de cet ouvrage est composé de fibres naturelles,
renouvelables, recyclables et fabriquées à partir de bois
provenant de forêts gérées durablement.

Mise en pages : Maryline Gatepaille

Loi n° 49-956 du 16 juillet 1949
sur les publications destinées à la jeunesse
ISBN : 978-2-07-062676-2
Numéro d'édition : 377555
1er dépôt légal : janvier 2014
Dépôt légal : janvier 2021
Imprimé en Espagne par Novoprint (Barcelone)